10|18
12, avenue d'Italie — Paris XIIIe

Sur l'auteur

Sous le nom de Margaret Frazer se cachent en fait deux femmes. La première, Mary Monica Pulver, est auteur de romans policiers contemporains, la seconde, Gail Frazer, est passionnée par l'histoire médiévale anglaise. Leur collaboration commence en 1992 avec la première enquête de mère Frevisse, *Le Conte de la novice.* Elle se poursuit pendant six ouvrages et deux nominations à des prix — le prix Edgar Poe pour *Le Conte de la servante* et le prix du Minnesota pour *Le Conte de l'évêque* — avant que l'une des deux ne retourne au XXe siècle et ne laisse la seconde poursuivre seule l'aventure.

Digne héritière d'Ellis Peters, Margaret Frazer a déjà publié treize enquêtes de mère Frevisse.

LE CONTE
DES DEUX FRÈRES

PAR

MARGARET FRAZER

Traduit de l'américain
par Pascale H<small>AAS</small>

10|18

INÉDIT

« Grands Détectives »
dirigé par Jean-Claude Zylberstein

Du même auteur
aux Éditions 10/18

Le conte de la novice, n° 3234
Le conte de la servante, n° 3266
Le conte du bandit, n° 3341
Le conte de l'évêque, n° 3476
▶ Le conte des deux frères, n° 3655

Titre original :
The Boy's Tale

© Mary Monica Kuhfeld et Gail Bacon, 1995.
© Éditions 10/18, Département d'Univers Poche, 2004,
pour la traduction française.
ISBN 2-264-03554-4

« Trouvez-vous chose correcte
Que ce garçon aille ainsi où bon lui semble
En n'ayant pour vous que mépris ?... »

« Le conte de la Prieure »
Geoffrey CHAUCER

CHAPITRE PREMIER

Le doux après-midi d'été était déjà bien avancé. Ils avaient chevauché sans répit depuis qu'il faisait suffisamment jour pour distinguer le sentier ; les chevaux étaient exténués, tout comme Jasper, mais il y avait peu d'espoir que sir Gawyn leur permît bientôt une halte. En ce mois de juin, le soleil se levait tôt et se couchait tard, et si la journée d'aujourd'hui se déroulait comme celle d'hier et la précédente, sir Gawyn les obligerait à chevaucher jusqu'à ce qu'il fasse presque trop sombre pour trouver leur route. Peut-être alors les autoriserait-il à dormir au pied d'une haie, comme la veille, au lieu de chercher une auberge ou un endroit convenable où passer la nuit.

Deux jours auparavant, quand tout avait commencé, cette histoire promettait d'être une telle aventure ! Edmund et Jasper étaient en train de suivre leurs leçons de l'après-midi, maître John, comme à l'accoutumée, déclamant interminablement les déclinaisons latines, tandis que Jenet, assise au fond de la pièce, était penchée sur ses travaux de couture. Plus qu'une heure, et ils seraient libres, s'était réjoui Jasper en observant une ombre immobile derrière la fenêtre.

C'est alors que maîtresse Maryon avait fait une entrée soudaine, suivie de deux serviteurs. Comme elle avait pleine autorité sur les domestiques, personne n'avait posé de question quand elle avait montré les malles à vêtements des garçons rangées contre le mur.

— Mettez tout là-dedans, et en vitesse! avait-elle ordonné.

Puis elle s'était tournée vers Jenet :

— Prenez une tenue de rechange et tout ce dont Leurs Seigneuries pourraient avoir besoin pour un voyage de quelques jours. Je vous accorde un quart d'heure, pas plus.

Enfin, s'adressant à maître John :

— Vous voilà congédié. Les leçons sont terminées.

Maîtresse Maryon donnait ses ordres avec brusquerie. Tout le monde y était habitué, Jasper et Edmund les premiers, puisqu'ils étaient à sa charge en permanence, leurs parents ayant mille choses à faire sans toujours avoir du temps à leur consacrer. Il arrivait qu'on les emmenât avec leur petit frère Owen — qui était à peine plus grand qu'un bébé et avait sa propre gouvernante, maîtresse Geretrude — à l'autre bout du château pendant des jours et des jours, dans des appartements où ils restaient sans voir ni mère, ni père, ni personne. A ces moments-là, ils n'avaient pas le droit de sortir du tout, même pour aller s'amuser dans le parc, car leurs parents trop occupés ne devaient en aucun cas être distraits, pas même en entrapercevant leurs enfants. Ces derniers ne s'en formalisaient pas outre mesure, étant donné qu'à la minute où leur exil prenait fin et où ils réintégraient leurs appartements, leur mère comme leur père se montraient toujours merveilleusement joyeux ; ils jouaient alors avec eux, mangeaient des choses extraordinaires, riaient — Mère adorait rire — et chantaient — Père chantait mieux que personne — pour se faire pardonner de s'être isolés loin d'eux.

Mais cette fois-ci, en entendant les ordres brusques

de maîtresse Maryon, maître John l'avait regardée fixement comme un idiot :

— Ça n'est pas arrivé, avait-il dit.

— Si, c'est arrivé, et pourquoi il faudrait s'en étonner, je l'ignore. Tout comme j'ignore le temps dont nous disposons, mais nous ferions bien de nous dépêcher.

— Seigneur, ayez pitié ! avait murmuré maître John en se signant.

Mais maîtresse Maryon s'était déjà retournée pour houspiller Jenet, qui arborait le même regard incrédule que maître John.

— Remuez-vous ! Et surtout, ne pleurez pas. Vous non plus, avait-elle ajouté en pivotant vivement vers les enfants. L'heure n'est pas à pleurnicher, pour aucun d'entre nous.

De sorte que personne n'avait pleuré. Non qu'Edmund ou Jasper en eussent d'ailleurs eu envie. Il était évident qu'ils allaient échapper à leurs leçons et, apparemment, ils partaient quelque part en voyage. Ils n'étaient jamais allés très loin en dehors du château — quelques rares fois jusqu'aux prairies qui bordaient la rivière pour regarder leurs parents chasser au faucon ; et une fois jusqu'à l'orée du bois, en mai dernier, pour fêter l'approche de l'été. Mais à voir la façon dont les domestiques fourraient les habits dans les sacs, et la manière qu'avait maîtresse Maryon de scruter la salle, comme si elle hésitait entre ce qu'il était possible d'emporter et ce qu'il allait falloir laisser, il s'agissait de tout autre chose que d'une simple balade au-delà de la grille dont ils seraient rentrés avant la nuit tombée.

Jasper et son frère avaient échangé un regard et un sourire, puis avaient filé chercher leurs capes et quelques trésors indispensables dans le petit coffre qu'ils gardaient sous leur lit. Edmund avait pris les laisses de cuir qu'il avait demandées au fauconnier comme gage du faucon pèlerin qu'il comptait posséder un jour. Jasper emporta la bouterolle en métal qui s'était détachée du fourreau de l'épée de son père sans qu'on pût la réparer ; elle était ornée de grappes de raisin et de feuilles entrelacées, et il l'avait polie de son mieux pour la faire briller car, toute vieille et cabossée qu'elle fût, elle était en argent massif, et puis elle avait appartenu à son père. Ensuite, sans en demander l'autorisation, Edmund avait passé dans sa ceinture la dague que son père lui avait offerte pour son anniversaire l'hiver précédent. Jasper l'avait regardé d'un air sceptique, mais son frère avait posé une main ferme sur le manche en déclarant :

— Si nous partons faire un vrai voyage, peut-être en aurons-nous besoin.

Jasper, qui se disputait rarement avec Edmund, ne lui chercha pas querelle en cet instant, son seul regret étant de ne pas avoir une dague, lui aussi. Les deux enfants étaient si semblables de taille et de carnation — mêmes yeux gris, même peau claire, mêmes cheveux roux foncé coupés au ras des oreilles — qu'il était aisé de les confondre lorsqu'ils n'étaient pas ensemble. Mais quand ils étaient côte à côte, on voyait bien qu'Edmund dépassait Jasper d'une demi-tête et était plus élancé. Il était également plus vif, à la fois dans ses mouvements et de tempérament ; et même si, comme Jasper, il n'avait jamais failli dans la certitude d'être en tout son complice, il ne renonçait jamais à l'avantage que lui conféraient ses six ans sur son cadet âgé seulement de cinq. Ces onze mois d'écart expliquaient cependant ce qui les distinguait dans certains domaines, à commencer par le fait qu'Edmund avait une dague et que Jasper, lui, n'en avait point.

Si maîtresse Maryon remarqua la dague, elle se garda néanmoins de tout commentaire, priant seulement Jenet et les deux serviteurs de descendre dans la cour où les chevaux attendaient, puis elle se tourna vers les enfants :

— Vous allez faire vos adieux à madame votre mère sur-le-champ. Hâtez-vous. Il est doublement regrettable que votre père soit absent.

Lorsqu'elle les avait entraînés hors de la salle familière, Edmund sur ses talons et Jasper juste derrière, ce dernier s'était retourné vers maître John, demeuré immobile près de la table des leçons. Pendant les cours, il se montrait sévère, mais jamais plus que nécessaire, et faisait souvent preuve de gentillesse face à tout vrai problème que Jasper ou Edmund rencontraient. Le petit garçon avait ébauché un geste de la main en signe d'adieu, navré que leur tuteur dût rester à la maison au milieu de ses livres alors qu'eux-mêmes partaient à l'aventure. Car la soudaineté de ce voyage ne pouvait être synonyme que d'aventure. Mais voir des larmes couler sur les joues de maître John avait figé en l'air la main de Jasper. Leur précepteur n'ayant encore jamais pleuré de les voir partir, le petit garçon avait laissé son geste en suspens pour faire volte-face et sortir en courant, troublé par ce spectacle.

Après quoi, lorsqu'ils étaient allés rejoindre Mère dans sa chambre, ils l'avaient trouvée seule, sans aucune de ses dames d'honneur, ce qui paraissait tout aussi étrange. Jamais aucune grande dame ne demeurait sans chaperon. Et pourtant elle était là toute seule, debout au milieu de la pièce, et quand son frère et lui s'étaient avancés pour lui présenter leurs hommages, comme ils avaient coutume de le faire, elle ne les avait pas laissés terminer mais s'était jetée à genoux en les serrant dans ses bras.

Edmund, toujours au fait de ce qui était convenable et de ce qui ne l'était pas, même s'il ne choisissait pas forcément de s'y conformer, s'était raidi quelques secondes. Jasper, toujours prêt à rendre l'affection qu'on lui témoignait, s'était lové dans la chaleur maternelle sans hésiter, ravi de sentir son délicieux parfum.

— Venez là, mes chéris !

Elle avait embrassé l'un et puis l'autre, avant d'embrasser l'autre et puis l'un pour ne pas faire de jaloux.

— Voilà que vous allez partir très loin en compagnie de maîtresse Maryon et de sir Gawyn. Il vous faudra leur obéir et vous comporter comme de braves chevaliers.

Jasper aurait bien voulu savoir *pourquoi* ils partaient, mais Edmund, comme d'habitude, l'avait pris de court.

— Où partons-nous ? avait-il demandé.

— Très loin d'ici, dans le pays où votre père a vu le jour. Vous vous rappelez les histoires qu'il vous a racontées ? C'est là que vous allez.

— Au pays de Galles ? s'écria Jasper, incrédule.

Le pays des montagnes, de la magie et des dragons ? Les histoires que racontait son père lui avaient donné envie d'y aller, mais on lui avait expliqué qu'il devrait attendre pour cela d'être grand.

— Oui, au pays de Galles, confirma leur mère. Mais il ne faut en parler à personne, pas même entre vous, tant que vous ne serez pas arrivés là-bas sains et saufs. M'en ferez-vous la promesse, comme de valeureux chevaliers ?

Ce serment paraissait moins étrange que nombre de ceux entendus dans des récits ; tous deux avaient promis avec ferveur, puis leur mère les avait de nouveau embrassés et s'était relevée en disant par-dessus leurs têtes à maîtresse Maryon :

— Owen est déjà parti.

— Parti où ? s'était enquis Edmund avec une pointe de jalousie.

Comment Owen pouvait-il partir à l'aventure comme Jasper et lui alors qu'il était encore dans les jupons d'une nounou ?

— A l'église, avait dit maîtresse Maryon avant que leur mère ait pu répondre. Afin de prier pour vous comme vous devez prier pour lui.

— Allons-nous devoir dire des prières avant de partir ?

Bien qu'elle fût très chevaleresque, Edmund s'était impatienté à cette idée.

— Non, mais vous n'en devrez pas moins prier, avait répondu leur mère. Pour votre frère, pour moi et pour votre père.

Au moment où elle avait prononcé ces paroles, Jasper avait cru voir des larmes briller au coin de ses yeux. Sa mère, si belle et si joyeuse, qui sentait toujours si bon les fleurs d'été, ne pouvait pas pleurer ; qu'elle pleure n'allait pas. Pour ne pas voir cela, de crainte de se mettre à pleurer à son tour et qu'on l'envoie à l'église rejoindre le bébé, Jasper avait enfoui sa tête dans la courbe tiède de son cou, et sa mère les avait serrés très fort tous les deux au point de leur faire mal. Puis elle les avait repoussés et s'était redressée, les yeux secs et la voix posée, pour dire :

— Une dernière chose. Il faut que tu emportes cela, Jasper.

Elle avait pris sur la table de chevet une dague de garçonnet rangée dans un étui en cuir passé dans une ceinture, prête à être portée.

— Nous pensions te la donner pour ton anniversaire, mais il vaut mieux que tu la prennes immédiatement.

— Madame, le temps presse ! avait rappelé maîtresse Maryon.

Souriant de voir la joie éclatante du petit garçon, sa mère s'était penchée pour lui attacher la ceinture autour de la taille.

— Dieu m'accordera bien assez de temps pour cela. Puisses-tu être un fidèle et brave chevalier, mon fils !

La dague était venue se placer contre sa hanche droite, comme si elle avait toujours été là. La main sur le manche, Jasper avait souri à sa mère et répliqué avec la gravité de mise :

— Comptez sur moi, Madame.

Elle lui avait donné un rapide baiser sur la joue, puis avait embrassé Edmund.

— Vous êtes mes fils courageux et magnifiques. Que Dieu vous garde dans son amour ! Et rappelez-vous... rappelez-vous que le mien est à vous pour toujours. Ne l'oubliez jamais.

— Madame ! avait répété maîtresse Maryon d'un ton plus pressant.

Et leur mère avait fait signe en hâte aux enfants de s'en aller.

Dans la cour, Jenet et l'un des chevaliers attachés à la maison de leur mère, sir Gawyn, accompagné de quatre de ses hommes, attendaient juchés sur leur monture, à côté de trois autres chevaux sellés destinés à maîtresse Maryon et aux enfants. De bons chevaux, et non leurs poneys habituels, avait constaté Jasper avec plaisir. Avant de s'apercevoir tout à coup qu'il n'était pas certain de savoir grimper tout seul sur une selle aussi haute.

Will, l'écuyer de sir Gawyn, l'avait sauvé en l'aidant à monter, d'abord lui, et ensuite son frère. Puis, malgré l'impatience de maîtresse Maryon, il avait vérifié leurs sangles et leurs étriers en déclarant :

— Mieux vaut s'assurer maintenant qu'ils peuvent tenir en selle que de se rendre compte trop tard qu'ils n'y parviennent pas.

Sur l'ordre de sir Gawyn, ils avaient franchi les grilles du château au trot et étaient passés au petit galop après le pont-levis.

Dès qu'ils s'étaient retrouvés loin de tout lieu connu de Jasper, ils avaient ralenti au pas et avaient chevauché le reste de l'après-midi à travers la campagne dans la lumière splendide de l'été. Avancer dans le cliquetis des harnais au milieu de cavaliers manifestement décidés à couvrir le plus de lieues possible était plutôt enthousiasmant. Ils étaient restés sur des sentiers bordés de haies touffues, où l'herbe des bas-côtés et des fossés était parsemée de fleurs. Ici de l'armoise rampante bleutée, là une tache vive de mouron rouge, parfois des flèches bleues et écarlates de pulmonaires ou des églantines grimpant à l'assaut des haies vers le soleil. Entre les trouées, on devinait le jaune des champs de céréales et, de temps à autre, une bande de terre communale tout au loin lorsque les haies s'interrompaient. Chaque fois qu'ils arrivaient en terrain découvert, sir Gawyn les faisait passer au galop et ne les autorisait à ralentir l'allure que lorsqu'ils retrouvaient un sentier protégé.

Très vite, Jasper avait compris que sir Gawyn tenait vraiment à ce que personne ne les vît, et qu'ils évitaient villes et villages le plus possible, comme tout endroit où l'on risquait de rencontrer du monde. A un moment donné, alors qu'il regardait devant lui, Jasper avait vu que leur route traversait une ville en son milieu ; aussitôt, il s'était plu à imaginer ces foires que Jenet leur avait si souvent décrites, où l'on trouvait des jongleurs, de la musique, des jeux et des friandises. Cependant, à son grand dépit, ils avaient bifurqué et quitté la route pour faire un détour par les bois qui entouraient la ville.

Ce jour-là, ils avaient chevauché jusqu'à une heure tardive — Jasper n'était jamais resté dehors aussi tard —, bien au-delà du souper et même du crépuscule. Il somnolait au petit galop quand un énorme hanneton était venu se cogner contre son nez, le faisant sursauter et effrayant son cheval qui avait fait un brusque écart. Si Will n'avait pas été là pour le rattraper, Jasper serait probablement tombé. Peu de temps après, il avait été soulagé de tourner sous le portail d'un petit monastère de campagne et de mettre enfin un terme à la journée. On leur avait servi une sorte de souper, plus frugal que celui auquel il était habitué, et attribué des lits bien plus durs, aux couvertures bien plus rêches, qu'aucun de ceux dans lesquels Jasper avait jamais dormi. Curieusement, juste avant de sombrer dans un profond sommeil, il avait entendu maîtresse Maryon parler de « ses fils » à une servante, et compris vaguement qu'il s'agissait d'Edmund et de lui, ce qui n'était en rien la vérité.

L'aube à peine levée, sir Gawyn les avait fait réveiller pour remonter en selle. Ce jour-là, ils avaient franchi des collines et n'avaient pu choisir d'emprunter des sentiers à l'écart des villages. Sir Gawyn n'autorisait que les arrêts indispensables. Ils avaient même mangé — du fromage et du pain, rien de plus — sans mettre pied à terre. Et la nuit précédente, ils n'avaient pas dormi sous un toit mais à même le sol, en contrebas d'une haie dans un champ proche de la route, avec leur cape pour seule couverture. Son frère et lui s'étaient blottis entre maîtresse Maryon et la grosse Jenet pour se réchauffer, parce que sir Gawyn refusait d'allumer un feu. De nouveau, ils n'avaient eu droit qu'à un bout de fromage et de pain au souper, avec seulement de l'eau du torrent pour faire passer le tout ; et à l'aube, dans l'herbe humide de rosée, encore du fromage et du pain en guise de petit déjeuner.

A midi, sir Gawyn avait envoyé Will dans un bourg à proximité, d'où il avait rapporté deux pâtés de viande. Ils en avaient mordu un morceau avec parcimonie, puis on leur avait promis à Edmund et à lui qu'ils en mangeraient de nouveau le soir venu, mais les autres devraient apparemment se contenter de ce qui restait de fromage et de pain dur.

En revanche, aucune promesse n'avait été faite de chercher une meilleure couche que l'herbe de la veille. Et Jasper avait commencé à avoir mal partout à force de chevaucher. Ce n'était plus amusant du tout, et si c'était ça l'aventure, il commençait à la trouver plutôt lassante.

Ils venaient de quitter les collines ; la campagne s'ouvrait largement devant eux, tout en pâtures et en champs. Jasper savait que le pays de Galles était montagneux, or il n'y avait pas le moindre sommet en vue, pas même dans le lointain quand ils arrivaient en haut d'une crête et découvraient l'horizon. Jamais il n'avait imaginé que ce pays fût à une telle distance.

— C'est encore loin ? demanda-t-il à maîtresse Maryon qui chevauchait à ses côtés. Nous sommes bientôt arrivés ?

— A mon avis, nous ne sommes pas même à mi-chemin, répondit-elle vivement. Autant vous faire à cette idée, monseigneur. Nous avons encore des lieues et des lieues à parcourir.

— J'ai envie de faire autre chose, grommela Edmund qui se trouvait de l'autre côté de Jasper. J'en ai assez d'être à cheval.

— N'y pensez plus, monseigneur, rétorqua maîtresse Maryon. Madame votre mère nous a enjoint de voyager, et nous devons le faire.

— Mais pourquoi ? demanda Edmund, formulant la question que son frère et lui-même s'étaient posée à voix basse la veille au moment de s'endormir, juste avant que maîtresse Maryon leur ait intimé l'ordre de se taire.

— Ce n'est pas à moi de vous répondre.
— Et pour quelle raison ?
— Parce que ce n'est pas mon rôle.
— C'est celui de qui, alors ? insista Edmund.

Au cours de sa brève existence, jamais il n'avait manqué de confort ni subi le moindre désagrément, et il n'aimait pas ça. Au début, il avait supporté la situation au nom de l'aventure, mais celle-ci se limitait à chevaucher durant des heures d'affilée, sans avoir rien de bon à manger en fin de journée, ni d'endroit convenable où dormir.

Sir Gawyn arriva à la hauteur de Jasper. Il avait de tout temps été leur favori parmi les chevaliers de leur mère, car il était toujours prêt à leur raconter une histoire, à jouer à un jeu ou à leur montrer comment manier l'épée s'ils l'en priaient, et il était aussi élégant dans sa mise que dans ses manières. Le voir vêtu d'un vieux pourpoint de cuir sur une chemise grossière et une culotte de cheval en toile épaisse, avec ses cheveux bruns bouclés à peine coiffés et une barbe de plusieurs jours, produisait un effet bizarre. Jasper remarqua avec étonnement que sa barbe était plus grise que brune. Il n'avait jamais songé à donner au chevalier un âge précis. Etait-il vieux ? En tout cas, il paraissait différent de ce qu'il était à la maison, sans compter qu'il n'avait aucune histoire à raconter ni rien à leur donner, à part des ordres.

Il s'adressa à maîtresse Maryon par-dessus la tête de Jasper :

— Je veux continuer d'avancer jusqu'à la nuit tombée. Ce qui nous mènera bien au-delà de Banbury. Ainsi, nous pourrons traverser la Severn demain dans la journée.

Jetant un coup d'œil dubitatif à Edmund et Jasper, maîtresse Maryon rétorqua :

— Mieux vaudrait trouver un endroit où passer la nuit plutôt que dormir encore une fois à la belle étoile. Je connais un couvent non loin de notre route. L'endroit est petit, et il n'y a qu'un vague bourg à proximité. Je pense que ce serait une bonne idée de...

— Dès que l'on apprendra notre départ, des coursiers s'élanceront et galoperont à une vitesse très supérieure à la nôtre. Il se peut que l'alerte ait déjà été donnée en amont de nous.

— Personne ne pensera à nous chercher là, plaida Maryon. Et les garçons ont besoin de...

— Autant aller aussi loin que nous pourrons. C'est notre seul espoir de semer d'éventuels poursuivants. Il nous faut garder notre avance le plus longtemps possible. Allons, ces garçons sont courageux.

Il se tourna vers Edmund et Jasper avec un sourire qui les invitait à jouer avec lui.

— N'est-ce pas, mes princes? Pour le salut de votre mère, ne pouvez-vous pas chevaucher aussi longtemps qu'il le faudra?

Avec moins de promptitude qu'ils n'en auraient manifesté voilà deux jours, mais pour le salut de leur mère et pour ne pas sembler lâches aux yeux du chevalier, les deux enfants acquiescèrent d'un signe de tête.

— Toute la nuit s'il le faut! alla même jusqu'à affirmer Edmund.

Maîtresse Maryon voulut dire quelque chose, mais l'écuyer de sir Gawyn qui chevauchait devant en compagnie de Hery Simon l'interrompit en lançant par-dessus son épaule :

— Messire, des cavaliers! De l'autre côté du gué.

La route descendait en courbe en direction d'une vaste vallée fertile et suivait une rivière bordée de saules, entre des champs où l'herbe éclatante parsemée de boutons-d'or serait bientôt fauchée pour faire le foin. A la hauteur de l'espace entre les arbres indiquant le gué, la rivière miroitait sous le soleil de cette belle fin d'après-midi. Lorsqu'ils l'avaient observée depuis le haut de la crête, la vallée leur avait paru assoupie et déserte. Mais Jasper apercevait maintenant d'autres cavaliers arrêtés en bordure de route de l'autre côté de la rivière, cinq ou six hommes à peine visibles derrière l'écran que formaient les saules et les aulnes.

Sir Gawyn tira sur ses rênes et leva la main afin d'arrêter les deux hommes qui chevauchaient derrière eux. Will et Hery, qui avaient déjà fait halte, regardèrent les mystérieux cavaliers et sir Gawyn tour à tour, attendant les ordres. Maîtresse Maryon fit signe à Jasper de venir se placer à côté de Jenet, puis fit avancer sa monture près de celle d'Edmund pour l'attraper par la bride. Jasper, comprenant d'un seul coup qu'il se passait quelque chose, obéit sans broncher ; Edmund, d'ordinaire très pointilleux sur son indépendance, ne chercha pas à éloigner son cheval de celui de maîtresse Maryon.

Sir Gawyn prit la parole d'un ton calme et déterminé :

— Nous allons retourner derrière la butte, puis couper la route en direction de la rivière. Une fois là, nous nous cacherons parmi les arbres. Peut-être ne nous ont-ils pas vus et passeront-ils sans se douter de notre présence.

Mais à peine avaient-ils fait demi-tour, Will annonça :

— Ils arrivent !

D'un coup d'œil par-dessus son épaule, Jasper vit que les autres cavaliers avaient rejoint la route au galop et se séparaient en deux groupes ; les uns suivirent la rivière pour leur barrer le passage s'ils partaient de ce côté, les autres traversèrent le gué dans d'immenses éclaboussures qui masquèrent momentanément leurs chevaux.

Sir Gawyn talonna sa monture de façon à venir se placer entre Jasper et Jenet. Puis il souleva l'enfant de sa selle pour le faire passer au-dessus de la sienne et le reposa sans ménagement, coincé entre Jenet et le pommeau de la selle.

— Tenez-le bien! Edmund, pouvez-vous rester en selle?

Le petit garçon acquiesça avec vigueur, la main sur le manche de sa dague. Jasper, qui essayait désespérément de se dégager de l'étreinte de Jenet pour attraper son arme, étouffait de rage d'avoir été confié à sa garde. Il savait se tenir en selle aussi bien qu'Edmund!

— Maryon, êtes-vous capable de retrouver ce couvent à partir d'ici?

— Oui, répondit-elle en prenant le cheval d'Edmund par la bride.

— Alors, suivez-moi! Je crois que nous pouvons atteindre l'autre côté de la rivière avant eux. Une fois sur l'autre rive, Jenet et vous rejoindrez le couvent pendant que nous les retiendrons. Compris?

— Oui.

— Alors, allez-y! s'écria sir Gawyn.

Puis il fit demi-tour et redescendit vers la rivière en suivant un axe qui les éloignait de leurs plus proches poursuivants, éperonnant les flancs de son cheval bai qui s'élança au grand galop.

Les autres le suivirent dans une totale confusion; Will se rangea de l'autre côté d'Edmund, Hery Simon près de Jenet, et les deux autres hommes derrière eux. Jasper s'accrocha à la selle, oubliant du même coup sa dague et son indignation.

Le temps manquait pour choisir à quel endroit traverser, de sorte que Gawyn fonça tout droit vers le rideau d'arbres qui longeaient la rivière. Du coin de l'œil, Jasper vit que les autres cavaliers se dirigeaient vers eux pour les arrêter, mais qu'ils arriveraient trop tard : le changement de direction opéré par sir Gawyn les avait pris par surprise. Et soudain, ils se retrouvèrent au milieu des arbres. Des branches de saule lui cinglèrent le visage. Jasper les évita en se penchant pour se cacher derrière la crinière qu'il agrippait à deux mains. Au moment où le cheval sauta, son cœur chavira. Ils descendirent dans le lit de la rivière au milieu de gerbes d'eau gigantesques. Jenet poussa un cri. Hery Simon tenait maintenant la bride de son cheval tout près du mors, tirant l'animal dans l'eau tourbillonnante qui projetait des étincelles d'argent et de diamant dans les rayons du soleil.

Sir Gawyn rejoignit la rive opposée, sans parvenir toutefois à devancer les cavaliers venus leur couper la route. Ces derniers descendirent entre les arbres à sa rencontre. Les épées tirées des deux côtés miroitaient sous le soleil. Les hommes hurlaient, poussant des cris rauques vibrants de sauvagerie comme Jasper n'en avait encore jamais entendu sur le terrain d'entraînement. L'acier cognait et crissait contre l'acier, tandis que les cris des cavaliers qui approchaient retentissaient derrière lui, se mêlant à ceux de Hamon et de Colwin qui venaient de faire volte-face pour les recevoir. Il aperçut Hery Simon désarçonner un des mystérieux cavaliers du tranchant de son épée, puis entrevit une bouche grande ouverte, des bras largement écartés et une rougeur béante qui palpitait, juste avant que l'homme disparût dans l'eau sous les sabots affolés des chevaux. Aussitôt, Hery entraîna le cheval de Jenet à l'écart et éperonna furieusement le sien pour rattraper la croupe grise de la monture de maîtresse Maryon qui s'éloignait entre les saules sur l'autre rive, laissant le combat loin derrière eux.

Jasper baissa de nouveau la tête, mais la releva pour respirer lorsqu'ils sortirent du bois et s'élancèrent au galop dans un immense champ. Curieusement, Edmund était en tête devant tout le monde, accroché à son cheval qu'il n'arrivait probablement plus à maîtriser, mais toujours avec maîtresse Maryon à ses côtés. Hery Simon n'avait ni quitté Jenet ni lâché ses rênes, et ils étaient désormais à une distance raisonnable du champ de bataille.

Mais derrière eux résonnait le grondement d'autres sabots. Hery se retourna et lâcha un juron. Ayant perdu son épée dans la bagarre, il se pencha pour s'emparer de la dague de Jasper qu'il arracha de son fourreau.

— Continuez, maîtresse ! cria-t-il à Jenet en faisant faire demi-tour à son cheval.

— Hery, non ! Pas tout seul !

Mais il était déjà parti, et personne ne rebroussa chemin pour le rattraper.

CHAPITRE II

Le soleil de cette fin de journée chauffait la galerie du cloître. En sortant de la chapelle où elle venait de s'assurer que tout était prêt pour vêpres, Frevisse s'avança dans l'allée à pas lents, la tête penchée en avant, comme si elle était en prière. Mais elle ne faisait qu'observer le mouvement que dessinaient ses longues jupes sur les lignes des dalles en pierre et marchait sans penser à rien de particulier. Elle profitait de la chaleur et de la tranquillité de ce bref moment avant que retentît la cloche qui annoncerait l'avant-dernier office, invitant toutes les nonnes de Sainte-Frideswide à abandonner leurs occupations de l'après-midi pour venir prier.

Enfin, pas toutes, se reprit-elle ; et une partie du plaisir que lui avait procuré cette journée passée dans le silence et le sentiment du devoir accompli s'estompa à cette idée. Mère Edith, la prieure, n'avait pas quitté son lit depuis la semaine pascale. De toutes les religieuses, seule sœur Lucy se souvenait de l'époque où ce n'était pas elle qui occupait cette charge à Sainte-Frideswide. Et maintenant, voilà que mère Edith était mourante. Elle ne souffrait d'aucune maladie ou douleur précise, mais seulement du poids des ans. Elle sombrait progressivement dans un effacement dont l'issue était certaine et n'en laisserait pas moins un vide douloureux au sein du prieuré.

Mais au-delà du muret intérieur longeant le cloître, dans la lumière ensoleillée du jardin entrecoupé de quatre allées qui se croisaient à l'endroit où l'on sonnait la petite cloche, les fleurs — dans une sereine indifférence à elles-mêmes et aux choses mortelles de ce monde — resplendissaient en ce bel été de l'an de grâce 1436. Les marguerites éclataient de blancheur dans l'herbe fournie, tandis que les ancolies, le lin et les œillets mignardises se dressaient dans de petits carrés, où fleuriraient bientôt la digitale, la valériane et l'alchémille.

Les lèvres minces de la religieuse s'incurvèrent légèrement en se moquant d'elle-même. Où avait-elle appris tout cela? Rien n'empêchait d'apprécier les fleurs sans s'embêter à retenir leurs noms. Mais comme les fleurs étaient le péché mignon de sœur Juliana, ce devait être à force de l'entendre en parler, durant la brève heure de conversation et de récréation qu'autorisait chaque jour la règle, qu'elle avait fini par mémoriser tous ces noms, sans même l'avoir voulu.

« Que trouvons-nous encore à nous raconter pendant la récréation? se demanda Frevisse. Que reste-t-il à dire qui ne l'ait déjà été? Nous écoutons-nous seulement les unes les autres? » Sainte-Frideswide n'était pas un grand prieuré. Il abritait seulement dix nonnes, et la dernière novice avait prononcé ses vœux voilà déjà cinq ans, sans qu'aucune nouvelle doive venir la remplacer, à moins que le père de la petite lady Adela Warenne décide de destiner celle-ci à l'Eglise. Ce qui était fort probable. L'enfant, jolie, avait le teint clair avec de grands yeux bleus sous des sourcils sombres et bien droits, mais elle était atteinte d'une malformation à la hanche qui la ferait boiter sérieusement toute sa vie. Et comme elle avait plusieurs frères aînés et une autre sœur pour prolonger la lignée et la transmettre, son mariage, qui risquait d'être difficile à réaliser, ne semblait pas aussi indispensable que si elle avait été enfant unique.

Sans doute était-ce dans cette idée que lord Warenne l'avait confiée aux bons soins de Sainte-Frideswide. Et le prieuré saurait quoi faire de la dot qu'elle amènerait s'il décidait de secourir son âme de cette manière. Non que lady Adela eût montré une quelconque inclination pour la vie religieuse, mais l'enfant n'avait que sept ans et donnait l'impression d'être sage et docile. Mère Perpetua, qui lui enseignait à écrire et à compter ainsi que des rudiments de français, se disait satisfaite de son élève et pensait qu'elle s'adapterait.

Comme pour répondre aux pensées de Frevisse, lady Adela déboucha de l'extrémité obscure de l'allée et s'engagea dans la galerie ensoleillée du cloître, clopinant aux côtés de la servante chargée cette semaine-là de sonner la cloche invitant aux sept offices quotidiens. On racontait qu'un enfant mal formé était parfois le signe qu'un de ses parents avait péché — et ce que Frevisse savait de lord Warenne l'aurait amplement justifié —, ou bien le signe chez l'enfant d'une prédisposition à la malice. Personne à Sainte-Frideswide n'avait remarqué la moindre trace de malice chez lady Adela, mais, bien qu'elle fût ravissante, l'enfant marchait la tête baissée et les épaules légèrement voûtées, sans doute consciente de ce qui se disait d'elle. Ou de ce qui avait été dit, souvent, durant sa courte existence. Frevisse la trouvait cependant trop calme, trop soucieuse de ne pas se faire remarquer, son seul désir semblant être de suivre mère Perpetua dès qu'elle l'y autorisait ou d'accompagner la servante qu'on lui assignait, ou encore de rester assise sagement à coudre dans le jardin ou dans une salle du couvent.

Mais il est vrai que Frevisse n'avait jamais ressenti un tel désir de calme dans son enfance, ce qui expliquait probablement ses doutes. Mère Perpetua paraissait manifestement très contente du comportement de la petite, et Frevisse ne souhaitait pas s'en mêler. Elle se détourna du charmant spectacle qu'offraient lady Adela et la servante, la première redressant une fleur d'ancolie pour en observer l'intérieur, la seconde s'emparant de la corde qui pendait au bout de la cloche. Les nonnes n'allaient pas tarder à arriver ; il était temps d'aller allumer les cierges sur l'autel.

Tout à coup, la porte qui donnait sur la cour à l'autre bout du cloître s'ouvrit en grand, dans un retentissement de cris et un bruit précipité de sabots de chevaux résonnant sur les pavés, tandis qu'une des servantes de l'aile réservée aux invités s'accrochait à la porte en criant :

— Au secours ! A l'aide ! Des voleurs ! Des assassins ! Là, à nos portes ! A l'aide !

Pensant qu'ouvrir la porte pour les laisser entrer n'était pas la réaction la plus avisée, Frevisse traversa rapidement le cloître, écarta la servante qui hurlait et gênait le passage, et sortit dans la cour où, à défaut de voleurs et d'assassins, elle ne vit qu'une confusion mêlant chevaux et cavaliers, et plus de domestiques appartenant au prieuré qu'il n'en eût probablement fallu.

D'un bref et premier coup d'œil, Frevisse nota qu'il y avait là cinq chevaux en sueur aux yeux exorbités, dont deux étaient sans cavaliers. Sur les autres se tenaient deux femmes, l'une, jeune et rondelette, serrait un enfant assis devant elle, l'autre tenait les rênes d'un second enfant juché sur sa propre monture. Aucun homme armé, aucune arme. Le plus grand danger venait des chevaux dépourvus de cavaliers ; ils piaffaient et se cabraient au milieu du tumulte, refusant de se laisser juguler. La jeune femme ronde qui tenait l'enfant devant elle pleurait, bredouillant des mots incompréhensibles aux hommes qui s'étaient emparés de ses rênes. Au lieu de lui prêter attention, ils se lançaient des ordres entre eux sans même s'écouter. Seule la femme d'allure svelte qui montait le cheval gris semblait savoir ce qu'elle faisait et le talonnait en tirant celui de l'autre petit garçon entre les domestiques pour atteindre la grande porte qui menait à la chapelle située à la droite de Frevisse, le long du mur du cloître. Sa guimpe et son voile étaient de guingois, et des mèches échappées de ses cheveux bruns tout emmêlés encadraient son visage. Devoir s'occuper de deux paires de rênes à la fois n'était guère commode. Quand elle aperçut Frevisse et la porte ouverte derrière elle, elle poussa son cheval gris vers ce refuge le plus proche en criant :

— Vous devez nous aider !

Frevisse hocha vivement la tête en signe d'acquiescement. Quoi qu'il se passât, le désespoir de la femme était bien réel. Et quoi qu'il se passât, mieux valait l'éloigner avec les enfants et l'autre femme de la confusion qui régnait dans la cour afin de les mettre à l'abri dans le cloître, où poser des questions et obtenir des réponses cohérentes deviendrait alors possible.

Jetant des regards anxieux par-dessus son épaule en direction du portail, la cavalière fit avancer sa jument affolée et s'arrêta brusquement devant la porte.

— Les enfants ! cria-t-elle. Emmenez-les à l'intérieur. Jenet, par ici ! Amenez Jasper par ici !

Frevisse s'écarta au moment où les flancs de la jument pivotaient vers elle et prit les rênes du cheval de l'enfant des mains de la jeune femme. Le tenant tout près du mors, elle apaisa l'animal de la main et de la voix, tandis que la femme mettait pied à terre, dégageant ses jupes de la selle d'un geste impatient avant de s'approcher pour faire descendre le petit garçon.

— Jenet! cria-t-elle une nouvelle fois.

Voyant la jeune femme ne plus savoir où donner de la tête entre les rênes, l'enfant, la nervosité des autres et ses propres pleurs, Frevisse déclara :

— Je vais la chercher. Allez-y, entrez.

Elle vit en outre avec soulagement Roger Naylor arriver de la cour extérieure et franchir la porte. L'expression de l'intendant du prieuré indiquait qu'il allait mettre un terme à cette agitation frénétique, quelle qu'en fût la cause. Sachant qu'elle pouvait le laisser s'occuper des chevaux et des domestiques, Frevisse se dirigea vers Jenet et s'adressa d'un ton sec aux hommes accrochés aux rênes et à la bride.

— Faites tenir cette brute tranquille.

Quelques années plus tôt, elle avait occupé la fonction de sœur hôtelière et avait été chargée à ce titre de prendre soin des hôtes et des visiteurs du prieuré. Les hommes lui avaient alors obéi, comme ils le firent en cet instant lorsqu'elle désigna du doigt l'un d'eux tout en ordonnant à un autre :

— Aidez-le à descendre. Non, pas elle, d'abord l'enfant. Passez-le-moi. Jenet, vous pouvez le lâcher. Tout va bien.

A l'instar des hommes, Jenet réagit instantanément à ses ordres lancés d'une voix autoritaire. Elle remit le petit garçon à l'homme qui le souleva sans peine et le tendit à Frevisse. L'enfant se tortilla dans ses bras, sans verser la moindre larme et l'air fier, malgré le chaos qui régnait autour de lui.

— Posez-moi par terre ! exigea-t-il. Je peux marcher !

— Pas ici, rétorqua Frevisse du même ton péremptoire. Après la porte.

Le calant fermement sur sa hanche — il était petit, mais d'un poids néanmoins conséquent qui résistait à sa poigne —, elle se retourna pour l'emmener à l'abri.

C'est alors qu'elle vit mère Alys surgir de nulle part pour leur barrer le passage, usant de sa corpulence et de son caractère qui étaient l'une et l'autre peu ordinaires. La religieuse qui occupait désormais la fonction d'hôtelière était visiblement furieuse de ne pas participer à ce qui se passait.

Mère Alys avait jadis été cellérière du prieuré, autrement dit au deuxième rang derrière la prieure quant à l'autorité, et très à son aise dans le rôle de responsable des cuisines attaché à cette fonction. Habile à veiller à ce que la cuisine soit bien faite, elle n'avait eu là que des servantes à terroriser et des casseroles et ustensiles dénués de sentiments à malmener. Mais quand le moment était venu de permuter les charges, ainsi que l'exigeait la règle, elle s'était beaucoup moins bien débrouillée en tant que sacristine. Elle n'avait aucune délicatesse dans la manipulation des parures d'autel brodées; les cierges se cassaient dès qu'elle les prenait en main; le calice, la patène et les bougeoirs avaient souffert de ses frottements intempestifs. Lors du nouveau changement de fonctions l'hiver dernier, elle avait été nommée hôtelière, charge qu'elle accomplissait, comme tout le reste, avec une extrême vigueur et sans la plus petite once de tact. En tant que sœur hôtelière, elle était responsable des deux ailes réservées aux hôtes qui flanquaient la porte d'entrée au fond de la cour et — par excès d'empressement, non selon la règle — de toute chose ou individu passant à proximité, ce qu'elle considérait apparemment comme englobant la cour et la porte du cloître. Ce fut en femme imposante et bien en chair, dotée de plus d'énergie que de bon sens, qu'elle s'interposa en criant à tue-tête:

— Que se passe-t-il donc? Quelqu'un me le dira-t-il? Que se passe-t-il?

La première femme, la main du garçonnet serrée

fermement dans la sienne, écarta une servante de son chemin pour rejoindre la porte et mère Alys.

— Laissez-nous passer immédiatement, dit-elle en se plantant sous son nez. Nous sommes en danger !

— En danger ? Le seul danger que je vois, ce sont ces chevaux excités ! Personne n'entrera ici avant que je sache ce qui se passe !

— Nous avons été attaqués par des bandits qui sont peut-être à nos trousses... Nous réclamons l'asile ! Au nom de Dieu, il vous revient de nous l'accorder !

— Juste comme ça ? s'étrangla mère Alys. Vous n'êtes pas dans une taverne de campagne où l'on déboule sans crier gare et sans même demander la permission. Ah, ça, non !

Frevisse se faufila entre la femme, qui était au désespoir, et mère Alys.

— Elle nous demande l'asile. Ce qui les place sous ma responsabilité de sacristine.

Bien qu'elle ne fût pas certaine d'une telle affirmation, Frevisse doutait que mère Alys en sût davantage. Jusqu'à ce jour, personne n'avait jamais réclamé l'asile à Sainte-Frideswide.

— Laissez-les entrer.

— Avec qui sait quoi à leurs trousses ? Et sans même savoir qui ils sont ?

Derrière Frevisse, Roger Naylor prit la parole :

— J'ai fait fermer la porte extérieure et ordonné à mes hommes de la garder. Personne n'entrera sans notre autorisation. Que vous arrive-t-il ?

Sa question s'adressait à la femme, mais avant même qu'elle ait pu ouvrir la bouche, mère Alys répondit :

— Des ennuis, voilà ce qui nous arrive ! Débarquer ici sans même implorer un pardon ou...

— Je crois que nous ferions mieux de les laisser entrer, maître Naylor, coupa Frevisse d'un ton ferme en couvrant la voix de mère Alys qui s'égosillait. Ils ont demandé l'asile, et je le leur ai accordé. Mieux vaudrait écouter ce qu'ils ont à dire avec moins d'oreilles alentour.

L'intendant acquiesça d'un bref hochement de tête.

— Mère Alys le comprend, j'en suis sûr, dit-il, laissant entendre qu'il s'attendait à ce que tel soit bien le cas.

En tant qu'intendant du prieuré, personne n'avait autorité sur lui en dehors du cloître, à l'exception de mère Edith. De plus, c'était un homme, et il possédait un sens naturel du commandement. Mère Alys lui jeta un regard noir, mais s'écarta en hochant la tête d'un air rigide et grognon.

La femme élancée passa la première, tirant le petit garçon par la main.

— Hâtez-vous, Jenet! lança-t-elle par-dessus son épaule.

L'autre femme, qui reniflait toujours, obéit et tendit les bras pour reprendre l'enfant à Frevisse.

— Tout va bien, maître Jasper... A présent, tout va bien. N'ayez plus peur.

L'enfant lui jeta un regard indigné et se tortilla comme un beau diable pour se libérer.

— Je n'ai pas peur du tout! Et je me serais volontiers battu si vous ne m'en aviez pas empêché! Je ne me serais pas enfui comme un lâche! Je les aurais transpercés d'un coup de dague!

Frevisse le posa par terre en disant:

— Vite! Entrez par ici!

Jenet l'attrapa par la main, l'entraînant vers le refuge tant convoité. Et il eût en effet fallu être un fieffé impie pour les poursuivre jusqu'en ce lieu dans l'intention de leur nuire.

Mais Frevisse se retourna sur le seuil et dit:

— Maître Naylor, vous nous tiendrez au courant des événements? Au cas où quelqu'un... viendrait?

— J'ai posté des hommes devant chaque porte et envoyé prévenir au village. Je veillerai à ce que personne n'entre hormis ceux qui le doivent et vous ferai avertir s'il y a du nouveau.

Rassurée de savoir qu'il ferait le nécessaire, Frevisse hocha la tête, puis suivit les autres dans le cloître à l'instant même où quelqu'un se décidait enfin à sonner vêpres maintenant que l'agitation était retombée. Les turpitudes du monde, même lorsqu'elles pénétraient jusqu'au sein du cloître, ne devaient en rien distraire les religieuses de la prière. Mère Alys claqua la porte derrière Frevisse avec une force assourdissante et s'éloigna d'un pas raide vers la chapelle. Malgré la règle de silence qui prévalait à l'intérieur du cloître, Frevisse l'interpella :

— Mère Alys, auriez-vous l'obligeance d'allumer les cierges sur l'autel ?

La sœur hôtelière acquiesça d'un bref signe de tête, sans se retourner. Frevisse se concentra sur les femmes et les enfants qui, pour l'heure, se trouvaient plus ou moins sous sa responsabilité. Commençant à avoir une vision plus claire des choses, elle réalisa qu'elle connaissait la femme brune. Voilà cinq ans, celle-ci était venue à Sainte-Frideswide alors qu'elle travaillait au service — et comme espionne ! — d'une grande dame qui était morte assassinée entre ces murs [1].

Maryon. C'était son nom.

A cet instant, la femme croisa son regard, vit qu'elle l'avait reconnue et secoua imperceptiblement la tête, une lueur d'affolement dans le regard. Elle tenait à demeurer anonyme. Avant que Frevisse eût décidé si elle allait tenir compte ou non de cet avertissement, le plus âgé des garçons attrapa Maryon par le bras, comme s'il y avait déjà longtemps qu'il cherchait à capter son attention, et dit, le ton lourd de reproche :

---

1. Voir *Le Conte de la novice*, 10/18, n° 3234.

— Vous m'avez obligé à abandonner sir Gawyn ! Vous ne m'avez pas laissé l'aider !

— Vous n'êtes ni assez vieux ni assez grand pour vous battre, maître Edmund, s'interposa Jenet avec ardeur. C'est pourquoi ces hommes nous accompagnaient. Pour vous protéger. Et nous permettre de nous enfuir et de nous réfugier ici, loin des méchants. Maîtresse Maryon n'a fait que son devoir.

Edmund et Jasper lui lancèrent un regard de profond dédain. Mais Maryon prit la parole à son tour.

— Agir ainsi était notre devoir. Nous n'avions pas le choix. C'est ce que nous devions faire. Le comprenez-vous ?

Son ton indiquait qu'ils avaient certes intérêt à comprendre et, comme le regard adressé à Frevisse, contenait une mise en garde à peine voilée que les deux enfants ne manquèrent pas de remarquer. Ils refermèrent aussitôt la bouche, ravalant ce qu'ils s'apprêtaient à dire. Mais, une seconde plus tard, Jasper brisa le silence hostile en s'écriant :

— Hery a pris ma dague !

— Eh bien, il vous la rapportera, j'en suis certaine, lui assura Maryon.

Avant qu'ils aient pu ajouter quoi que ce soit, elle les attrapa chacun par une épaule et se tourna vers Frevisse.

— Voici mes fils, Edmund et Jasper.

L'aîné hésita une seconde avant de la saluer. Le plus jeune jeta un coup d'œil étonné à Maryon, puis se reprit et s'inclina en imitant son frère. Tous deux se redressèrent, le regard rivé sur Frevisse comme s'ils attendaient d'elle quelque chose, et la voir pencher légèrement la tête sembla les surprendre tout autant.

Avec leurs cheveux roux et leurs yeux gris, ils se ressemblaient au point que leur regard identique pouvait être déconcertant ; mais Frevisse ne se laissait pas facilement déconcerter.

— Je suis mère Frevisse, la sacristine de Sainte-Frideswide, dit-elle pour toute présentation. Soyez les bienvenus dans ce refuge sans grand confort que nous sommes en mesure de vous offrir, ajouta-t-elle à l'intention des deux femmes.

Jenet, qui n'était pas encore tout à fait remise mais se maîtrisait de mieux en mieux, s'épongea le visage avec le bas de sa robe. Maryon avait de nouveau l'air calme et le regard serein.

— Nous vous en remercions, dit-elle.

Pendant leur discussion, les religieuses s'étaient rassemblées, abandonnant les diverses tâches qui les occupaient l'après-midi pour s'avancer dans les allées du cloître et gagner la chapelle. Malgré quelques regards, aucune des nonnes ne s'était arrêtée, et plusieurs servantes parmi les plus dévouées arrivaient à présent en hâte dans leur sillage.

— Maud! appela Frevisse.

L'une des femmes se figea, intriguée, puis s'approcha avec curiosité, ravie d'avoir l'occasion d'observer de plus près des étrangers dans ce lieu où ils étaient si rares.

— Conduisez nos hôtes là où ils pourront se rafraîchir et se reposer. Et tâchez de leur trouver quelque chose à manger et à boire, ordonna Frevisse. Pour l'heure, je crois que le chauffoir fera l'affaire. Après vêpres, nous demanderons à mère Claire ce qui convient le mieux.

— Je pourrais les installer dans le parloir de mère Edith, suggéra Maud.

— Non. Inutile de la déranger avec cela pour l'instant.

Mère Claire, l'actuelle sœur cellérière, prendrait les décisions qui s'avéreraient nécessaires, de manière à ménager la prieure le plus possible. D'ici là, Frevisse aurait eu le temps d'en apprendre davantage sur la fourberie à laquelle Maryon s'était prêtée cette fois-ci.

CHAPITRE III

Sainte-Frideswide ne s'était jamais agrandi très au-delà du petit couvent qu'il était à l'époque où une veuve pieuse et fortunée l'avait fondé au siècle précédent. Mais s'il n'avait guère prospéré, il ne s'était pas réduit non plus. Les murs d'enceinte comprenaient de vastes granges, appentis et ateliers, ainsi que les entrepôts où étaient conservées les choses essentielles à la vie matérielle du prieuré. Un mur d'enceinte intérieur et une cour pavée séparaient ces bâtiments de la chapelle et du cloître qui formaient le cœur du couvent, où les moniales se devaient de passer leur vie, conformément à la règle de saint Benoît. Des quatre côtés de la galerie couverte du cloître se trouvaient la chapelle, le dortoir et le réfectoire, la petite salle du chapitre et le chauffoir, les cuisines et les autres pièces nécessaires au travail et à la vie des religieuses. Derrière cet ensemble s'étendait un petit jardin clos, où les religieuses pouvaient se promener aux heures de récréation et, encore au-delà, un verger délimité par un talus et un fossé où elles avaient également parfois le droit d'aller.

La donation octroyée par la veuve s'était révélée suffisante pour entretenir le tout, sans permettre toutefois le moindre luxe. Même la chapelle restait à l'image des modestes ressources du prieuré, ne comportant qu'une petite nef toute simple, un toit en bois à grosses poutres et des fenêtres en verre transparent. Devant l'autel s'alignaient des stalles pouvant réunir vingt religieuses, bien que Sainte-Frideswide n'en eût jamais abrité autant et qu'elles ne fussent actuellement que neuf, sans compter la prieure.

Frevisse rejoignit sa place du côté sud du chœur, près de mère Perpetua, mère Alys, sœur Lucy et sœur Emma, face à mère Claire, sœur Juliana, sœur Amicia et sœur Thomasine. Après une brève génuflexion, elle s'installa à sa place, prête à s'abstraire des vicissitudes de ce monde pour se consacrer aux plaisirs subtils des vêpres.

Deux ans auparavant, les voies profondes de la prière l'avaient sauvée alors qu'elle avait dû assumer certains choix, à la suite desquels il avait fallu déplorer des morts[1]. Elle savait d'amère expérience que la prière ne libérait en rien de ce bas monde ; mais au moins offrait-elle quelque répit aux ennuis, conduisant au mieux dans une dimension où il était possible de puiser la force de les affronter. Prier au moment où elle en avait éprouvé si fort la nécessité l'avait aidée à s'accepter telle qu'elle était. Et cette fois-ci comme tant d'autres, elle trouva dans le psaume du jour quelque chose qui correspondait à ses propres sentiments et besoins.

Domine, non superbit cor meum, neque extolluntur oculi mei. Nec prosequor res grandes, aut altiores me ipso... Seigneur, je n'ai pas le cœur fier, ni le regard ambitieux. Je ne poursuis ni grands desseins ni merveilles qui me dépassent...

Dans ce plain-chant, Frevisse mêla sa voix à celles des autres nonnes, à ces voix si familières depuis déjà de longues années. Elle s'appliqua à abaisser la sienne pour laisser la conviction et la joie pleines de douceur

---

1. Voir *Le Conte du bandit*, 10/18, n° 3341.

et de légèreté de sœur Thomasine porter ce psaume qu'elle savait la jeune religieuse aimer particulièrement.

Sicut parvulus in gremio matris suae, ita in me est anima mea. Mon âme est en moi comme un enfant, comme un petit enfant contre sa mère.

Sœur Thomasine était arrivée à Sainte-Frideswide avec la naïveté d'une enfant, et son désir ardent d'être là n'avait pas diminué au fil du temps.

Le psaume se conclut avec douceur sur la réaffirmation que leurs cœurs ne connaissaient nulle fierté. Puis, dans un froissement de robes, les nonnes s'assirent de nouveau pour assister à la lecture du chapitre.

Peu à peu, sans qu'elle pût dire d'où elle lui venait, une pensée s'insinua dans l'esprit de Frevisse : Maryon n'est pas la mère de ces enfants.

Troublée par cette idée, elle se retrouva en train d'y réfléchir après l'office. Il n'avait été fait aucune mention, même allusivement, d'un mari ou d'enfants lorsque Maryon était venue voilà cinq ans. Or l'aîné des garçons devait être âgé de six ou sept ans, et l'autre à peine plus jeune. Naturellement, Maryon avait pu épouser un veuf déjà pourvu d'une descendance. Mais les garçons avaient paru surpris — le plus jeune l'avait même clairement manifesté — quand elle les avait présentés comme ses fils. Et le regard que Maryon lui avait alors jeté avait tout d'une mise en garde, dont l'enfant avait pris acte sur-le-champ. Une mise en garde, peut-être, mais contre quoi ?

En outre, si la déclaration de Maryon était mensongère, que penser de cette histoire selon laquelle ils s'étaient fait attaquer sur la route par des brigands ? Il s'était passé quelque chose, ça, c'était certain. L'indignation du garçon de n'avoir pas pu se battre avait été bien réelle. Mais qu'en était-il exactement ? Les voleurs de grand chemin représentaient un risque guère fréquent, et d'ailleurs aucune menace semblable n'avait été signalée dans les parages depuis longtemps. En outre, quand il leur arrivait d'avoir l'audace de s'attaquer à des voyageurs, ils les choisissaient en général assez riches pour que cela en vaille la peine, ce qui impliquait presque invariablement de se poster sur une grand-route. Rares étaient les équipages fortunés qui empruntaient les petits chemins et sentiers des environs. Et Maryon, quoiqu'elle eût reçu une bonne éducation, n'était issue ni de la noblesse, ni d'une famille de marchands. Sans doute appartenait-elle à la haute bourgeoisie, et à la haute bourgeoisie galloise, qui plus est. Mais elle n'arborait aucun signe de richesse à même d'attirer des bandits. Elle et les garçons étaient sobrement vêtus, et Jenet n'était qu'une simple servante. Et si les chevaux provenaient d'un bon élevage, rien dans leur harnais n'indiquait des voyageurs fortunés. Et puis les hommes qui accompagnaient les femmes et les enfants ne devaient guère être nombreux, sinon ils auraient été plusieurs à les accompagner dans leur fuite. A moins que... Leurs assaillants avaient-ils été en si grand nombre ?

Maître Naylor devait le savoir, ou le saurait en tout cas d'ici peu. Il avait dû envoyer des hommes afin de découvrir ce qu'il était advenu du reste du groupe, et si celui-ci courait encore un danger. Arriverait-elle à lui parler avant complies ?

Frevisse se ressaisit, non sans ressentir une pointe de culpabilité. Tout cela ne la regardait en rien. Elle n'était plus sœur hôtelière ; comme tout hôte du prieuré, ces femmes et ces enfants étaient l'affaire de mère Alys et d'elle seule.

Sauf que Maryon avait demandé l'asile.

Non pas un abri ou un refuge, mais l'asile que l'Eglise était censée accorder à ceux qui le réclamaient. Mais pourquoi une telle demande ? La plupart du temps, l'asile était réservé à ceux qui se retrouvaient en conflit avec la loi.

L'office de vêpres s'acheva sur des regrets pour ceux qui avaient quitté ce bas monde à tout jamais : ... *Requiescat in pace*... Reposez en paix. Amen.

Les mots retombèrent dans un profond silence et, un moment durant, personne ne bougea dans le chœur, les nonnes savourant pleinement le moment paisible qui succédait à ces paroles.

Puis mère Alys se leva avec sa vigueur habituelle, sœur Emma et sœur Amicia l'imitant sans réfléchir. Mais en l'absence de mère Edith, la cellérière jouissait de la préséance, et c'était donc à mère Claire qu'il revenait de donner le signal de se lever. Les nonnes les plus discrètes — Frevisse, mère Perpetua, sœur Lucy et sœur Thomasine — restèrent assises et gardèrent la tête baissée en attendant que mère Claire leur fasse signe. Moins réservée, sœur Juliana posa un regard de franche indignation sur mère Alys. Sans paraître offensée, la cellérière se contenta de lever les yeux sur celle-ci.

Aussitôt, réalisant un peu tard son erreur, Alys jeta un regard furibond à sœur Emma et sœur Amicia comme si elle les en tenait responsables, puis se rassit avec assez d'énergie pour faire grincer le bois de sa stalle. Mère Claire attendit encore un instant avant de se lever et de les mener hors de la chapelle.

L'heure entre vêpres et complies, le dernier office de la journée, était réservée à la récréation, pendant laquelle les conversations ordinaires, voire futiles, étaient permises. La détente tant attendue était déjà perceptible dans la façon de marcher des moniales lorsqu'elles pénétrèrent dans le cloître. La plupart se dirigèrent vers la glissière, l'étroit boyau qui débouchait sur le jardin. Mais Frevisse, qui était sortie parmi les dernières, aperçut soudain Ela, une des servantes de l'hôtellerie, se faufiler au milieu des religieuses, puis attraper sœur Thomasine par la manche et l'entraîner à l'écart. Laissant les autres avancer, Frevisse ralentit le pas. Quant à mère Claire, qui attendait près de la glissière que tout le monde fût sorti, elle revint s'informer du problème en cause; puisque sœur Thomasine était infirmière, qu'on vienne la mander signifiait que quelqu'un était malade ou blessé. Ayant occupé cette même fonction avant elle, mère Claire se souciait davantage de ces devoirs que de tous ceux qui lui avaient jamais été confiés à Sainte-Frideswide.

— C'est pour ceux qui voyageaient avec les femmes, expliquait Ela. On les a ramenés. Les hommes de maître Naylor les ont retrouvés, et l'un d'eux est blessé. Et, à voir sa mine, c'est sûrement grave...

Sœur Thomasine se tourna vers son aînée.

— Si c'est si grave, je vais avoir besoin de votre aide, lui dit-elle.

Mère Claire acquiesça.

— Allez auprès de lui. Je vais chercher le nécessaire et je vous rejoins. Mère Frevisse, voulez-vous bien l'accompagner?

— Assurément, répondit Frevisse.

Sœur Thomasine s'était montrée douée et pleine de compassion en tant qu'infirmière dans le cas de maladies, mais plus nerveuse que compétente lorsqu'il s'agissait de plaies ouvertes, comme il arrivait que s'en fassent les manants du prieuré en travaillant ou lors d'une rixe au village. La voir d'abord grimacer puis agir de son mieux pour soigner une blessure, et ce bien qu'elle eût l'air profondément écœurée, avait fini par forcer le respect de Frevisse. Aussi la jeune sœur lui sourit-elle avec autant de timidité que de gratitude lorsqu'elles suivirent Ela hors du cloître.

Au fond de la cour, un groupe d'hommes et de valets était rassemblé devant le perron de la nouvelle aile de l'hôtellerie, parlant avec tant d'excitation qu'ils ne les virent pas approcher avant que Frevisse fût suffisamment près pour entendre l'un d'eux dire :

— ... comme si on avait saigné un porc, sur toute la surface du lac Meadow. Jamais je n'aurais cru qu'une épée pouvait faire couler autant de sang du corps d'un homme ! On aurait dit...

Sentant des coudes lui bourrer les côtes, l'homme s'interrompit, et tous s'écartèrent pour laisser passer les religieuses. Frevisse lança un coup d'œil à sœur Thomasine, qui ne se sentait jamais très à l'aise en dehors du cloître, et encore moins au milieu d'hommes. Mais bien qu'elle fût un peu pâlotte, elle paraissait sûre d'elle. Un blessé avait besoin de soins, et ce fait l'emportait sur ses propres sentiments.

Le blessé avait été allongé sur un lit, dans une chambre adjacente à la salle principale de l'hôtellerie. Trop de gens étaient présents dans la pièce. Ela, qui s'était acquittée de son devoir, s'écarta, laissant Frevisse ordonner à tous ceux qui n'avaient rien à faire là de s'en aller. Elle n'interrogea qu'un seul homme qui, à voir ses mains couvertes de sang, avait dû aider à transporter jusque-là la victime.

— Où est maître Naylor ?

— Il s'occupe de faire ramener les cadavres avant la nuit tombée.

— Combien sont-ils ?

— Aucune idée. J'en ai vu trois, mais ils sont peut-être davantage. Le spectacle était épouvantable. Peut-être que lui, là-bas, le sait, ajouta-t-il en se tournant vers un jeune homme qui se tenait tout raide au bout du lit, le regard rivé sur le blessé. Il était avec eux.

Sœur Thomasine, les mains croisées sur la poitrine et la tête baissée, s'était approchée du lit pour prier avant de commencer sa tâche. Plus pragmatique, Frevisse s'adressa à l'un des domestiques qui attendaient sur le seuil.

— Hâtez-vous d'apporter de l'eau chaude, une bassine et des linges propres, ordonna-t-elle avant de s'avancer au chevet du blessé.

L'homme, d'âge moyen, était vêtu d'une tenue grossière pour chevaucher, et une immense tache de sang souillait son pourpoint, s'étalant le long de l'épaule gauche et de la manche. Il gisait là les yeux clos sans bouger, mais la crispation de sa bouche trahissait sa souffrance. Quelqu'un avait dégrafé son pourpoint au col et appliqué un linge plié sous sa chemise afin de ralentir l'hémorragie. Sur la partie dénudée de son cou, la veine tressaillait, signe d'un pouls irrégulier. Prudemment, sachant qu'il n'y aurait pas moyen d'éviter de lui faire mal, Frevisse dit :

— Nous allons devoir vous dévêtir pour soigner votre blessure.

L'homme ouvrit les yeux. La douleur voilait son regard, mais sa voix était ferme :

— Quelqu'un m'a dit qu'ils étaient parvenus jusqu'ici sains et saufs. Femmes et enfants.

— Sains et saufs, confirma Frevisse. Ils sont ici et ils vont bien.

— Alors, faites-moi ce que vous jugez bon de me faire, dit-il en refermant les yeux.

Un peu plus tard, Frevisse s'approcha de nouveau du lit et se pencha sur le blessé. Son visage gris et creusé aux traits tirés le faisait paraître plus vieux, et il avait perdu connaissance, ce qui était une bénédiction étant donné le traitement que mère Claire avait dû faire subir à son épaule.

— Mais il devrait se remettre plutôt bien, avait-elle

dit avant de s'en aller. A condition que la blessure ne s'infecte pas... Et qu'il se nourrisse correctement une fois qu'il aura repris conscience.

Elle avait l'air presque aussi lasse que sir Gawyn. Travaillant à ses côtés, sœur Thomasine avait blêmi à force de peiner et de souffrir avec le blessé. Mais pas un instant elle n'avait manqué d'éponger le sang ou de rapprocher les chairs déchirées tandis que mère Claire les recousait, ni de faire tout ce qui avait été exigé d'elle durant les soins; et quand ce fut terminé, elle avait rassemblé les vêtements sanguinolents et les ustensiles dans une bassine en disant qu'elle se chargeait de tout nettoyer et ranger afin que mère Claire pût enfin aller souper.

— Avant d'aller prier pour lui, n'oubliez pas de venir manger vous aussi, lui avait rappelé mère Claire d'un ton ferme.

Et sœur Thomasine avait courbé la tête en acquiesçant timidement, la chapelle étant toujours et en tout son premier recours. Et puisque la vie d'un homme était en jeu, il était fort probable que, dans la ferveur de ses prières, elle en vînt à oublier que la règle imposait de consacrer suffisamment d'heures au sommeil chaque jour, autant qu'au travail et à la prière.

Elle était à présent repartie avec mère Claire, ainsi que tous les domestiques, à l'exception d'Ela, qui frottait les taches de sang sur le sol, et du jeune homme qui se tenait au bout du lit au moment où Frevisse était arrivée. Il avait partagé avec elle la difficile tâche de maintenir sir Gawyn aussi tranquille que possible quand mère Claire avait commencé à s'occuper de sa blessure, jusqu'au moment où la perte de connaissance avait rendu leur intervention inutile. Le jeune homme était mince mais solidement bâti, et presque aussi gris de fatigue que son maître sous son teint naturellement rosé. Il avait appelé le chevalier par son nom en ces moments pénibles et, à en juger par ses soins et son affliction, devait être son écuyer.

— Je ne connais pas votre nom, lui dit Frevisse.

Le jeune homme détourna le regard du visage de son seigneur, l'air vaguement surpris, comme s'il se considérait lui-même sans importance. Mais il se ressaisit presque aussitôt et inclina la tête avec respect en répondant :

— Will Tendril, madame.

— Vous n'êtes pas blessé ? Vous n'avez pas été blessé au combat ?

— Non, madame. Rien que quelques contusions et une égratignure.

Il montra la déchirure courant le long de sa manche, du coude à l'épaule, et le sang séché sur le bras musclé. Il fit la grimace.

— Il faudra arranger ça, ajouta-t-il, faisant apparemment allusion à sa chemise plutôt qu'à son bras.

— Quelqu'un d'ici s'en chargera volontiers. Vous avez eu de la chance.

— Tout comme Colwin. Mais Hery, lui, est mort, et Hamon aussi, et c'est bien regrettable. Votre homme a dit qu'il allait se charger de ramener leurs dépouilles ?

— S'il l'a dit, il le fera, le rassura Frevisse. Où est Colwin ?

— Il s'occupe des chevaux, je suppose. Il m'a aidé à ramener sir Gawyn, mais il ne supporte pas la vue du sang. Qu'il reste ici n'aurait servi à rien.

— Comment avez-vous été attaqués ? Combien étaient-ils ?

— Cinq, je crois, répondit Will d'un air hésitant. Nous étions au milieu des arbres, et je n'ai pas pris le temps de compter précisément. Ils s'étaient séparés en deux groupes et ont fondu sur nous par-devant et par-derrière.

— Qui était-ce ? Des bandits ? Des voleurs de grand chemin ?

Will haussa les épaules.

— Qui d'autre voulez-vous que ce soit ? Nous chevauchions tranquillement lorsque nous les avons aperçus, et quand nous avons voulu les éviter, ils ont foncé droit sur nous. Nous avons bien été obligés de nous battre.

Il se tourna vers sir Gawyn.

— Son épaule ne sera plus comme avant, n'est-ce pas ?

— Mère Claire a fait ce qu'il convenait de faire.

— Oh, je n'en doute pas ! J'ai vu quantité d'hommes recevoir de plus mauvais soins après une bataille. Il n'empêche que la blessure est grave, n'est-ce pas ?

— Assez grave.

— Mais il vivra ?

— Il a l'air résistant et a donc de fortes chances. Mais il n'est pas certain que son bras gauche recouvre toute sa force, ni son entière mobilité.

Will baissa la tête, l'air triste et préoccupé. Une mèche blonde retomba sur son front. Lentement, il la repoussa de la main.

— C'est fâcheux pour lui.

— Oui. Mais nous pouvons prier pour que son état s'améliore, et peut-être que cela s'arrangera. Toutefois, pour l'heure, vous avez besoin de manger et de prendre du repos. Ela, dès que vous aurez terminé, veillez à faire apporter de la nourriture, ainsi qu'un matelas, dit-elle à la servante. Vous demeurez ici ? demanda-t-elle à Will.

— Mieux vaut que ce soit moi qui le veille qu'un autre, répondit-il, comme elle s'y attendait.

Apparemment, mère Alys n'était pas venue à l'hôtellerie vérifier que tout était en ordre pour leurs hôtes. Frevisse donna les ordres qu'elle estimait nécessaires pour la nuit à plusieurs servantes en plus d'Ela. Puis elle se mit en quête de maître Naylor, alors même que l'heure à laquelle elle aurait dû regagner le cloître était déjà largement dépassée.

Derrière le portail, la lumière délicate du soir d'été s'étirait dans la cour. La journée, chaude et paisible, touchait à sa fin dans la douceur et le calme, comme s'il n'y avait jamais eu de tumulte devant la porte du cloître, ni aucun homme grièvement blessé transporté dans l'hôtellerie, ni aucun mort à enterrer. Toutes ces choses si étrangères à Sainte-Frideswide apparaissaient comme l'aberration d'un moment désormais révolu, prêt à être oublié.

Pourtant, rien de tout cela n'appartenait au passé. Il restait encore nombre de choses à régler, et Frevisse fut contente de voir maître Naylor se détacher d'un groupe d'hommes en train de parler devant le portail près de la route et traverser la cour pour venir à sa rencontre. Elle remarqua que la grande porte était fermée et barricadée, une mesure observée en général quelques instants seulement avant qu'il fasse nuit noire. Et il y avait au moins un homme sur le toit de la maison du gardien, d'où la vue sur la campagne s'étendait à l'horizon dans toutes les directions.

— Mère Frevisse, dit l'intendant en la saluant d'un signe de tête lorsqu'ils se retrouvèrent au milieu de la cour.

Suite à plusieurs expériences qu'ils avaient dû affronter malgré eux, ils avaient appris à se respecter mutuellement, de sorte que Naylor s'adressait à Frevisse plus directement qu'à d'autres nonnes.

— Comment va le chevalier ? Sa blessure n'était pas belle à voir.

— Mère Claire pense qu'il s'en remettra si la plaie ne s'infecte pas. Son écuyer n'a pratiquement rien pu me raconter de ce qui s'était passé.

Ou n'avait pas voulu...

— Alors, qu'avez-vous appris ?

— Juste qu'ils voyageaient et qu'ils ont été attaqués par des bandits. Les hommes se sont battus pendant que les femmes s'enfuyaient avec les enfants pour les mettre à l'abri. Deux de leurs gens ont été tués, et cinq de leurs assaillants.

— L'homme auquel j'ai parlé, l'écuyer de sir Gawyn, pense qu'ils n'étaient que cinq à les attaquer.

— C'est également ce qu'a dit l'autre homme quand je l'ai interrogé. Si c'est le cas, cette bande de brigands ne nuira plus à personne.

— Mais vous avez jugé préférable de fermer le portail et de poster un garde.

— J'ai aussi mandé quelqu'un prévenir au village de se tenir sur ses gardes et fait quérir le sergent de loi et maître Montfort.

Le premier pour sa protection, et afin qu'il enquête sur cette affaire qui était une violation de la paix du roi ; le second parce qu'il était l'enquêteur de la Couronne, chargé d'éclaircir les circonstances de toutes les morts subites ou suspectes avant de déterminer qui était coupable, et ce qui était dû au roi en termes d'amendes et de confiscations.

— A-t-on signalé la présence de brigands dans les environs ? demanda Frevisse.

— Pas depuis plusieurs années.

— Colwin a-t-il une idée de la raison pour laquelle on s'en est pris à eux ?

— Pas la moindre. Il dit que l'attaque est survenue sans qu'il en comprenne la raison.

— Et vous le croyez ?

— Non.

Frevisse attendit, mais voyant que l'intendant n'en disait pas davantage, elle décida d'insister.

— Et pourquoi ?

Lentement, comme s'il eût préféré garder ses pensées pour lui le temps d'y réfléchir encore, maître Naylor dit :

— Les brigands qui chercheraient une proie qui en vaille la peine par ici se tromperaient d'objectif. Or ces hommes étaient trop bien vêtus et trop bien armés pour s'être fourvoyés.

Maître Naylor était aussi réticent à voir en eux des bandits que Frevisse à admettre la prétention de Maryon à passer pour la mère des enfants. Mais ce n'était pas tout.

— Sir Gawyn portait un plastron sous son pourpoint. Et son écuyer en a un également, à voir la façon dont il bouge.

L'intendant fronça les sourcils en réfléchissant à ce que Frevisse venait de dire.

— Les routes ne sont pas périlleuses au point de se déplacer en armure, dit-il. Et si certains le font, c'est ouvertement, pour faire savoir à d'éventuels assaillants qu'ils sont sur le qui-vive et prêts à réagir.

— Autrement dit, ils envisageaient la possibilité d'une attaque, mais tenaient en même temps à se faire passer pour de simples voyageurs, résuma Frevisse.

— Ce que ni vous ni moi ne croyons plus qu'ils soient.

— Non. Certainement pas.

CHAPITRE IV

Il était trop tard pour aller chercher quelque chose à manger à la cuisine, mais il lui arrivait souvent de jeûner sans en être pour autant dérangée ; la discipline libérait l'esprit des exigences du corps. Et pour l'heure, son esprit avait surtout besoin de réfléchir librement à ce qui s'était passé — et se passait —, ainsi qu'aux problèmes qui risquaient de se poser à Sainte-Frideswide si ses soupçons se révélaient un tant soit peu fondés.

Ses sandales à semelles souples ne firent quasiment pas de bruit sur le sol en pierre quand elle entreprit de faire le tour de la galerie du cloître pour accéder à la porte et monter au dortoir. Dans l'intimité relative de son lit, elle aurait tout le temps de réfléchir.

Mais au moment où elle arrivait à l'angle de la galerie, une silhouette bondit du muret où elle était assise dans l'obscurité et vint se planter devant elle. Maryon.

Frevisse s'arrêta. Les deux femmes se toisèrent en silence. Leurs yeux finirent par s'habituer à la pénombre, et la lumière était suffisante pour distinguer un visage, mais pas pour permettre à Frevisse de déchiffrer l'expression de Maryon dans le pâle halo que formaient sa guimpe et son voile.

Non qu'il eût jamais été aisé de lire sur le visage de

la jeune femme, pensa Frevisse. Lorsqu'elle le voulait, elle prenait de grands yeux innocents de chat songeur, ses manières se faisaient aussi lisses et insipides que du lait écrémé, et cela même quand elle risquait de passer pour une meurtrière, comme lors de son dernier passage à Sainte-Frideswide. Elle avait prétendu être au service de la formidable et agressive lady Ermentrude, alors qu'elle était en fait en mission secrète et chargée de surveiller la langue aussi fourchue qu'indiscrète de cette dame. Son rôle ambigu était apparu au grand jour lorsque lady Ermentrude avait succombé à une mort violente par empoisonnement, et seul le refus de Frevisse de se satisfaire de l'évidence avait alors permis d'innocenter la jeune femme.

Cet après-midi-là, dans l'urgence, elle n'avait pas paru calme le moins du monde, ce qui en disait long à Frevisse sur l'importance du danger encouru, comme sur Maryon elle-même. Aussi affolée et effrayée fût-elle, elle n'avait pourtant rien perdu de sa présence d'esprit et avait su maîtriser à la fois ses larmes et son humeur.

Mais les heures qui venaient de s'écouler lui avaient laissé le temps de recouvrer tout son calme. Ce fut d'une voix mélodieuse teintée d'accent gallois qu'elle dit avec douceur :

— Il faut que je vous parle.

C'était justement ce que désirait Frevisse. Sans un mot, celle-ci lui fit signe de la suivre dans la glissière, l'endroit du cloître où étaient autorisées les conversations ne souffrant pas d'attendre. L'étroit passage qui menait du cloître au jardin était plongé dans le noir. Maryon hésita avant de la suivre, guettant des bruits éventuels et regardant alentour pour s'assurer que personne ne se trouvait à proximité. Se laissant gagner par la propre inquiétude de Maryon, Frevisse chuchota prudemment :

— Que voulez-vous ?

— D'abord, je voudrais vous remercier de ne pas avoir dit que vous me connaissiez.

Frevisse hocha poliment la tête et attendit. Maryon jeta un coup d'œil par-dessus son épaule avant de poursuivre.

— Pensez-vous que quelqu'un d'autre se souvienne de moi ?

— Parmi les religieuses, seules mère Claire et sœur Thomasine le pourraient.

— Quand mère Claire est venue m'avertir que sir Gawyn s'en sortirait — Dieu soit loué ! —, elle ne m'a pas reconnue, ce qui est tout aussi bien. Demanderez-vous à sœur Thomasine de ne rien dire, je vous prie ?

— Sœur Thomasine est si concentrée sur les choses spirituelles que je doute qu'elle s'aperçoive de votre présence. A moins que vous ne parliez avec elle en tête à tête, auquel cas vous pourriez lui faire vous-même cette demande. Certaines servantes de l'hôtellerie se souviennent peut-être de vous, mais cela fait déjà cinq ans que vous êtes venue chez nous, et bon nombre de visiteurs sont passés depuis par ici.

— Mais nous pouvons rester dans le cloître, n'est-ce pas ? s'enquit rapidement Maryon.

— Souhaitez-vous toujours demander l'asile ? Parce que, quand le sergent de loi viendra, il interrogera sur ce point, et se posera alors la question de savoir pourquoi, quelle loi vous avez enfreinte et quel officier du roi vous cherchez à fuir.

— Nous ne sommes coupables de rien, déclara la jeune femme d'une voix sereine.

— Mais on vous accuse de quelque chose et vous avez besoin de protection en attendant de prouver votre innocence ?

Maryon, méfiante, hésita avant de répondre :

— Personne ne nous accuse de rien, mais nous avons besoin d'un refuge en attendant d'être en mesure de repartir d'ici.

— Les hommes qui vous ont attaqués cet après-midi ont tous péri. Vous n'avez plus rien à craindre d'eux.

— D'eux, non, concéda Maryon.

— Mais de qui, alors?

Devant le silence de la jeune femme, Frevisse choisit ses mots avec soin et demanda :

— Etes-vous toujours au service de... de la dame que vous serviez voilà cinq ans ?

Quelque part entre les pierres, un criquet chantait. Pendant cet instant crucial, nul autre bruit ne vint troubler l'épaisseur des ténèbres hormis leurs propres respirations.

— Oui, répondit finalement Maryon.

— Et ces enfants sont les siens, et non les vôtres.

— Oui, avoua la jeune femme avec réticence.

— Dieu nous vienne en aide! murmura Frevisse avec ferveur.

Maryon lui saisit le bras dans l'obscurité, avec beaucoup plus de force dans les doigts que leur blancheur délicate ne le laissait supposer, semblant plus proche que jamais du désespoir.

— Pour l'heure, c'est votre aide à vous dont nous avons besoin. Par pitié pour la Vierge qui a souffert pour son fils, cachez ces enfants ici quelque temps jusqu'à ce que nous puissions repartir ! Aidez-moi à les protéger.

— Mais de qui ? Et de quoi ? Leur mère est la reine douairière. Leur demi-frère est le roi d'Angleterre...

En s'entendant prononcer ces mots, ils lui parurent irréels.

— ... qui donc pourrait les menacer?

Maryon garda le silence.

Poussée par sa propre peur, Frevisse insista :

— Il me faut en savoir davantage avant d'accepter quoi que ce soit.

55

— Que voulez-vous savoir ? Tout ?

— Non ! s'exclama Frevisse, réalisant un peu tard qu'elle ne tenait à savoir que le strict nécessaire.

Car, de ce qu'elle ne saurait pas, elle ne pourrait être tenue responsable. Mais il existait bel et bien un danger au-delà de ce qui s'était passé aujourd'hui. Un danger qu'elle avait contribué à faire pénétrer au cœur même de Sainte-Frideswide, et dont il lui fallait au moins appréhender une petite partie.

— Fuyez-vous... leur mère ? Est-ce cela ? Si c'est...

— Elle les a éloignés d'elle. Nous appartenons tous à sa maison. Elle nous les a confiés afin que nous les emmenions à l'abri dans la famille de leur père, au pays de Galles.

— Pour quelle raison ?

Un oiseau de nuit et le criquet qui continuait à chanter dans le jardin remplirent le silence.

Frevisse posa la main sur celle de Maryon qui continuait à tenir son bras, la serrant à son tour avec force pour lui faire comprendre l'importance de sa question.

— Qui donc veut du mal à ces garçons et effraie leur mère au point qu'elle les fasse fuir en secret à l'autre bout du pays ? Certainement pas le roi !

Le roi Henri, âgé de quatorze ans, gouvernait encore par l'intermédiaire de son Conseil royal, mais tout le monde s'accordait à voir en lui un jeune homme compétent d'une grande intelligence, et nullement un fils que sa propre mère aurait dû craindre.

— Assurément non ! Mais ce n'est pas lui qui règne. Ce sont les seigneurs de son entourage qui détiennent le pouvoir.

— Et ils ont appris l'existence de ces enfants et veulent s'en emparer.

— Oui, admit encore une fois Maryon avec raideur.

Mais, d'un seul coup, comme si parler l'avait libérée de quelque chose — puisqu'elle avait commencé, autant continuer —, elle ajouta :

— C'est parce qu'elle redoutait une telle issue que ma dame les a tenus secrets toutes ces années. Elle voulait juste que son mariage soit le sien, non pas quelque chose dont tout le monde parlerait ou qui serait arrangé par des seigneurs qui s'en moquent bien et ne savent rien d'elle.

« Alors, quand ma dame et lord Owen sont tombés amoureux l'un de l'autre, tous deux savaient qu'ils n'en avaient pas le droit, mais ils n'ont pas pu résister. A la vérité, ils sont charmants à voir ensemble, comme un seigneur et sa belle dans une romance. Mais elle savait qu'elle ne pourrait l'épouser qu'en secret. Les seigneurs du Conseil l'avaient déjà séparée de son propre fils. Elle n'a pas le droit de vivre avec lui, ni n'a son mot à dire dans son éducation. Ma dame lui rend visite de temps en temps et lui envoie de beaux cadeaux, mais rien de plus. Et tout ça sous prétexte qu'elle est femme et affaiblirait Sa Majesté en la gâtant !

Le profond dédain qu'éprouvait Maryon pour les seigneurs était perceptible dans sa voix.

— Ils lui dénient l'enfant qu'elle a, et ils auraient refusé tout mariage et tout autre enfant par crainte d'éventuelles complications. Un beau-père et des demi-frères pour le roi ? Ah ça, non, ils ne le toléreraient pas !

— C'est donc en secret qu'elle s'est mariée et a accouché de ses enfants, dit Frevisse.

Qu'elle eût réussi à garder aussi longtemps ce secret donnait la mesure de la forte volonté et du courage qui étaient les siens, mais également de l'attachement que lui vouaient ceux qui la servaient puisqu'ils étaient eux aussi restés muets.

— Et qu'elle a vécu retirée du monde à la campagne et construit son bonheur aux côtés de lord Owen, poursuivit Maryon. Mais maintenant que les seigneurs du Conseil sont informés, ni elle ni lord Owen ne connaîtront plus jamais la paix. Ni leurs enfants.

La pitié de Maryon semblait sincère, tout comme son affection, deux émotions que Frevisse n'avait encore jamais remarquées chez la jeune femme. Peut-être étaient-elles feintes ; nul doute que Maryon fût capable de duperie si cela servait ses objectifs ou les gens qu'elle protégeait. Pourtant, cet après-midi-là, la menace sur les enfants avait semblé réelle, tout comme la frayeur de Maryon et de Jenet. Malgré elle, Frevisse s'entendit demander :

— Qui sont ces seigneurs ?

— Ma dame redoute surtout Gloucester.

L'oncle du roi qui, depuis la mort du duc de Bedford l'année précédente, resterait l'héritier de la couronne jusqu'au jour où le roi Henri aurait lui-même un fils.

— Mais il y a aussi l'évêque de Winchester et les seigneurs qui se sont alliés avec lui contre Gloucester. Et il ne sera pas le dernier dans cette affaire.

Frevisse avait la possibilité de se renseigner de première main sur l'évêque de Winchester, mais elle ne discuta pas, préférant dire :

— Voilà cinq ans, votre maîtresse a menti à mon oncle, qui était venu la voir parce qu'il nourrissait le soupçon de ce qu'elle avait fait.

Le ton de Maryon devint de nouveau mielleux.

— Elle n'a fait que lui dire la vérité : qu'elle s'était mariée secrètement et qu'elle mettrait un enfant au monde au printemps.

— En oubliant de préciser qu'elle avait déjà deux fils ! observa Frevisse d'une voix acide. Ne pouvait-elle pas lui accorder toute sa confiance ?

— Il vous a confié ce qu'il avait appris, rétorqua Maryon avec une pointe de nervosité. A qui en avez-vous parlé ?

— A personne.

Maryon resta silencieuse, le temps d'évaluer sa réponse. Puis, avec un petit hochement de tête, elle dit :

— Vous avez bien fait. Pour le reste, ce qu'on ignore ne saurait être répété. Et cela vaut pour le moment présent. Nous n'avons aucune certitude quant à ce qui est su et par qui. Tout ce dont nous sommes sûrs, c'est que l'existence des enfants a été découverte et que des hommes étaient en route pour venir les enlever. Nous avons fui dans l'heure qui a suivi.

— Dans l'espoir de rejoindre le pays de Galles.

— Où la famille de leur père les gardera à l'abri.

— Jusqu'au jour où...

Brusquement, Frevisse ravala sa remarque. Sa curiosité l'entraînait trop loin dans des affaires qu'elle n'avait pas à connaître. Se ravisant, elle dit :

— Nous ferons de notre mieux pour vous protéger.

Maryon, qui retenait son souffle, laissa échapper un long soupir.

— Mais le sergent de loi et l'enquêteur de la Couronne vont venir ici à cause des morts, reprit Frevisse. Et ils poseront des questions auxquelles il vous faudra répondre. Votre présence dans le cloître paraîtra suspecte.

— J'irai m'installer dans l'hôtellerie. Cela facilitera les choses.

Et la mettrait en plus grand péril si ses craintes s'avéraient fondées, ce que le nombre de morts tendait à prouver.

— Mais permettez aux garçons de rester dans le cloître avec Jenet, implora Maryon. Elle s'occupera d'eux.

— Nous accueillons déjà une enfant. La fille de lord Warenne. Les garçons pourront se joindre à elle pendant ses leçons, comme s'ils séjournaient ici également. Si personne ne mentionne qu'ils sont avec vous, cela devrait passer. Ainsi seront-ils dans le cloître et à l'abri.

Elle sentit Maryon approuver vigoureusement de la tête.

— Cela devrait convenir. Oui, c'est possible. Avez-vous fait part de votre hypothèse sur la parenté des garçons à d'autres personnes que moi ?

— Non. Mais je vais devoir informer mère Edith de ce qui se passe et lui demander son accord.

— Pourquoi ?

— Parce qu'elle est *ma* dame à moi et qu'elle dirige toujours Sainte-Frideswide.

— On raconte qu'elle est mourante.

— Mais elle n'est ni morte ni stupide, rétorqua Frevisse.

— Et vous avez confiance en elle.

— Plus qu'en moi-même.

Les doigts de Maryon remontèrent sur le bras de Frevisse dans l'obscurité, comme pour faire le compte des possibilités restantes. Soudain, elle la lâcha et dit :

— Très bien. Mais n'en parlez à personne d'autre.

— Personne, s'empressa de lui assurer Frevisse.

Et elle se demanda tout à coup comment elle en était venue — car à aucun moment elle ne l'avait décidé — à conspirer ainsi avec Maryon, qui, de toutes les personnes qu'elle avait rencontrées dans sa vie, figurait parmi les plus douées pour le mensonge.

CHAPITRE V

Pendant la nuit, rien ne venait troubler la paix du prieuré. L'office de minuit, puis les prières de l'aube et ensuite le petit déjeuner ne laissaient guère d'occasion aux nonnes de parler. Pour la tranquillité de son sommeil, et afin d'accorder toute son attention aux prières à l'instant voulu, Frevisse avait chassé de son esprit l'agitation de la veille, en attente du moment où elle devrait se préoccuper de nouveau du problème de leurs hôtes. Cependant, au cours du petit déjeuner léger, composé de pain rassis et d'une tasse de bière éventée, elle prit peu à peu conscience que mère Alys avait dû profiter du moment de récréation de la veille pour raconter en toute liberté ce qui s'était passé. Derrière l'obéissance évidente à la règle de silence, on devinait un frémissement d'excitation parmi les religieuses à travers les coups d'œil échangés, les haussements de sourcils et les regards interrogateurs. A Sainte-Frideswide, rares étaient les changements dans la routine quotidienne, et les distractions plus encore. Frevisse savait que ses sœurs feraient grand cas de l'événement, alors même qu'elles n'avaient encore rien appris sur l'homme blessé dans l'hôtellerie et tous ces morts. Ce matin-là, elle n'était guère pressée d'assister au chapitre, où les religieuses discutaient des affaires courantes du couvent et seraient libres de poser des questions. Toutefois, la règle de silence prévalut jusqu'à la fin du petit déjeuner, car, bien que mère Edith ne fût pas en état d'être présente, mère Claire la remplaçait avec beaucoup d'autorité, ses yeux vifs qui allaient d'une nonne à l'autre rappelant à chacune qu'il était de son devoir pour l'heure de manger sans dire un mot.

Après le petit déjeuner vint la messe. Les moniales passèrent ensuite de la chapelle à la salle du chapitre, après quoi, comme d'habitude, elles s'en iraient vaquer à leurs tâches matinales. Les doux matins d'été, il était en général très fastidieux de se rassembler dans la salle capitulaire et de rester assise sur un tabouret tandis que les affaires courantes étaient mises en discussion les unes après les autres, que les religieuses s'accusaient mutuellement et reconnaissaient s'être mal conduites avant que ne soient distribuées les pénitences. Mais ce jour-là, la plupart se précipitèrent dans la galerie du cloître, mère Alys marchant pratiquement sur les talons de mère Claire.

Frevisse, moins impatiente, arriva la dernière, nullement soucieuse de ce qui allait suivre. Devant elle se trouvait sœur Thomasine, qui avançait de son pas mesuré, la tête baissée, les mains croisées glissées dans ses grandes manches. Il se pouvait qu'elle n'eût rien perçu de l'excitation particulière qui régnait aujourd'hui. Pour peu qu'on la laissât faire, sœur Thomasine avait l'admirable capacité de s'abîmer dans la contemplation et la prière si profondément qu'elle en oubliait où elle était, ou la tâche dont elle était censée s'occuper. Les nonnes étaient quasiment unanimes à reconnaître qu'elle suivait le chemin de la sainteté. Frevisse n'avait certes jamais rencontré personne plus dévouée, mais elle devait prier très fort pour résister à son propre penchant et s'empêcher d'avouer qu'elle la jugeait aussi l'une des plus ennuyeuses.

Mère Claire attendit devant la porte que toutes les nonnes soient entrées dans la salle et aient pris place devant leur tabouret ; elles attendirent encore quelques instants le père Henry, le chapelain du prieuré, qui sortit en hâte de la sacristie pour venir les rejoindre. Son visage naturellement rubicond l'était plus encore d'avoir couru lorsqu'il entra d'un pas assuré et prit sa place à côté du fauteuil à haut dossier de la prieure. Tout le monde étant enfin là, mère Claire traversa tranquillement la pièce, s'installa sur le siège de mère Edith, puis, leur faisant face, dit de sa belle voix grave :

— *Dominus vobiscum.* Le Seigneur soit avec vous.
— *Et cum spiritu tuo*, répondirent-elles. Et avec votre esprit.

Sur un signe de mère Claire, toutes les religieuses s'assirent dans un bruissement de robes et un raclement de pieds de tabouret sur le bois du plancher, mais en gardant par ailleurs un scrupuleux silence. L'autorité dont jouissait alors la cellérière lui avait été imposée, elle ne l'avait pas souhaitée, ce qui ne l'empêchait nullement d'assumer ses responsabilités, ni ne dispensait aucune nonne de lui obéir. Mère Claire les considéra un instant sans dire un mot. Impatientes de commencer, elles lui rendirent son regard, et Frevisse s'amusa de voir leurs visages refléter si ouvertement qui elles étaient et ce qu'elles pensaient. Ou ne pensaient pas, comme c'était le cas pour certaines. Mère Alys, au caractère revêche, enrageait comme toujours contre le monde entier, mais plus encore aujourd'hui du fait de la présente intrusion dans le cloître. Sœur Emma et sœur Amicia, aussi creuses que deux assiettes, se penchèrent l'une vers l'autre, gloussant nerveusement par anticipation derrière leurs manches. Sœur Lucy, sœur Juliana et mère Perpetua restèrent très dignes, s'appliquant à ne remarquer ni les ricanements sous cape, ni la colère grandissante de mère Alys. Seule sœur Thomasine demeura en apparence indifférente, assise sur son tabouret préféré en retrait au fond de la salle, les mains croisées sur les genoux, les yeux fixant le sol, prête à tout.

— *In nomine Patris, et Filii, et Spiritus Sancti. Amen.* Au nom du Père et du Fils et du Saint-Esprit.

Elles se signèrent et inclinèrent la tête pour réciter la prière du Saint-Esprit afin qu'il guide et bénisse la réunion. Après quoi, le père Henry lut l'extrait de la règle de saint Benoît choisi pour ce jour, d'abord dans son latin laborieux, puis en anglais, le faisant suivre de quelques brèves platitudes en guise de commentaire. Puis il les bénit et repartit aussitôt, plus empressé que digne, ayant probablement deviné ce qui allait suivre.

Mais mère Claire créa une fois de plus la surprise en disant :

— Pour nous apaiser et nous ressaisir, troublées que nous sommes par les événements présents, nous allons réciter un Notre-Père en silence.

Mère Alys s'étouffa d'indignation. Un rire nerveux vite réprimé échappa à sœur Amicia malgré elle.

— Une série de Je vous salue, Marie à genoux devant l'autel avant complies, dit mère Claire sans prendre la peine de la regarder.

Toutes les têtes se baissèrent précipitamment, et la salle resta silencieuse pendant la durée du Notre-Père. Puis il y eut une succession de froissements de tissu tandis que les religieuses se signaient une à une à la fin de la prière.

Contenue, mais indéniable, l'impatience se lisait encore sur la plupart des visages.

— Je suppose, commença mère Claire, que notre première affaire consistera à parler de nos hôtes imprévus et à satisfaire votre curiosité sur ce qui s'est passé hier.

Des hochements de tête plus impatients que judicieux l'approuvèrent.

Son regard se posa sur Frevisse :

— Vous en savez plus que quiconque sur cette affaire, et je crois que vous en avez parlé avec maître Naylor hier en fin de journée. Comme rien n'a été tiré au clair depuis lors, pourriez-vous nous exposer votre interprétation des faits et ce que maître Naylor avait à en dire ?

L'attention de toutes les religieuses se reporta sur Frevisse qui garda un ton et une expression neutres.

— Un groupe de voyageurs a été attaqué non loin d'ici, par des brigands, semble-t-il. Les deux femmes et les deux enfants ont fui pour venir en ces lieux. Et ils avaient si peur d'être poursuivis qu'on leur a donné refuge dans le cloître plutôt que dans l'hôtellerie. Parmi les hommes qui les accompagnaient, deux sont indemnes et un autre blessé. Ils se trouvent actuellement dans l'hôtellerie. Deux autres membres de leur escorte ont été tués, ainsi que leurs cinq assaillants.

Les têtes s'inclinèrent et les mains firent le signe de croix, sur fond de prières murmurées pour le repos de leurs âmes. Frevisse attendit que tout le monde eût relevé la tête, excepté sœur Thomasine qui mettait toujours plus de temps que les autres à faire ses prières.

— Puisque tous leurs attaquants sont morts, il n'y a apparemment plus de crainte à avoir.

— Apparemment ? gloussa sœur Amicia, ne voulant pas renoncer à l'excitation d'une bonne frayeur.

— Puisque tous les brigands sont morts, intervint mère Claire en la foudroyant du regard, on peut dire, je pense, que nous en sommes plutôt à l'abri.

— Quoi qu'il en soit, maître Naylor a fait fermer les portes et posté un garde, et a envoyé quérir le sergent de loi et l'enquêteur de la Couronne, précisa Frevisse. Et le village a été averti de ce qui s'était passé. S'il subsistait encore un quelconque danger, il n'aurait aucune chance de pénétrer jusqu'ici. Maître Naylor estime que tout est rentré dans l'ordre.

Ayant exposé la situation le plus clairement possible, Frevisse s'assit, faisant comprendre qu'elle avait fini.

Mère Claire ouvrit la bouche pour prendre la parole, mais mère Alys fut plus rapide.

— Tout cela est fort bien. Mais combien de temps ces gens vont-ils rester dans le cloître ? Dans la mesure où ils ne courent plus de danger — si tant est qu'il y en ait jamais eu...

Mère Alys avait une piètre opinion de quiconque se croyait en danger. Avec ses bras fort musclés et sa promptitude à se servir du premier objet qui lui tombait sous la main comme d'une arme, elle ne s'était jamais sentie en péril devant qui que ce soit, ni n'avait même jamais envisagé pareille idée.

— ... ils peuvent donc s'installer dans l'hôtellerie, là où ils devraient être, et soulager en partie la charge de nos domestiques en s'occupant de leur homme qui a l'épaule mal en point.

Mère Alys n'était guère mieux disposée envers ceux qui se laissaient immobiliser par une blessure.

Néanmoins, la conclusion qu'elle en tirait était juste ; Frevisse avait craint que quelqu'un présente les choses ainsi, or mère Alys venait de le faire, sans qu'elle ait eu l'occasion de parler en privé avec mère Claire de la raison pour laquelle Maryon et les enfants devaient rester dans l'abri à peu près sûr du cloître. Avant que l'affaire se retrouve soumise à la discussion générale, ou que mère Claire se range à l'avis de mère

Alys, Frevisse leva la main pour réclamer l'attention. Et quand mère Claire l'autorisa d'un signe à reprendre la parole, elle se lança sans avoir eu le temps de préparer ce qu'elle allait dire.

— Ils avaient tous extrêmement peur. Les femmes comme les petits garçons.

— Des garçons! s'exclama mère Alys avec une moue dégoûtée.

— De très jeunes garçons, dit Frevisse. Qui ont sans doute vu hier des hommes se faire massacrer sous leurs yeux. Des hommes qu'ils connaissaient bien et d'autres qui voulaient les tuer. Il n'est pas surprenant que ces femmes aient cherché à les mettre à l'abri dans le cloître. Et si tel est encore leur souhait aujourd'hui, nous aurions mauvaise grâce à le leur refuser. Pour la paix de leur esprit et le réconfort des enfants en attendant qu'ils se sentent à nouveau hors de danger.

— Des garçons n'ont rien à faire dans le cloître! insista mère Alys.

— Voilà longtemps que tous les évêques autorisent les garçons de moins de huit ans à séjourner dans un couvent de religieuses si cela s'avère nécessaire, rétorqua Frevisse.

— Pour les éduquer! Pour les élever jusqu'à ce qu'ils s'en aillent dans une maison ou dans un monastère! Ce qui n'est pas le cas!

— Leur présence est autorisée quand les circonstances l'exigent, ce qui est précisément le cas.

— Etant donné ce qui leur est arrivé hier, il me semble s'agir en effet de circonstances exceptionnelles, intervint mère Claire avec modération.

Mère Alys grogna dans sa barbe. La fixant du regard, mais s'adressant à toutes, mère Claire poursuivit :

— Pourrions-nous tomber d'accord sur ceci qu'il

vaudrait mieux céder à la générosité plutôt qu'à la prudence et leur permettre de rester au moins une journée ?

Le visage de mère Alys exprimait pleinement ce qu'elle pensait de la générosité comme raison d'agir, mais l'acquiescement d'un signe de tête fut général parmi les autres nonnes.

— Je crois qu'il serait bon de les garder dans le cloître, même pour un court moment, dit joyeusement sœur Emma. Laissez venir à moi les petits enfants, car ils appartiennent au royaume des cieux !

— Avoir de la compagnie serait plaisant pour la petite Adela, ne serait-ce qu'une journée, renchérit mère Perpetua. Elle est si seule depuis son arrivée ici...

La conversation se prolongea encore un peu avant que la décision soit arrêtée, mais mère Alys réussit à avoir l'avant-dernier mot.

— Quoi que vous puissiez dire, mère Edith doit être informée de ce qui se trame.

Mère Claire approuva et dit :

— Mère Frevisse, pourriez-vous vous en charger à la fin du chapitre ?

Mère Alys se hérissa. En tant qu'hôtelière, la question des hôtes relevait de sa charge, et c'était donc elle qui aurait dû s'entretenir avec la prieure. Refoulant la pensée peu charitable que mère Alys adorait détester les autres et qu'elle avait désormais une bonne raison de la détester autant que la cellérière, Frevisse acquiesça d'un signe de tête.

Mère Claire amena la réunion sur le terrain des affaires courantes et l'y maintint avec fermeté. A la fin, elle leur donna sa bénédiction et les renvoya à leurs tâches respectives sans leur offrir la moindre chance de reparler du problème des hôtes. En revanche, elle pria mère Perpetua de les informer qu'ils pouvaient rester dans le cloître au moins une journée, et de demander aux garçons qu'ils tiennent compagnie à lady Adela. Frevisse nota le sourire ravi de mère Perpetua lorsqu'elles quittèrent la salle.

Le cloître était toujours plongé dans l'ombre. Il était encore tôt, et le soleil projetait ses rayons dorés sur le rebord du toit. Parce que c'était le chemin le plus court jusqu'à l'escalier menant à la chambre de la prieure, Frevisse traversa le cloître au lieu d'en faire le tour. Ses jupes effleurèrent la rosée qui recouvrait l'herbe de chaque côté de l'étroite allée, et elle sentit l'odeur de la terre et des simples dans la chaleur matinale. Au milieu du cloître, derrière l'appentis ouvert sur un côté et surmonté d'un auvent abritant la cloche, une petite silhouette se redressa prestement pour la saluer.

— Lady Adela, dit Frevisse.

Comme les enfants étaient encore présents à son esprit, elle fit un effort qu'elle n'aurait pas tenté autrement et demanda avec gentillesse :

— Que regardez-vous ainsi ?

— De l'alchémille, avec votre permission, répondit l'enfant d'une voix douce en baissant les yeux.

Frevisse observa la plante à larges feuilles dans le parterre impeccable. Chaque feuille argentée était pourvue de poils minuscules qui retenaient la rosée en gouttelettes aussi fines que des perles translucides.

— On prétend que si on regarde une goutte de rosée sur une feuille d'alchémille à l'instant où le soleil darde ses premiers rayons, on peut y voir son avenir, dit Frevisse.

— Je sais, répliqua la petite fille en hochant la tête. C'est pour ça que je viens ici.

— Et vous avez vu votre avenir ?

Lady Adela secoua la tête.

— Pas encore. Mère Perpetua m'appelle toujours pour faire quelque chose avant que le soleil soit assez haut.

— Eh bien, comme mère Perpetua a une tâche à accomplir avant de s'occuper de vous aujourd'hui, peut-être en aurez-vous le temps.

Lady Adela envisagea cette possibilité — c'était une enfant calme et réfléchie — avant de répondre : « Merci, ma mère », comme si Frevisse venait de lui accorder une faveur.

— Je vous en prie, répliqua Frevisse d'un ton tout aussi solennel.

Puis elle adressa un signe de tête à l'enfant qui lui fit une brève révérence et poursuivit son chemin.

En tant que prieure, mère Edith devait parfois recevoir les hôtes de marque du prieuré ou mener des affaires nécessitant une plus grande intimité que les réunions du chapitre, de sorte que son parloir était meublé avec un peu plus de luxe que le reste du couvent. Les fenêtres qui donnaient sur la cour étaient vitrées, une tapisserie espagnole recouvrait la table, et il y avait deux fauteuils et une cheminée, mais aussi de tout petits conforts tels que le cadre à broderie personnel de la prieure. Mère Edith disposait en outre de sa propre chambre, qu'elle avait gardée dans un style dépouillé, avec pour seul mobilier un lit poussé contre le mur, un prie-Dieu surmonté d'un crucifix et une simple natte en jonc posée à même le sol. Depuis qu'elle était malade, on avait apporté une table de nuit afin de poser une bougie ou une lampe, ainsi que ses potions. Dans la journée, une unique petite fenêtre apportait la lumière nécessaire.

Quand Frevisse frappa à la porte du parloir, Tibby vint lui ouvrir. C'était une fille du village qui était venue au prieuré au début du printemps demander s'il y avait du travail à faire contre de l'argent. Comme on avait alors besoin de quelqu'un pour veiller la nuit sur mère Edith, ou dans la journée dans les moments où toutes les nonnes étaient occupées, Tibby avait été engagée sur-le-champ et s'était révélée à la fois généreuse et délicate dans ses attentions. Il était communément admis qu'elle voulait gagner de l'argent pour acheter sa liberté, sans doute parce qu'un jeune homme était en vue, ce qui n'était guère étonnant, vu qu'elle était belle fille et avait bon caractère. Mais, entre-temps, elle avait exaucé des prières à peine formulées et était devenue un rouage indispensable de Sainte-Frideswide.

Tibby adressa un sourire amical à Frevisse et lui fit la révérence. Au fil des mois, sa façon de saluer s'était faite de plus en plus gracieuse, de même que s'était affirmée sa méticulosité naturelle dans le choix de ses vêtements et ses manières.

— Comment se sent-elle, ce matin? demanda Frevisse en souriant. Pensez-vous que je puisse lui parler?

Les nonnes avaient fini par s'en remettre au jugement de Tibby en ce qui concernait la santé et les forces de la prieure au jour le jour.

— Je crois que ça lui ferait plaisir, répondit aussitôt la jeune fille. Elle a bien dormi la nuit dernière et se sent beaucoup mieux que certains matins. Mais, attention, si elle commence à se fatiguer, n'insistez pas.

— J'y veillerai, assura Frevisse, dissimulant son amusement de voir la jeune Tibby aussi sérieuse.

Une douce pénombre baignait la chambre. Mère Edith était étendue dans un lit étroit qui n'était pas meilleur que celui sur lequel dormaient les nonnes, malgré son matelas rempli de paille. Etant donné sa fonction, elle aurait pu facilement en obtenir un plus moelleux, ce qu'elle n'avait jamais voulu. Elle reposait à présent, le visage empreint de cette même dignité paisible avec laquelle elle avait assisté à tant de prières pendant de longues années à la chapelle, assise dans une stalle à l'écart des autres ainsi que le requérait sa charge.

Conformément à la règle, elle portait sa robe de dessous même dans son lit. Une coiffe de lin blanc nouée sous le menton dissimulait sa chevelure. Sur ses mains qui dépassaient des manches et reposaient sur la couverture, la peau très fine laissait deviner les os. Son visage, presque aussi blanc que la coiffe et l'oreiller, paraissait sans expression dans la faible lumière. Jusqu'au moment où, sentant Frevisse approcher, mère Edith ouvrit les yeux.

Le regard depuis longtemps terni était d'un bleu très pâle, mais son intelligence n'avait en rien faibli.

— Mère Frevisse, fit-elle doucement en esquissant un sourire.

Frevisse la salua d'une révérence.

— Tibby dit que vous vous sentez mieux, aujourd'hui.

— Tibby a dit que je me sentais mieux que certains matins, ce qui est plutôt vrai.

Mère Edith laissa retomber ses paupières. Pendant quelques instants, elle respira aussi régulièrement que si elle dormait, et peut-être d'ailleurs dormait-elle. Il lui restait manifestement peu de forces. Frevisse attendit. Au bout d'un moment, la prieure rouvrit les yeux et, comme s'il n'y avait jamais eu la moindre interruption, demanda :

— Qu'est-ce qui vous amène ? L'affaire des gens que nous avons hébergés hier soir ?

Frevisse regarda alentour pour voir où se trouvait Tibby. La jeune fille était allée s'asseoir discrètement avec un ouvrage de couture sur un banc installé sous la fenêtre, à l'autre bout du parloir. Si elle parlait à voix basse, elle ne les entendrait pas. Et comme il valait mieux être direct avec mère Edith, elle dit :

— Oui. Savez-vous comment ils sont arrivés ici ?

— Tibby s'est renseignée pour moi. Des prières seront dites pour les défunts. Nous pouvons au moins faire ça pour leurs âmes. Que Dieu les garde en paix. Et le blessé, comment se porte-t-il, ce matin ?

— Mère Claire comptait passer le voir après le chapitre. Elle a bon espoir qu'il guérisse si la plaie ne s'infecte pas.

— Je prierai pour lui.

De nouveau, les paupières de mère Edith s'alourdirent, mais sans se fermer complètement, et elle se redressa en demandant d'une voix claire :

— Mais ce n'est pas lui qui vous soucie le plus, n'est-ce pas ?

— Non. Ce sont les enfants. Et les femmes qui les accompagnent. L'une d'elles, en particulier.

Prudemment, Frevisse lui raconta ce qu'elle avait soupçonné puis appris au sujet de Maryon et des enfants, et ce qui faisait de leur présence à Sainte-Frideswide un plus grave problème que ce qui était tout d'abord apparu.

Pendant tout ce temps, mère Edith leva les sourcils légèrement à plusieurs reprises, mais sans souffler mot, ni somnoler. Pour terminer, Frevisse expliqua ce qu'on l'avait chargée de lui dire à l'issue du chapitre, ce à quoi mère Edith répondit par un signe de tête.

— C'est aussi bien ainsi. Nous ne pouvons pas les mettre dehors tant qu'ils réclament notre aide et ne nous font aucun tort. Demain, dites au chapitre que ces enfants et ces femmes sont les bienvenus aussi longtemps qu'ils le jugeront bon.

— Mais la question de l'identité des garçons... hésita Frevisse. L'attaque dont ils ont fait l'objet n'était certainement pas un hasard. Quelqu'un veut ces enfants, et même s'il ne souhaite pas leur mort, il est prêt à tuer d'autres gens pour s'emparer d'eux. Or même Maryon ignore de qui il s'agit ou pour quelle raison exactement.

— C'est du moins ce qu'elle prétend, répliqua

mère Edith, résumant d'une phrase les doutes de Frevisse.

Car lors de son premier passage au prieuré, Maryon s'était avérée une fieffée menteuse. Et plus elle y repensait, moins Frevisse arrivait à démêler le vrai du faux dans ce que Maryon lui avait raconté la veille au soir. Ou lui raconterait aujourd'hui si elle l'interrogeait plus avant.

Mais une chose au moins était certaine, et Frevisse la dit avec le plus de simplicité possible, de manière à laisser mère Edith en prendre toute la mesure.

— Leur présence ici représente un danger. Peut-être même un grand danger.

Lentement, mère Edith ferma les yeux en arborant un doux sourire et les rouvrit tout aussi lentement.

— Pas pour nos âmes, dit-elle, comme si cela simplifiait tout.

Et Frevisse se rendit compte que c'était en effet le cas. Du moment que leurs âmes étaient sauves, tous les dangers qui pouvaient surgir dans le monde et les menacer dans leur corps ne comptaient pas. Il leur suffisait de faire leur devoir, or tout ce que celui-ci réclamait en cet instant était d'accorder à Maryon l'asile demandé.

Frevisse inclina la tête. Malgré toutes ses prières, sa dévotion et sa contemplation, sa foi n'avait pas encore acquis la profondeur de celle de mère Edith qui rendait tout si simple.

— Merci, ma mère, dit-elle, faisant allusion à bien plus qu'au conseil donné à l'instant.

Les yeux de la prieure s'étaient de nouveau refermés. Frevisse resta immobile, attendant de voir si elle s'était vraiment endormie ou si elle allait se ressaisir. Au moment même où sa respiration régulière finit par la convaincre qu'elle dormait, la prieure reprit la parole, la voix lente et songeuse :

— Vous avez une cousine. Si j'étais vous, je lui écrirais.

— Alice ? s'ébahit Frevisse.

Les dernières nouvelles de sa cousine remontaient à plusieurs mois, au moment du décès de sa tante Matilda, la mère d'Alice, à qui elle avait envoyé une lettre de condoléances. Depuis, elles n'avaient échangé aucune correspondance, et Frevisse ne s'attendait pas particulièrement à en recevoir. Voilà longtemps que leurs vies avaient pris des chemins différents, et peu de choses les liaient en dehors d'une affection réciproque.

— Vous voulez parler d'Alice ? reprit Frevisse.

— Elle est bien comtesse de Suffolk, je ne me trompe pas ? rétorqua mère Edith sans ouvrir les yeux.

C'était exact. Et son mari le comte savait tout des affaires concernant le jeune roi Henri. Au titre de membre du Conseil royal. S'il y avait quoi que ce soit à connaître à propos de la reine douairière et de ses enfants, Alice le saurait ou serait en mesure de l'apprendre.

— Vous n'êtes pas obligée de raconter ce qui se passe en nos murs. Il suffit de dire que vous avez eu vent de rumeurs qui vous rendent curieuse. Vous trouverez de l'encre et du parchemin dans le parloir. Tibby sait à quel endroit, murmura la prieure. Restez ici pour écrire votre lettre et remettez-la discrètement à maître Naylor qui se chargera de la faire porter. Inutile de mettre au courant des personnes qui n'ont pas à l'être. Ce serait très intéressant de savoir... ce qu'un tiers aurait à dire... sur la reine douairière... actuellement.

CHAPITRE VI

Assis au bord du lit, Jasper balançait ses jambes et donnait des coups du bout des orteils sur la natte en jonc qui couvrait le sol de la petite chambre, l'air profondément désœuvré. Par terre à côté de lui, Edmund — l'air de s'ennuyer tout autant — arrachait des échardes du pied de lit qui se trouvait devant lui avec la pointe de sa dague.

Ils étaient là depuis maintenant trois jours et ne trouvaient plus rien d'intéressant à faire. Au début, quand on leur avait annoncé qu'ils séjourneraient un temps dans ce couvent, où tout était si différent de chez eux, ils avaient pris cela comme une partie de l'aventure. Mais l'endroit imposait toutes sortes de règles et exigeait le silence, ce qui n'était ni amusant ni très passionnant. Le château où ils vivaient comptait d'innombrables pièces, toutes remplies de meubles, de tapisseries et de peintures qui ornaient les murs d'images et de couleurs éclatantes. Et puis il y avait des passages et des escaliers en colimaçon où jouer à se pourchasser, sans parler des cours, des jardins et des écuries où toutes sortes de gens grouillaient en permanence.

Mais Sainte-Frideswide — surtout le cloître dans lequel ils étaient confinés — était minuscule. Livrés à eux-mêmes, ce qui ne leur arrivait pour ainsi dire jamais, ils auraient pu en explorer les moindres coins et recoins en une seule journée. Dans les conditions présentes, avec Jenet sur leur dos et les autres à éviter, il leur avait fallu pratiquement ces trois jours.

Ils ne se doutaient pas que des gens choisissaient de vivre à ce point sans confort. Le nombre des pièces était réduit, et elles étaient toutes regroupées autour du petit cloître et de la galerie, avec de rares fenêtres ouvrant sur l'extérieur, et pour la plupart si hautes qu'on ne voyait rien au travers. Quant aux murs, ils étaient tous en plâtre, sans aucun tableau ni tapisserie pour les égayer, même dans la chapelle. Et là où les sols n'étaient pas du plancher nu ou de la pierre, ils étaient simplement recouverts de nattes en jonc tressé.

Leur propre chambre, où ils étaient censés demeurer une grande partie de la journée, ne contenait qu'une table, sur laquelle étaient posées une aiguière et une cuvette pour la toilette, un tabouret et un lit étroit. Et pour ce qui était du lit, le matelas était bourré de paille, les draps de lin brut et les couvertures rugueuses, sans commune mesure avec le grand lit à baldaquin, l'épais matelas de plume, les draps et les couvertures très doux et finement tissés auxquels ils étaient habitués.

Le deuxième matin, on leur avait fait rencontrer la prieure — ou plutôt, « on les avait montrés comme des curiosités », ainsi que l'avait résumé Edmund par la suite. Elle leur avait demandé leurs noms, les avait fait s'agenouiller près de son lit pour leur donner sa bénédiction, d'abord Edmund et ensuite Jasper, et sa main décharnée s'était posée sur leur tête, aussi légère qu'une feuille. Le parloir attenant à sa chambre était mieux que toutes les pièces qu'ils avaient vues, avec des fenêtres vitrées et même une cheminée, mais on leur avait clairement fait comprendre qu'ils ne devraient pas y retourner.

Ce matin-là, échappant à la surveillance de Jenet, ils avaient finalement réussi à monter par l'escalier qu'on leur avait rigoureusement interdit d'emprunter et avaient pu jeter un coup d'œil furtif dans le dortoir des religieuses. Mais ils étaient redescendus déçus, car il n'y avait pas grand-chose là non plus, rien qu'une salle haute de plafond, où des cloisons à hauteur d'homme séparaient les cellules des nonnes. Après quoi, dans la lumière éclatante du jardin du cloître, Edmund avait déclaré qu'ils auraient mieux fait de profiter de l'absence des religieuses pour entrer et d'explorer les cellules une par une. Mais Jasper avait observé que quelqu'un aurait pu arriver et les surprendre à tout instant. Edmund avait rétorqué qu'il s'en fichait, car que pouvait-on leur faire sinon les ramener tous les deux à Jenet qui, elle, ne dirait rien, mais continuerait à éponger ses larmes comme elle n'avait cessé de le faire depuis leur arrivée.

— C'est normal, s'était senti obligé de dire Jasper, qui trouvait que, malgré ses pleurs, Jenet faisait de son mieux pour agrémenter leur séjour. Elle est triste que Hery soit mort.

— Moi aussi, je suis triste, mais il s'est battu pour nous sauver, s'était indigné Edmund. Elle devrait être contente qu'il soit mort en combattant.

— Mais ils s'aimaient bien. Il lui manque, je crois.

— Père et Mère nous manquent à nous aussi, mais nous ne passons pas notre temps à pleurnicher.

— Oui, mais ils ne sont pas morts, et nous allons bientôt les revoir, avait répondu Jasper.

Et d'un seul coup, une pensée atroce lui était venue : et si on ne les revoyait plus ? Peut-être la même idée avait-elle traversé l'esprit d'Edmund, car son visage s'était subitement crispé — de colère ou pour retenir ses larmes —, et il s'était jeté sur son frère. Jasper s'était fait un plaisir de l'empoigner, et ils avaient commencé à se bagarrer, échangeant coups de pied et coups de poing pour chasser leur envie de pleurer.

Ce n'était malheureusement pas Jenet qui était venue mettre un terme à la bagarre, mais la religieuse dénommée Frevisse. Elle les avait séparés en les attrapant chacun par le col et obligés à se relever. Jasper avait déjà remarqué que ses yeux vous mettaient mal à l'aise ; comme si elle voyait à travers vous, et bien plus loin que tous les autres. Elle les avait fixés d'un regard aussi fier qu'un des faucons de chasse de leur mère, puis leur avait fait signe de regagner leur chambre, tout cela sans dire un mot puisque les nonnes avaient la consigne de garder le silence. Elle n'avait pas eu à parler ; ils avaient filé sans broncher, comme impatients d'échapper à une redoutable tornade.

Au début, avec leur habit et leur voile de bénédictine, leur guimpe blanche autour du visage et du cou, les nonnes leur avaient donné l'impression de toutes se ressembler, mais Edmund comme Jasper avaient vite appris à les distinguer. Tout comme ils avaient appris à garder leurs distances avec mère Alys, qui était toujours aussi furieuse de leur présence et semblait tenir un objet à brandir sur eux chaque fois qu'il leur arrivait de la croiser. Et ils auraient bien voulu éviter sœur Emma, qui était aussi douce et molle qu'un coussin et les câlinait chaque fois qu'elle les voyait, ce qui était fréquent, vu qu'elle passait deux fois par jour demander à Jenet si elle n'avait pas besoin de quelque chose pour eux. Elle leur tapotait la tête, leur pinçait les joues tout le temps qu'elle restait là et les abreuvait de conseils incompréhensibles. Une fois, s'émerveillant des beaux garçons qu'ils étaient, elle avait observé, d'une voix extasiée :

— Il n'est pas rare qu'un cheval de race sorte d'un œuf pourri !

Et bien qu'elle n'eût vraisemblablement pas pensé à mal, Jasper s'était senti offensé.

Les religieuses qui se contentaient de leur adresser des sourires et des signes de tête tout en vaquant à leurs affaires étaient beaucoup moins embêtantes. Celle qui était responsable des cuisines, mère Claire, était devenue de loin leur préférée. Au lieu de se pâmer d'adoration devant eux ou de leur tripoter les cheveux, elle leur souriait comme si elle trouvait plutôt agréable de les voir. Et la veille, dans l'après-midi, quand ils s'étaient faufilés dans les cuisines, elle leur avait donné à chacun une grosse tranche de pain beurré qu'elle leur avait laissé manger tranquillement, avant de leur suggérer qu'ils feraient mieux d'aller rejoindre Jenet qui devait s'inquiéter.

Cette fois-ci, ils avaient retrouvé Jenet dans l'allée du cloître, en train de bavarder avec sœur Amicia qui, le visage rayonnant, leur avait fait signe de venir se faire cajoler comme chaque fois qu'elle les apercevait. Edmund et Jasper avaient battu en retraite avec force courbettes et étaient allés se réfugier dans leur chambre.

Cette chambre, ils devaient sans cesse la réintégrer. Nul autre endroit ne leur était autorisé, sauf lorsque Jenet les emmenait chez mère Perpetua pour suivre les leçons ou pour aller prier à la chapelle. Prier était une nécessité et un devoir incombant à chacun, mais les religieuses semblaient ne jamais s'arrêter. Jenet pensait qu'il serait bon pour eux d'en faire autant, quoique pas aussi souvent. Les offices qui avaient lieu à minuit, à l'aube et à l'heure du coucher leur étaient épargnés, mais ils assistaient aux trois autres en plus de la messe quotidienne, ce qui faisait, en tout, beaucoup trop.

Avant de les confier à Jenet, maîtresse Maryon leur avait dit :

— Il faut prier pour sir Gawyn. Pour lui, mais aussi parce que plus tôt il guérira, plus tôt nous pourrons partir au pays de Galles.

Au début, Dieu sait s'ils avaient prié avec ferveur et remercié le Seigneur d'avoir accordé la vie sauve à sir Gawyn, sans oublier les âmes des hommes qui avaient péri en les défendant. Mais maintenant, au bout de quatre jours, leurs prières se faisaient moins ferventes. Comme le formulait Edmund :

— Ce n'est pas que nous soyons moins reconnaissants. C'est seulement que soit ils ont été sauvés, soit ils ne l'ont pas été. Et puis sir Gawyn donne l'impression qu'il va survivre, et je ne crois pas que Dieu veuille que nous lui en demandions plus qu'il n'en faut.

De sorte qu'il ne restait plus rien d'intéressant à faire. Même les leçons leur paraissaient inutiles et dénuées d'intérêt. Une heure chaque matin, et une heure chaque après-midi, ils devaient rester assis dans une de ces salles nues réservées aux nonnes, en compagnie de mère Perpetua et de cette incapable de lady Adela, et faire semblant d'apprendre quelque chose. Mais ils avaient déjà reçu une éducation suffisante pour pouvoir se passer de ce que leur enseignait la religieuse sur les manières. Et ils connaissaient le français beaucoup mieux que la petite fille, alors qu'elle avait un an et une tête et demie de plus qu'Edmund, ce qui exaspérait ce dernier, et ce que Jasper ne supportait guère mieux en leur nom à tous les deux. De fait, leur mère était française, et leur français très supérieur à celui de mère Perpetua ; mais celle-ci l'ignorait et, bien qu'elle prononçât souvent les mots de travers, elle était persuadée que les petits garçons ne la comprenaient pas parce que leur français à eux était mauvais et qu'ils devaient apprendre à le parler aussi bien que lady Adela.

Par contre, elle leur répétait qu'ils étaient intelligents et que c'était merveilleux pour la petite fille d'être avec des enfants de son âge. Edmund et Jasper savaient parfaitement qu'ils étaient intelligents, mais trouvaient lady Adela un peu trop forte à leur goût. Assise les yeux baissés et les mains sur les genoux, elle ne disait jamais rien, sauf pour répondre à mère Perpetua ou lire d'une voix douce et étouffée quand on le lui demandait.

Que mère Perpetua ait découvert très vite qu'ils connaissaient le latin n'arrangeait rien, ni qu'elle leur fasse mémoriser les prières du psautier pendant qu'elle apprenait à coudre à lady Adela.

Ça, au moins, ils n'étaient pas obligés de l'apprendre. Mais cela ne changeait rien au fait qu'ils n'avaient rien d'intéressant pour les occuper, ni personne à qui parler s'ils ne discutaient pas entre eux, et que tout leur paraissait déplaisant et bizarre. Ni l'un ni l'autre ne l'avait exprimé à haute voix, mais ils rêvaient tous les deux de retourner chez eux.

Jasper cessa de donner des coups de pied au tapis pour en lancer un à son frère.

— Arrête ! fit Edmund. Je grave mon nom dans cet horrible pied de lit.

— Jenet ne va pas être contente.

— Personne ne le sera. Sauf moi.

Jasper connaissait cette humeur chez son frère. S'il voulait éviter les ennuis, il avait tout intérêt à trouver rapidement une activité ou un jeu amusants. Mais Jasper n'avait pas d'idée. D'ailleurs, s'il avait encore eu sa dague sur lui, il aurait gravé son nom sur l'autre pied de lit. Ou alors sur la table, pour ne pas faire comme Edmund. Et sans doute juste ses initiales ; il n'était pas encore très bon en écriture, et comme il faisait généralement des pâtés dès qu'il se battait avec une plume et de l'encre, peut-être serait-ce encore pire avec du bois et un couteau. Il n'avait pas eu l'occasion d'essayer sa dague, pas même une fois, et Hery Simon la lui avait prise. Et à présent, Hery Simon et sa dague n'étaient plus là ni l'un ni l'autre.

— Je vais le dire, lança-t-il.

C'était une menace en l'air, vu qu'aucun d'eux ne rapportait jamais les bêtises de l'autre. Edmund continua à graver son nom. De nouveau, Jasper lui donna un coup de pied.

Sans même s'interrompre, Edmund se déplaça hors de sa portée. Jasper envisagea alors de descendre du lit pour se rapprocher de son frère quand une autre voix déclara :

— Je vais le dire.

Les deux garçons se tournèrent vers lady Adela qui les observait depuis le seuil dans sa robe grise.

— Je vais le dire, répéta-t-elle.

— Tu ne diras rien du tout, répliqua Edmund, sûr de lui.

Il avait découvert que, s'il affirmait les choses avec suffisamment d'assurance, il avait le pouvoir de faire changer les gens d'avis.

— Non, pas si vous venez jouer, rétorqua la petite fille avec autant d'aplomb.

— Il n'y a aucun endroit pour jouer, dit Edmund en se concentrant de nouveau sur son œuvre.

— Si, à l'extérieur du cloître.

— Nous ne pouvons pas sortir.

— Si, dans le jardin.

— C'est à l'extérieur.

— Non, pas du tout.

— Si.

— Non. Les nonnes y vont tout le temps.

— Pas du tout.

— Mais si. Un passage y mène depuis le cloître. On appelle ça la glissière, ajouta-t-elle, pour donner du poids à ce qu'elle affirmait.

Jasper savait de quel passage elle voulait parler : un sombre et étroit boyau au fond de la galerie du cloître, à l'opposé de leur chambre. Jenet avait dit que c'était un couloir qui menait aux cuisines et qu'ils ne devaient pas y aller. Comme ils connaissaient le chemin normal, ils avaient consenti à obéir au moins sur ce point et n'avaient donc jamais emprunté le passage en question. Mais puisque Jenet faisait partie de ces gens qui trouvaient tout naturel de mentir à des enfants pour qu'ils agissent selon son gré, la glissière pouvait fort bien aboutir là où lady Adela le prétendait.

Mais Edmund semblait prêt à discuter pour le seul plaisir de discuter, et s'il commençait, jamais ils ne sortiraient de cette chambre.

— Montre-nous, dit Jasper en avançant vers la porte.

Derrière lui, Edmund se redressa en hâte. S'ils sortaient au lieu de rester là à se quereller avec lui, autant les suivre. Lady Adela mit un doigt devant sa bouche et leur montra le chemin.

La galerie du cloître était déserte. Avec la rapidité et la discrétion de fugitifs accomplis, ils rejoignirent la glissière sans se faire remarquer et s'engouffrèrent dans la pénombre, lady Adela en tête. Au bout, le passage débouchait sur une large allée, entre l'arrière des bâtiments du cloître et un haut mur qui courait sur leur gauche. A droite, une dernière pièce faisait saillie, avec une porte à l'extrémité de la glissière.

Adela jeta un coup d'œil avec d'infinies précautions.

— Sur quoi donne cette porte ? demanda Edmund.
— Sur l'escalier qui monte aux lieux d'aisances.
— Ce ne sont pas les cuisines ? Jenet a menti, conclut Edmund avec une satisfaction évidente.
— A l'autre bout, il y a un escalier qui descend aux cuisines et un autre qui monte au dortoir, précisa Adela avec impatience.

C'était pour cette raison qu'on ne leur avait pas fait visiter cette partie ; elle donnait sur trop d'endroits où ils n'étaient pas supposés aller — y compris l'extérieur. Adela les entraîna du côté gauche, à l'opposé des lieux d'aisances, vers une porte percée dans le mur qui empêchait de voir ce qui se trouvait au-delà. Une porte en osier, qui arrivait à la hauteur du menton de Jasper s'il se dressait sur la pointe des pieds. Et derrière, comme lady Adela l'avait promis, s'étendait un jardin. D'un coup d'œil, Jasper vit qu'il n'y avait personne et qu'il s'agissait d'un jardin des plus ordinaires, avec des petites allées soigneusement entretenues et des plates-bandes impeccables, une charmille formant une arche de verdure d'un côté et des bancs en tourbe alignés le long d'un haut mur obstruant toute vue sur le monde extérieur. Ce jardin, beaucoup plus petit et plus simple que ceux du domaine de leur mère, n'avait même pas de fontaine.

Impatient, Edmund souleva le loquet qui fermait le portail.

— Oh non, pas par ici ! s'exclama lady Adela. On nous trouverait trop vite. Je connais un meilleur endroit.

Sans se soucier de leur avis, elle se précipita le long du mur du jardin, d'un pas rapide malgré son boitillement, et rejoignit une autre porte en bois plein qui ne laissait rien deviner de ce qui se trouvait derrière. Arrivée devant, la petite fille s'accroupit pour soulever une grosse pierre au bord de l'allée. Comme elle paraissait lourde, Jasper se baissa pour l'aider. Au-dessus d'eux, Edmund essaya d'actionner la poignée.

— Elle est fermée, constata-t-il avec dépit.

— Evidemment qu'elle est fermée ! répliqua lady Adela.

Grâce à leurs efforts conjoints, la pierre bascula sur le côté, et la petite fille s'empara vivement d'une grosse clef rouillée.

— C'est l'une des entrées de service du cloître. Les visiteurs ne sont pas censés passer par là. Ils doivent utiliser l'entrée principale.

— Alors, que faisons-nous? s'étonna Edmund.

— Nous sortons.

Edmund et Jasper échangèrent un regard. Tous deux savaient comment ils devaient réagir. Mais comme les affaires de conscience avaient tendance à moins peser à Jasper qu'à son frère, ce fut lui qui s'exprima pour eux deux.

— Nous ne devons pas sortir du cloître. Maîtresse Maryon nous l'a interdit.

— Ce sont les nonnes qui n'ont pas le droit de sortir. Elles n'ont le droit de rien faire. Mais nous ne sommes pas des nonnes.

Edmund et Jasper échangèrent un second regard, ne sachant trop comment répondre à un tel argument.

Lady Adela poussa Edmund du coude et s'approcha de la porte. La clef était si énorme qu'elle dut la tenir à deux mains pour l'introduire dans la serrure.

— On ne devrait pas aller là, répéta Jasper sans grande conviction.

— Non, c'est vrai, reconnut allégrement lady Adela en se battant avec la clef qui finit par tourner avec un léger grincement. On ne devrait pas. Mais moi, je vais quand même y aller.

CHAPITRE VII

Bientôt sonnerait l'heure du court office de none. Etre interrompue dans ses occupations entre sexte et vêpres, autrement dit entre la mi-journée et la fin de l'après-midi, avait contrarié Frevisse pendant les premiers temps qu'elle avait passés au prieuré. Mais elle avait fini par apprécier cet office, car il venait lui rappeler que l'essentiel de sa vie se résumait à la prière, et non aux devoirs matériels que requérait chaque jour. Depuis qu'elle était sacristine, et que ses tâches consistaient principalement à s'occuper de la chapelle et de ce qu'elle renfermait, il lui était plus facile de ne pas l'oublier.

Ce jour-là, ayant déjà procédé aux préparatifs nécessaires dans la chapelle, elle était venue s'asseoir dans sa stalle pour réfléchir tranquillement jusqu'à l'heure où retentirait la cloche. En cette période de la mi-été, le soleil montait si haut qu'il n'éclairait en plein l'église que tôt le matin et tard le soir. A cette heure-là, au début de l'après-midi, l'intérieur était plongé dans une douce pénombre pleine de fraîcheur, offrant un contraste saisissant avec la chaleur écrasante du dehors. Un endroit propice à la réflexion autant qu'à la prière, songea Frevisse. Or elle avait grand besoin de l'une comme de l'autre.

Sa première et véritable envie était d'aller voir mère Edith pour reparler avec elle du problème des petits garçons. Non pas parce qu'elle avait quoi que ce soit de nouveau à lui apprendre, mais pour sa propre tranquillité d'esprit, ce qui semblait un peu injuste pour la mère supérieure qui avait tant d'autres soucis en ce moment.

Suivant les conseils de la prieure, elle avait rédigé sa lettre à Alice, puis l'avait remise le jour même à maître Naylor. Un messager avait emporté la missive vers sa destinataire, là où celle-ci séjournerait. Et maintenant qu'elle ne pouvait plus rien y changer, Frevisse se disait qu'elle aurait mieux fait d'aborder avec plus de subtilité et de sens politique des questions qui n'auraient dû en rien la concerner.

Elle s'efforça de chasser cette pensée de son esprit. Ce qui l'inquiétait davantage — rien qui justifiât toutefois d'en informer mère Edith —, c'était que le sergent de loi et maître Montfort, l'enquêteur de la Couronne, seraient là dès l'après-midi, selon une information apportée par un homme venu en éclaireur le matin. Si tout se passait bien, ils mèneraient leur enquête et repartiraient, peut-être même dès le lendemain matin. Par contre, si les choses tournaient mal — si les domestiques étaient soumis à des interrogatoires trop poussés et signalaient la présence des garçons, ou si le sergent de loi savait que des enfants étaient recherchés... Mais il n'y avait aucune raison pour que le sergent de loi ou l'enquêteur s'entretienne avec les domestiques. Ils parleraient aux seuls témoins de l'attaque. Autrement dit à sir Gawyn, à maîtresse Maryon, aux deux hommes et éventuellement à Jenet. Frevisse espérait que tous lui feraient le même récit et que, comme convenu, ils ne parleraient pas des enfants. Dans le cas contraire, ils risquaient de gros ennuis, mais Frevisse ne voyait pas quoi entreprendre pour les éviter en dehors de ce qui avait déjà été fait.

Jusqu'à présent, les enfants ne s'étaient pas montrés très embêtants. Du moins, pas autant qu'ils l'auraient pu. Même s'ils ne restaient pas tout le temps dans leur coin, leurs manières étaient charmantes, ils étaient calmes, et la communauté des religieuses reconnaissait volontiers lors de la récréation que c'étaient là d'adorables et ravissants petits garçons. Seule mère Alys disait trouver leur présence insupportable, mais elle aurait jugé celle de l'archange Gabriel intolérable si l'envie lui en avait pris. Frevisse avait remarqué que les enfants s'arrangeaient pour éviter mère Alys le plus possible, preuve qu'ils étaient aussi malins que charmants ; mais si elle avait eu à choisir, elle aurait préféré l'intelligence au charme et à la beauté, qui se révélait nettement plus utile à long terme.

Mais toutes ces considérations ne résolvaient en rien le problème posé. Un problème insoluble, qui disparaîtrait de lui-même quand sir Gawyn aurait repris suffisamment de forces pour remonter en selle et tous les emmener.

Le front appuyé contre ses mains jointes, Frevisse pria pour qu'il guérît au plus vite.

Et pour mère Edith.

Non, ce n'était pas juste. La prieure acceptait volontiers d'arriver au terme de sa vie, et toute prière pour son salut devait demander que sa fin lui soit accordée en douceur, et non qu'elle demeure plus longtemps dans un état qu'elle se sentait désormais prête à quitter.

Ce qui était extrêmement difficile, Frevisse s'en était rendu compte. Toutefois, si elle se souciait de mère Edith autant qu'elle le prétendait, ses prières devaient être pour la prieure et non pour elle-même. Les paroles d'un des chants de none lui revinrent en mémoire.

Largire lumen vespere, quo vita nusquam decidat,

sed praemium mortis sacrae perennis instet gloria.
Répandez ce soir la clarté, Où jamais la vie ne décline, Accordez-nous, dans la mort sainte, La gloire éternelle en partage.

Frevisse s'efforça de laisser les mots s'imprégner en elle, de s'y abandonner, mais dès qu'elle eut terminé, elle appuya sa tête plus lourdement sur ses mains, soupirant en elle-même. Elle n'éprouvait plus autant de difficultés à savoir quoi faire — au contraire de ce qu'elle avait expérimenté dans sa jeunesse, quand tant de décisions avaient été l'occasion d'un combat entre sa conscience et son désir, mais aussi, et plus fondamentalement, d'une difficulté à comprendre ce qui se trouvait au cœur de ce combat. A présent, elle parvenait mieux à faire la distinction entre ce qu'il était bon ou mal de désirer, mais parvenir à faire ce qui était bien, au lieu d'aller au plus simple et au plus commode, n'était pas toujours aussi facile qu'elle l'eût souhaité.

Une main hésitante lui effleura l'épaule. Surprise, Frevisse se redressa d'un bond. Sœur Thomasine se tenait près d'elle, les mains croisées sur la poitrine, son visage d'ordinaire serein tendu par l'inquiétude. Elle lui fit signe de la suivre avec un empressement si inhabituel que Frevisse se hâta de sortir de la chapelle sur ses talons et de traverser le cloître pour rejoindre la glissière. Frevisse n'avait pas souvenir d'avoir vu Thomasine recourir une seule fois au privilège qu'offrait cet endroit — où il était permis de parler quand on avait une information urgente à transmettre — depuis qu'elle était entrée à Sainte-Frideswide. Aussi en conçut-elle un certain affolement.

— Que se passe-t-il ? Qu'est-il arrivé ? s'enquit-elle aussitôt.

Sœur Thomasine répondit à voix basse, d'un ton précipité :

— Je ne trouve pas les enfants. Ils ne sont nulle part dans le cloître.

— Nulle part? Vous en êtes sûre?

— Les garçons ont... Je pensais leur donner quelques pastilles de marrube en guise de friandises. Je m'étais dit que ça leur ferait du bien, expliqua la jeune nonne en se tordant les mains, l'air tout malheureux. Ce sont des pastilles de l'année passée, s'empressa-t-elle d'ajouter. Nous n'en avons pas eu l'usage l'hiver dernier. Il nous en reste en quantité et je prévois d'en préparer d'autres d'ici...

— Je suis certaine que ça ne pose aucun problème, coupa Frevisse. C'est une gentille intention. Mais vous ne trouvez pas Edmund et Jasper, dites-vous?

— Ni lady Adela.

— Et Jenet ignore où ils sont?

— Je ne sais pas où elle est.

Sœur Thomasine, qui avait cessé de se triturer les mains, les pressa de nouveau sur sa poitrine.

— Enfin, je crois le savoir, mais je doute que les petits garçons soient avec elle. Et puis, elle n'aurait sûrement pas emmené lady Adela. Je pense qu'elle est retournée prier auprès des dépouilles des défunts. Elle m'a raconté — ce n'est pas moi qui lui ai parlé, mais je l'ai croisée qui revenait au cloître en pleurs, et c'est alors qu'elle me l'a dit — qu'elle était amoureuse d'un homme et que celui-ci était mort. Elle prétend que personne d'autre ne prie pour lui, et je crois qu'elle va le faire de temps en temps.

— Elle est censée ne pas quitter les enfants plus d'une minute! s'exclama Frevisse avec colère. En tout cas pas assez longtemps pour aller jusqu'au village!

Les sept hommes tués au cours de l'attaque avaient été transportés dans l'église du village en attendant la venue du sergent de loi et de l'enquêteur. Par cette chaleur, et dans l'incertitude du délai qui s'écoulerait avant l'arrivée des officiers de la Couronne, il avait paru plus sage de les déposer en ce lieu que dans la chapelle du prieuré. Mais le village n'était distant que de cinq cents mètres. En coupant à travers champs, et si ce qu'on avait à faire sur place était bref, il ne fallait que très peu de temps pour effectuer l'aller-retour, le trajet ne prenant qu'à peine plus de temps par la route.

— Depuis quelle heure est-elle partie ?

— Je ne saurais le dire. Je suis restée à l'infirmerie depuis le dîner[1].

— Et les enfants ? Quand les a-t-on vus pour la dernière fois ?

— Je ne sais pas. Je n'ai encore interrogé personne. Comme je ne les trouvais nulle part, je suis venue tout de suite vous voir.

— Jenet ne les aurait pas emmenés avec elle. Elle sait qu'ils doivent rester à l'intérieur du cloître.

Frevisse, qui réfléchissait à haute voix, posa la première question qui lui traversa l'esprit :

— Pourquoi êtes-vous venue me voir moi plutôt qu'une autre ?

Sœur Thomasine se mordilla la langue, baissa les yeux et répondit en parlant à ses sandales :

— J'ai vu comment vous les regardiez, et à quel point vous aviez l'air tracassée depuis qu'ils sont arrivés. Plus inquiète que toute autre. Plus qu'il ne paraissait nécessaire.

La jeune nonne arrondit légèrement les épaules, retrouvant un geste dont elle s'était quasiment défaite depuis qu'elle avait prononcé ses vœux.

— Alors, j'ai pensé que vous en saviez peut-être davantage sur le malheur qui expliquerait leur venue ici, et comme je ne les trouvais pas...

---

[1]. Au Moyen Age, on dressait la table deux fois par jour : pour le dîner en fin de matinée et pour le souper à la tombée du jour. *(N.d.T.)*

Nerveuse, Thomasine laissa sa phrase en suspens. Elle leva un regard inquiet vers Frevisse, qui la dévisagea d'un air troublé, mi-surprise, mi-consternée. Elle avait eu tort d'imaginer que sœur Thomasine ne remarquait pas grand-chose en dehors de ce qui concernait ses prières et ses devoirs. Découvrir qu'elle avait suffisamment observé Frevisse pour deviner qu'elle se faisait du souci pour les enfants alors que personne d'autre ne se montrait inquiet était on ne pouvait plus déconcertant.

Mais le problème n'était pas là dans l'immédiat.

— Vous dites que lady Adela a disparu également ?

Sœur Thomasine parut encore plus embarrassée.

— Oui. Je ne l'ai pas trouvée non plus. Et... et le portail du verger est grand ouvert.

Frevisse s'aperçut qu'elle fixait la jeune religieuse.

— Qu'est-ce qui vous a poussée à aller regarder par là ?

— Voyant que je ne trouvais aucun d'eux dans le cloître, je suis allée m'assurer qu'ils n'étaient pas dans le jardin. Lady Adela y est déjà venue avec nous pendant la récréation. J'ai pensé qu'elle y avait peut-être emmené les garçons. Comme le portail du verger est juste au fond, je l'ai poussé, ainsi qu'un enfant l'aurait fait, et il n'était pas fermé à clef. Il est pourtant censé l'être !

— Oui, en effet. Venez avec moi.

Sans même en avoir pris la décision, Frevisse se rua hors de la glissière et se dirigea vers le portail du verger.

Sœur Thomasine la suivit, mais demanda :

— Ne devrions-nous pas prévenir quelqu'un, si jamais nous sortons ?

A proprement parler, elle avait raison. La règle imposait d'informer quelqu'un : avant de sortir du couvent, toute nonne devait en demander la permission, à la seule exception de l'hôtelière, mais uniquement dans des limites définies. Cependant demander une autorisation prendrait du temps, or Frevisse jugeait préférable d'agir au plus vite.

— Moins il y aura de personnes informées de la présence des enfants à l'extérieur du cloître, mieux ce sera. Il vaudrait mieux les retrouver avant que quelqu'un d'autre le fasse.

Ainsi que sœur Thomasine l'avait dit, la porte du cloître n'était pas fermée à clef. Frevisse sortit du verger sans hésiter, mais sœur Thomasine demeura à la traîne.

— Je ne peux pas sortir, dit-elle tout bas.

Frevisse s'arrêta, comprenant ses scrupules, mais elle n'avait pas une seconde à perdre.

— Je vais donc devoir y aller seule.

Elle ne l'aurait pas dû. Si une moniale était dans l'obligation de sortir du cloître, pour une raison hautement justifiée et non par simple caprice ou fantaisie, elle ne devait partir seule sous aucun prétexte, et être toujours accompagnée d'au moins une autre religieuse. Sortir seule ne ferait qu'aggraver la faute de Frevisse, mais serait moins cruel que de convaincre sœur Thomasine de l'accompagner et de la forcer à agir à l'encontre de ce que lui dictait sa conscience.

C'est alors que, à son grand étonnement, sœur Thomasine releva la tête et dit :

— En tant que sacristine de Sainte-Frideswide, vous avez toute autorité sur moi. Ordonnez-moi de venir, et je viendrai.

Il s'agissait là d'un renversement de responsabilités des plus habiles, quoique fait probablement en toute innocence.

— Eh bien, alors, venez ! dit Frevisse.

Cette fois, Thomasine la suivit sans hésiter. Dissimulant un agacement qu'elle savait qu'elle n'aurait pas dû éprouver, Frevisse referma le portail et ordonna d'un ton brusque :

— Prenez cette moitié du verger, je prendrai l'autre. Appelez les enfants, cherchez-les... Nous nous retrouverons à l'autre extrémité si nous ne les avons pas trouvés.

C'était un verger de belles dimensions, destiné à subvenir aux besoins du prieuré. Plantés à l'époque de la fondation du couvent, les vieux arbres avaient des troncs noueux, et les branches basses qui rasaient le sol s'étalaient tout en largeur, donnant fortement envie à n'importe quel enfant d'y grimper, sans compter que l'épaisseur du feuillage offrait d'excellentes cachettes en été.

L'herbe haute frôlait le bas de la robe de Frevisse et s'écrasait mollement sous son pied, amortissant le bruit de ses pas.

— Allons, montrez-vous ! cria-t-elle.

Puis elle appela les enfants par leurs noms, guettant une réponse, mais pas même un bruissement de feuilles ne vint trahir la présence d'un enfant dans sa cachette. Plus loin, invisible entre les arbres, sœur Thomasine encourageait les enfants à se montrer, sans plus de succès. Arrivée au bout du verger, Frevisse marmonna entre ses dents :

— Ils feraient mieux de ne pas jouer à cache-cache avec nous.

Guidées par leurs propres voix, les deux religieuses se retrouvèrent devant le talus en forme de courbe qui délimitait le verger.

— Peut-être ne sont-ils jamais venus par ici, suggéra sœur Thomasine.

— Quelqu'un a pourtant ouvert le portail de l'intérieur, répliqua Frevisse en scrutant le talus.

D'une hauteur d'environ deux mètres et recouvert de hautes herbes, il était assez pentu pour obliger quiconque aurait voulu passer de l'autre côté à l'escalader. Cela n'avait cependant rien d'impossible, le talus servant davantage à délimiter le verger qu'à le fermer par une barrière infranchissable.

— Ils sont certainement venus par ici et n'ont pas dû aller bien loin. Peut-être les apercevrons-nous de là-haut.

D'une main, Frevisse retroussa ses jupes, s'apprêtant à grimper.

— Là-haut? s'exclama sœur Thomasine en évaluant la hauteur du talus d'un œil sceptique. La cloche de none va sonner d'une minute à l'autre.

Mais Frevisse n'allait pas interrompre ses recherches maintenant qu'elle avait enfreint la règle. Rebrousser chemin reviendrait à donner le temps aux enfants de s'aventurer plus loin.

— Si nous arrivons en retard, j'en endosserai la responsabilité, assura-t-elle en se penchant pour gravir la pente raide.

Après quelques hésitations, sœur Thomasine la suivit.

Arrivée au sommet, Frevisse s'assit sur le talus pour reprendre son souffle, poussa un soupir satisfait et regarda ce qui s'étendait devant elle. A une cinquantaine de mètres, une rivière serpentait entre le prieuré et les champs du village. Les arbres qui la bordaient, principalement des saules et des aulnes, retenaient les berges et fournissaient des branches qui servaient à fabriquer des paniers et des clôtures, ou même des murs de maisons, mais il y avait aussi des arbres plus grands dont le bois mort pouvait être ramassé pour faire du feu la saison venue. Le talus, trop bas pour voir au-delà des arbres, n'était séparé de la rivière que par un champ étroit, mis cette année-là en pâture, où quelques vaches laitières broutaient paisiblement. Orienté en diagonale, un large fossé avait été creusé afin de détourner l'eau de la rivière vers le prieuré, passant d'abord sous les cuisines puis sous les lieux d'aisances, et effectuait ensuite une boucle qui rattrapait la rivière en deçà du pâturage. Datant de la même époque que le prieuré, le fossé disparaissait pratiquement derrière un rideau de buissons et d'arbrisseaux.

Sœur Thomasine se hissa à côté de Frevisse, moins essoufflée, mais beaucoup plus ébranlée à en juger par la pâleur de son visage et ses yeux écarquillés. Depuis qu'elle était entrée à Sainte-Frideswide comme novice, sept ans plus tôt, elle ne s'était jamais aventurée plus loin que dans la cour intérieure et le verger, et encore, en de très rares occasions. Thomasine se laissa tomber lourdement à côté de Frevisse, rajusta sa guimpe et son voile, puis lissa le devant de sa robe avec sa méticulosité habituelle. Cela fait, elle admira le vaste monde qui s'étendait par-delà la berge avec un émerveillement délicieux, plissant les yeux face au soleil éblouissant.

— Oh, comme c'est beau ! souffla-t-elle.

Frevisse ressentit un petit pincement au cœur, partagée entre la satisfaction et l'inquiétude. Car s'il était savoureux de voir Thomasine oublier une seconde sa sainteté et se départir de son visage impassible, ce n'en était pas moins troublant. Il n'y avait rien d'exceptionnel à admirer d'ici, en tout cas rien qui fût susceptible de mettre une âme en péril, mais Thomasine avait renoncé au monde depuis sa tendre enfance, et en toute inconscience. Cet aperçu d'une beauté jusqu'alors insoupçonnée allait-il peser sur elle ?

Apparemment très peu. Car, au bout de quelques minutes, la jeune nonne croisa les mains sur ses genoux et dit en souriant d'un air content :

— C'est bon de voir une fois de temps en temps comme le monde est magnifique. Ainsi je puis comprendre ceux qui choisissent d'y rester et mieux prier pour eux. Je ne vois pas les enfants.

A part quelques vaches laitières, il n'y avait effectivement personne en vue, mais Frevisse répliqua :
— Ecoutez...

Quelque part entre les arbres, le long du fossé, des voix aiguës d'enfants riaient et s'interpellaient joyeusement. Sœur Thomasine se signa en soupirant de soulagement. Frevisse se releva.

— Je vais les chercher. Restez ici et, si vous entendez la cloche, repartez sans nous. Je ferai aussi vite que possible.

Qu'elles soient prises toutes les deux en faute n'avait guère d'intérêt. Sœur Thomasine acquiesça, l'air reconnaissant, et Frevisse se prépara à glisser au bas du talus.

Au départ, ils n'avaient pas eu l'intention d'aller plus loin que le verger. Mais après être montés dans les arbres et avoir joué à chat, lady Adela avait refusé de se laisser attacher à un tronc d'arbre et d'être la princesse à secourir — avec Jasper dans le rôle du dragon qu'Edmund se chargerait de terrasser —, si bien qu'ils n'avaient rien trouvé de mieux à faire que d'escalader la pente du talus éclaboussée de soleil. De là-haut, ils avaient découvert tout un nouvel univers à explorer et n'avaient pu s'empêcher de sauter de l'autre côté.

Jasper avait exprimé quelque réticence.

— Nous ne devrions pas aller par là, avait-il dit.

Mais Edmund s'y rendait déjà, les bras largement écartés pour ne pas perdre l'équilibre, tandis que ses pieds l'emportaient en courant ; et lorsque lady Adela s'était allongée par terre pour se laisser rouler jusqu'en bas dans des éclats de rire, ses cheveux s'emmêlant autour de sa tête, c'en avait été trop pour continuer à résister. Jasper se laissa rouler derrière elle, découvrant trop tard qu'il n'arrivait pas à contrôler sa vitesse, tant et si bien qu'il faillit atterrir sur elle, tout sentiment qu'ils n'auraient jamais dû venir là à jamais envolé.

Edmund, indigné d'avoir raté pareille bonne blague, s'apprêtait à remonter pour rouler à son tour, mais lady Adela avait déjà traversé le fossé à sec situé en contrebas pour s'élancer vers les pâturages. Jasper, qui avait la tête qui lui tournait et n'était pas sûr de pouvoir marcher très droit, la suivit. Edmund trottina derrière eux en pensant que ce serait amusant de courir après les vaches, mais lady Adela lui opposa un « non » si définitif qu'il renonça sans même discuter. Elle boitait un peu plus que tout à l'heure, remarqua Jasper, comme si sa jambe était fatiguée ou blessée. Mais, sans se plaindre une seule fois, elle les conduisit jusqu'à la rivière qui coulait au milieu des joncs à travers champs.

Ils n'eurent pas besoin de se concerter. Dès qu'ils furent assis tous les trois, les garçons ôtèrent leurs souliers et leurs chausses, et entrèrent jusqu'aux genoux dans l'eau fraîche en s'esclaffant.

Jasper n'aurait su dire exactement comment fut décidé que ce serait sa chemise à lui qu'ils utiliseraient, mais très vite son pourpoint se retrouva sur la berge, et sa chemise transformée en filet pour attraper les vairons qui filaient entre les banderoles vertes que formaient les plantes aquatiques en oscillant doucement au gré du courant. Au début, lady Adela s'appliqua à ne pas mouiller ses jupes, mais cette prudence diminuait par trop son plaisir, de sorte qu'elle y renonça, préférant laisser le bas de sa robe traîner dans l'eau pour rabattre les poissons en direction d'Edmund et de Jasper. Qu'ils n'en attrapent aucun n'avait guère d'importance ; et ils étaient tous déjà tellement trempés qu'au moment où Jasper trébucha et se retrouva assis sur son postérieur avec de l'eau jusqu'au menton, il partit d'un grand éclat de rire.

Jamais dans sa vie il ne s'était retrouvé ainsi, sans que quelqu'un exige de lui et de son frère qu'ils se conduisent avec dignité et fassent montre de bonnes manières — et en veillant avec sévérité à ce qu'ils s'y tiennent! Ici, ils étaient eux-mêmes et rien d'autre, et ni lady Adela ni personne ne leur disait quoi faire, ni qu'ils devaient s'abstenir de faire ce qu'ils mouraient d'envie de faire. Il y avait de l'eau, du soleil, des éclaboussures, des poissons et des rires, et tout ça autant qu'ils en voulaient.

Jusqu'au moment où un hoquet interrompit les gloussements de lady Adela, et où Jasper et Edmund suivirent son regard effrayé levé vers mère Frevisse, qui se tenait sur la rive juste au-dessus d'eux.

CHAPITRE VIII

La cloche sonna none alors que Frevisse et sœur Thomasine faisaient passer les enfants trempés par la porte du verger.
— Allez-y ! Allez. Je m'occupe d'eux, dit Frevisse à sœur Thomasine, qui acquiesça avec soulagement et s'éloigna en hâte.
Le temps de raccompagner les enfants, Frevisse arriva en retard, ainsi qu'elle l'avait prévu, et dut se faufiler dans sa stalle sous les regards réprobateurs. Le lendemain, au chapitre, elle devrait confesser être sortie du cloître en emmenant sœur Thomasine et accomplir la pénitence qui lui échoirait. Pour l'heure, elle se joignit à la lecture du second psaume avant même de l'avoir trouvé dans son missel, la tête humblement baissée pour prier. Mais elle ne le suivit que pendant quelques lignes. Très vite, son esprit se mit à vagabonder.
Les enfants étaient en sûreté dans leurs chambres, après qu'on eut chargé une des sœurs converses d'habiller lady Adela de vêtements secs, et Jenet, en larmes, de prendre soin des deux garçons. Aucun mal n'était à déplorer du fait de leur désobéissance, mais Frevisse doutait qu'ils s'en tiennent là. Elle les avait regardés un bon moment depuis la berge, observant

leurs rires et leurs jeux, et il était évident qu'elle — comme tout le monde — s'était sérieusement méprise sur le compte de la jeune lady Adela. Certes, c'était une enfant calme, polie et attentive, mais elle n'était pas que cela. Quant à Edmund et Jasper, ils n'étaient manifestement pas aussi dociles qu'ils l'avaient tout d'abord semblé.

De la même façon, songea Frevisse, tous les trois n'allaient pas se tenir aussi tranquilles maintenant qu'ils avaient découvert le bonheur de la compagnie d'autrui. Il allait falloir les surveiller de plus près, ce qui ne serait guère facile sans que s'en aperçoivent les autres nonnes dont elle aurait pourtant préféré ne pas éveiller la curiosité.

A la fin de none, lorsque les religieuses sortirent de la chapelle, mère Claire attendit près de la porte en faisant signe à Frevisse de rester. Baissant la tête, Frevisse demeura à ses côtés jusqu'à ce que toutes les religieuses soient parties, puis la suivit dans la galerie du cloître et dans la glissière.

— Je suppose que vous avez une bonne raison pour être arrivée en retard à l'office?

Mère Claire était l'amie la plus proche que Frevisse avait jamais eue au prieuré. C'étaient les mêmes raisons qui les avaient poussées à prendre l'habit, et elles avaient depuis longtemps appris à se respecter et à se fier à l'intelligence l'une de l'autre. Mais comme la cellérière assumait depuis peu les responsabilités de la prieure, ce fut à sa supérieur et non à son amie que Frevisse répondit :

— Oui, ma mère.

— Et vous vous en expliquerez demain pendant le chapitre?

— Oui, ma mère.

— Bien, fit mère Claire en respirant à fond. Je pourrai le dire à mère Alys quand elle viendra s'en plaindre à moi à la récréation.

Frevisse lui décocha un petit sourire pincé.

— Comme si personne n'avait remarqué mon retard à part elle !

— Ou qu'il y avait des taches d'herbe sur votre robe, ainsi qu'une odeur de boue de rivière attachée à vos souliers, ajouta mère Claire. Pourquoi êtes-vous sortie, et qu'est-ce qui vous a retenue ainsi ?

— Les enfants étaient sortis du cloître, et j'ai dû partir à leur recherche. Ils jouaient dans la rivière à attraper des vairons. Ils étaient là-bas tous les trois.

— Lady Adela a suivi les garçons ? Pourquoi, pour qu'il ne leur arrive rien de mal ?

— Je crois plutôt que c'est elle qui les a entraînés.

— Notre lady Adela ?

— En personne. Il semble que ce soit le manque d'occasion plus que d'envie qui l'ait fait se tenir si sage les mois derniers.

— Oh, mon Dieu !

— Elle seule savait où était cachée la clef de la porte du verger. C'est par là qu'ils sont sortis.

— Comment savait-elle qu'il y avait une clef ?

— Elle a refusé de me le dire. Elle a bien voulu reconnaître qu'ils étaient sortis, mais pas avouer comment elle savait où était la clef. Elle prétend « avoir seulement retourné la pierre, et qu'elle était là ». Et sans doute est-ce ainsi que les choses se sont passées. Ils étaient peut-être en train de jouer et l'ont trouvée par hasard.

— Si c'était le cas, elle l'aurait sûrement dit, conclut mère Claire.

— Je leur ai fait promettre à tous les trois de ne pas recommencer.

Le temps lui avait manqué pour les réprimander comme ils l'auraient mérité, et, préoccupée surtout d'arracher à lady Adela ces maigres renseignements sur la clef, Frevisse s'était contentée d'insister sur le fait qu'ils s'étaient mal conduits et ne devaient à aucun prix ressortir tout seuls. Devant sa colère et son insistance, alors qu'elle les poussait dans la galerie du cloître pour les ramener dans leurs chambres, ils lui avaient donné leur parole en marmonnant, mais elle ne croyait pas un seul instant que cela signifiait la fin de tous les problèmes.

— Puis-je me rendre à l'hôtellerie pour parler à maîtresse Maryon ? Peut-être aura-t-elle une idée pour les occuper.

— Nous devons bien en avoir quelques-unes... Mais j'aimerais savoir pour quelle raison nous les gardons dans le...

Mère Claire s'interrompit au milieu de sa phrase, l'expression distraite de Frevisse en disant sans doute plus long qu'elle ne l'aurait voulu. La cellérière la dévisagea d'un long regard songeur avant de dire :

— Non, je ne souhaite pas vraiment le savoir. Mère Edith a donné son accord, et je devrais m'en satisfaire.

— C'est mieux ainsi, confirma Frevisse.

Si elle avait dû faire confiance à quelqu'un pour garder le secret sur l'identité des garçons, elle aurait choisi mère Claire immédiatement. Mais moins il y aurait de personnes informées, moins celles-ci courraient de risques.

Et son visage dut exprimer en partie cette pensée, car mère Claire approuva d'un signe de tête :

— Alors, qu'il en soit ainsi. Et, oui, bien sûr, vous pouvez aller parler à maîtresse Maryon.

Mère Alys arriva à l'hôtellerie avant Frevisse. Sa voix impérieuse lui parvint au moment où elle atteignit le haut des marches, demandant pourquoi on dressait la table aussi tôt en faisant comme si elle était propre alors qu'elle ne l'était pas, et quand on l'avait frottée pour la dernière fois comme il fallait, et d'ailleurs ils pouvaient l'emporter dehors pour le faire sur-le-champ, et peu lui importait qu'elle soit encore humide du dernier nettoyage, ils allaient le refaire, et cette fois-ci à fond!

Arrivée dans le vestibule, Frevisse s'écarta tandis que deux serviteurs passaient d'un pas lourd devant elle, portant l'énorme table à bout de bras.

— Et pendant que nous y sommes, nous ferions bien de jeter un coup d'œil au reste, histoire de voir ce que vous avez négligé de faire en croyant que je ne me rendrais compte de rien! vociféra mère Alys à l'attention des domestiques restés dans le vestibule. Allons, remuez-vous!

Elle se planta au milieu de l'entrée, les poings sur ses larges hanches, suivant sa bande de sous-fifres d'un regard furieux, tel un commandant rassemblant ses troupes d'une sottise éclatante avant la bataille. Mère Alys avait pour opinion que tout le monde était plus bête qu'elle, et notamment les domestiques.

Elle ne se montra pas plus ravie de voir Frevisse que soucieuse de cacher son mécontentement.

— Que venez-vous faire ici? s'étonna-t-elle. Ce lieu ne vous appartient plus.

Face à mère Alys, Frevisse avait compris depuis longtemps que la meilleure réaction était d'en dire le moins possible, et avec la plus grande légèreté. Aussi courba-t-elle la tête pour prendre acte de l'abrupte vérité énoncée par mère Alys et dit-elle:

— J'ai la permission de mère Claire d'aller m'entretenir avec maîtresse Maryon.

— Dans l'intention de faire déguerpir ces garnements du cloître, j'espère! Elle est là-dedans, avec cet homme, ajouta-t-elle, indiquant du menton la chambre de sir Gawyn. Et son départ sera aussi bienvenu que celui de ces marmots!

Frevisse la remercia d'une rapide révérence, puis s'éclipsa.

La chambre de sir Gawyn, l'une des plus petites de l'hôtellerie, était meublée avec simplicité. Un lit, avec un crucifix au-dessus et une table de nuit à côté, et un tabouret. La table était encombrée de tout le matériel indispensable — un bassin, une jarre en terre, un rouleau de pansements ainsi que des bols et des coupes. Sir Gawyn reposait dans la même position que trois jours plus tôt, immobile, les yeux clos. Mais le teint gris de la douleur avait laissé place à une extrême pâleur, et il avait été rasé et lavé, et ses cheveux coiffés. De sorte que, bien qu'il fût étendu ainsi, les traits tirés et le teint livide, visiblement épuisé par l'hémorragie et la souffrance, Frevisse constata qu'à défaut d'être beau son visage ne manquait pas de séduction.

Son écuyer, Will Tendril, était appuyé contre le mur près du crucifix, les bras croisés sur la poitrine, son regard fixant le sol devant lui. Maryon, assise sur le tabouret à proximité de la table et de sir Gawyn, égrenait son chapelet entre ses doigts. Tous deux levèrent la tête quand Frevisse s'arrêta sur le seuil. Puis le jeune homme s'écarta du mur et Maryon se leva, le visage rempli d'inquiétude. Frevisse lui sourit pour la rassurer et lui faire comprendre qu'il ne se passait rien de grave, puis lui fit signe de la suivre dans le vestibule.

— Je suis réveillé, dit alors sir Gawyn. Inutile de quitter la pièce.

Il tourna la tête sur l'oreiller pour voir qui était là, les yeux brillants de fièvre. Son front se plissa légèrement.

— Vous étiez là au tout début... Quand nous sommes arrivés. Je me souviens vous avoir vue.

— C'est mère Frevisse, dit Maryon.

A ce nom, une lueur apparut dans le regard du chevalier.

— Mère Frevisse, répéta-t-il. Oui, Maryon m'a parlé de vous. Will.

L'écuyer s'était avancé d'un pas à la seconde où sir Gawyn s'était réveillé. Cette fois, sans qu'il fût besoin de lui en donner l'ordre, il s'inclina et sortit de la chambre.

— Il veillera à ce que personne ne nous épie, expliqua sir Gawyn. Tout va bien ? Les garçons ?

— Ils vont bien. Mais ils sont sortis du cloître cet après-midi — non, il ne leur est rien arrivé de grave, ils étaient seulement trempés et heureux d'avoir joué dans la rivière, mais ils l'ont été un peu moins une fois que je les ai eu retrouvés et ramenés ici.

— Où était Jenet ? s'enquit Maryon.

— Partie à l'église du village, je crois.

— Prier sur la dépouille de Hery Simon.

— C'est ce que je suppose, dit Frevisse. Si tel était le nom de l'homme qu'elle aimait.

En entendant prononcer le nom de Hery, la bouche de sir Gawyn s'était crispée.

— Quand seront-ils enterrés ? demanda-t-il.

— Demain, si le sergent de loi et l'enquêteur de la Couronne s'estiment pleinement satisfaits. Ils doivent arriver ce soir, le saviez-vous ?

— Maître Naylor nous a fait prévenir, répondit Maryon. Qu'est-ce qui leur a pris tant de temps ?

— Je crois savoir qu'ils ont dû démêler une querelle qui a dégénéré en violence meurtrière dans un village situé à l'autre bout du comté.

— C'est aussi bien ainsi, commenta sir Gawyn. J'ai recouvré mes esprits, plus que je n'aurais eu le temps de le faire s'ils étaient venus avant. Et davantage de forces pour les affronter.

— Vous avez l'air bien mieux.

— Pourtant, je ne me sens guère mieux.

Sa main droite monta vers son épaule gauche bandée, mais sans la toucher.

— Cela vaut toutefois mieux que d'être mort

comme Hery et Hamon, dit-il en reposant sa main le long de son corps.

— Et la fièvre n'est pas plus élevée que prévu, renchérit Maryon. Votre mère Claire est excellente. Si tout continue à se passer aussi bien, nous serons sans doute en mesure de repartir avant la fin du mois.

Son doux accent gallois faisait chanter mélodieusement chaque syllabe, mais sir Gawyn, les yeux de nouveau fermés et le visage impassible, demeura sans réaction. Faisant comme si elle n'avait rien remarqué, Frevisse dit :

— Il nous faudrait trouver de quoi occuper ces enfants, s'ils doivent rester si longtemps dans le cloître.

— C'est ce que Jenet devrait faire, dit Maryon. Il va falloir qu'elle arrête de pleurer ainsi sur Hery.

— Elle fait du mieux qu'elle peut. C'est surtout que nous avons peu de distractions à offrir à Edmund et à Jasper. Je voulais vous demander si nous pouvions les autoriser à sortir du cloître, à condition que quelqu'un les accompagne en permanence et qu'ils restent dans l'enceinte du prieuré. Pas tant que le sergent de loi et l'enquêteur seront là, bien sûr, mais après leur départ. Je pense que ça les aiderait à se tenir plus tranquilles le reste du temps.

— Ils seront peut-être moins tentés de partir de leur côté si nous leur accordons ces sorties, reconnut Maryon d'un air songeur.

— Et je tâcherai de trouver quelqu'un en plus de Jenet pour les surveiller.

Peut-être sœur Amicia, qui ne tarissait pas sur le fait qu'ils étaient tellement mignons et adorables, et si malins et si charmants.

— Il s'est rendormi, dit Maryon d'une voix douce.

Son attention ne s'était jamais détournée complètement de sir Gawyn. Frevisse constata que la respiration du blessé était régulière, et son visage détendu. Le sommeil était probablement le meilleur remède pour lui en ce moment. D'un commun accord et en silence, Frevisse et Maryon sortirent de la chambre.

Will, qui se tenait à quelques mètres derrière le seuil, était en conversation avec un petit homme trapu frustement vêtu, comme un palefrenier ou un homme d'armes. A voir l'épée qui pendait à sa ceinture, il appartenait plutôt à la seconde catégorie.

— Colwin! l'interpella Maryon. Tout va bien?

— Oui, maîtresse, répondit l'homme en s'inclinant. J'étais sorti promener les chevaux, et Will et moi allons maintenant intervertir nos places.

Sir Gawyn étant malade, les hommes avaient apparemment accepté que l'autorité revienne à Maryon. D'après ce que Frevisse savait d'elle, celle-ci se débrouillerait fort bien, et malheur à ceux qui l'en croiraient incapable! Avec une lueur amusée, Frevisse se demanda comment les choses s'étaient passées entre Maryon et mère Alys ici même dans l'hôtellerie, toutes deux étant aussi différentes de manières qu'elles étaient semblables dans leur entêtement.

Soudain, une agitation doublée d'une effervescence peu ordinaire attira leur attention du côté de la grande porte extérieure.

— Je crois que le sergent de loi et l'enquêteur de la Couronne viennent d'arriver, dit Frevisse, le cœur serré d'angoisse.

Sans un mot, Maryon retourna auprès de sir Gawyn. Will et Colwin échangèrent un regard avant d'aller se poster de part et d'autre de la porte de la chambre.

Frevisse regretta l'absence d'un passage qui lui aurait permis de rejoindre le cloître sans avoir à croiser maître Montfort. Les rares fois où l'enquêteur était venu ici, il avait très peu apprécié qu'elle soit venue se mêler de ses affaires. De son côté, Frevisse avait toujours trouvé son arrogance et son ignorance insupportables. Mais voilà qu'il entrait dans le vestibule, accompagné d'un homme qu'elle devina être le sergent de loi, tous deux suivis d'une demi-douzaine de personnes. Mère Alys fondit sur eux pour leur souhaiter la bienvenue, et Frevisse se dit qu'elle avait peu de chances de les éviter l'un et l'autre, à moins d'opter pour une retraite honteuse vers les cuisines en espérant pouvoir s'en échapper un peu plus tard.

Toutefois, ce ne fut pas la solution qu'elle choisit. Les mains glissées dans ses grandes manches et les yeux baissés, elle commença à s'avancer dans le vestibule, en se disant que si mère Alys et maître Montfort ne lui prêtaient pas attention, elle les ignorerait.

La sœur hôtelière aurait sans doute volontiers agi ainsi, mais lorsque Frevisse passa près d'eux en se contentant d'un petit hochement de tête, maître Montfort l'arrêta :

— C'est bien mère Frevisse, je ne me trompe pas ? Mais puisque vous n'êtes plus sœur hôtelière, que faites-vous ici ? Chercheriez-vous une fois de plus à vous immiscer dans des affaires qui ne sont pas les vôtres ? Sachez que je ne le permettrai pas. Voici celle dont je vous ai parlé, maître Worleston. Prenez garde, mère Frevisse, le voilà prévenu ! Il sait tout de vous et, pas plus que moi, ne vous laissera vous mêler de ce qui ne vous regarde pas.

Prenant une expression aimable malgré l'agacement que maître Montfort faisait comme toujours naître en elle, Frevisse salua maître Worleston d'une brève révérence. Il s'inclina pour lui rendre son salut, et ils en profitèrent tous deux pour se toiser. C'était un homme bien en chair au teint rubicond de bon vivant, vêtu d'une houppelande de couleur sombre qui lui arrivait au mollet et coupée de façon judicieuse pour chevaucher, sans les excès de manches auxquels cédait maître Montfort pour faire montre de son importance. Frevisse remarqua qu'il était plutôt amusé par la présentation que venait de faire d'elle l'enquêteur.

— Mère Frevisse, je suis heureux de vous rencontrer, déclara-t-il.

— Dieu vous bénisse dans vos devoirs! répondit-elle.

— Justement, elle allait se retirer, intervint mère Alys. Elle était venue porter un message de la part de mère Claire, mais en a à présent terminé, n'est-ce pas, ma sœur?

— En effet, reconnut Frevisse.

Puis, adressant un petit signe de tête à maître Worleston et à maître Montfort, elle sortit de l'hôtellerie, l'humeur à peine affectée.

CHAPITRE IX

Le lendemain matin, il pleuvait mais le soleil réapparut bientôt, au moment où Frevisse sortit de la chapelle, après avoir accompli une part de ses tâches quotidiennes et effectué la moitié de sa pénitence : cinq cents Notre-Père et deux cents, Je vous salue, Marie. L'autre moitié, ne boire ni bière ni vin mais uniquement de l'eau pendant la prochaine quinzaine, n'était ni aussi facile, ni aussi rapide à réaliser. Néanmoins, elle sourit en elle-même — le faire ouvertement en cet instant n'eût guère été convenable —, car les pénitences offraient le grand avantage d'éclaircir la conscience. Et puis elle était libérée de sa responsabilité envers sœur Thomasine, puisqu'elle avait fait valoir que cette dernière était sortie du cloître sur son ordre, épargnant ainsi à la jeune nonne toute punition.

Frevisse s'arrêta dans la galerie du cloître pour admirer le jardin où chaque brin d'herbe et chaque pétale de fleur scintillaient de gouttelettes transparentes. L'air sentait bon la terre mouillée et la nature, et Frevisse respira à fond, ne pensant plus qu'à la beauté de ce moment. Elle avait appris à apprécier les joies momentanées de l'existence et à en profiter pleinement chaque fois qu'il s'en présentait.

Cet instant prit fin avec l'arrivée précipitée de mère Claire qui tenait un pot en grès fermé d'un bouchon à la main. Dès qu'elle vit que Frevisse l'avait aperçue, elle lui fit signe de la suivre dans la glissière. Se concentrant de nouveau sur ses devoirs, Frevisse obtempéra.

— Pourriez-vous apporter ceci à maîtresse Maryon? demanda mère Claire en lui remettant le pot en grès. J'ai promis à sœur Thomasine de m'en charger aujourd'hui, parce qu'elle déteste être parmi des étrangers et qu'ils sont nombreux en ce moment. Mais j'ai un problème à régler en cuisine si nous voulons dîner à temps. Maîtresse Maryon peut en badigeonner la blessure sans hésiter, mais je voudrais savoir à quoi ressemble la plaie et je préférerais l'entendre de votre bouche plutôt que de celle d'une servante.

Malgré ses espoirs d'éviter maître Montfort et maître Worleston, Frevisse comprenait les impératifs de mère Claire, tout comme ceux de Thomasine.

— Volontiers, dit-elle avec un sourire rassurant.

— Merci, dit la cellérière avant de repartir en hâte vers les cuisines.

La pluie avait contraint la plupart des assistants du sergent de loi et de l'enquêteur à demeurer à l'intérieur. Mais, tel le soleil, ils commençaient à sortir et à descendre les marches de l'hôtellerie pour aller s'asseoir sur la margelle du puits ou pour aller jusqu'à la porte et chercher comment s'occuper en attendant que leurs maîtres aient terminé leur enquête. Frevisse, le pot en grès dans une main, gardant la tête baissée de façon que le mouvement de son voile dissimulât chaque côté de son visage, passa au milieu d'eux et traversa le vestibule sans se faire remarquer, puis gagna la chambre de sir Gawyn.

Seuls le chevalier et Maryon étaient présents.

Redressé un peu plus haut que la veille contre les oreillers, sir Gawyn n'était plus aussi blême, mais la rougeur de ses joues fit demander à Frevisse sans autre formule de politesse :

— Avez-vous de la fièvre ?

Une infection de la plaie accompagnée de fièvre était ce qu'il y avait le plus à redouter dans une blessure comme celle-ci.

— Non, répondit trop hâtivement Maryon, comme pour repousser cette éventualité en la déniant avec fermeté.

— Je sors à l'instant d'un entretien déplaisant avec le sergent de loi et cet imbécile d'enquêteur, précisa laconiquement sir Gawyn.

Frevisse était bien placée pour savoir qu'un petit moment passé avec maître Montfort suffisait en général à déclencher la colère en même temps que le rouge aux joues.

— Et leur avez-vous donné satisfaction ?

— Je pense. Du moins, à Montfort. L'autre est plus intelligent, mais il n'a rien trouvé de particulier à nous reprocher, sinon que cet endroit se trouve à l'écart des routes que fréquentent les brigands, ce qui n'est pas vraiment notre faute.

Sir Gawyn ferma les yeux et se laissa glisser sur le lit en poussant un lourd soupir.

— Mais ça n'a pas été aussi facile que je l'espérais.

— Ils sont en train d'interroger Will et Colwin, à présent, dit Maryon. Nous espérons que tout sera alors fini et qu'ils s'en iront.

— Ils ne comptent pas vous parler, à vous ou à Jenet ?

— Ils m'ont demandé si je confirmais les propos de sir Gawyn, ce que j'ai fait aussitôt. Et chercher à tirer des informations d'une personne si bouleversée qu'elle doit s'en remettre à des nonnes ne semble pas les intéresser.

— Et Edmund et Jasper ?

— Aucun de nous n'y a fait allusion.

— Qu'en est-il des défunts ?

— Ils les ont vus hier, avant le souper, et ont délivré l'autorisation de les inhumer. La cérémonie a lieu cet après-midi. Ils seront enterrés dans le cimetière du village.

— Même les bandits ?

Qui n'auraient pas dû être inhumés en terre consacrée...

— Puisqu'on ignore qui ils sont, personne ne peut être certain qu'ils étaient des hors-la-loi. Votre prêtre a dit qu'ils pouvaient être enterrés dans le cimetière de l'église, expliqua maîtresse Maryon.

— Je veillerai à ce que quelqu'un s'occupe des garçons pour que Jenet puisse assister à la cérémonie, proposa Frevisse.

— Ce serait gentil à vous.

Frevisse lui tendit le petit pot en grès.

— Mère Claire m'envoie avec cet onguent à mettre sur la blessure. Elle m'a dit que vous sauriez comment faire et m'a demandé de jeter un œil sur la plaie.

Maryon se tourna vers sir Gawyn :

— Vous sentez-vous en état de le supporter maintenant ou préférez-vous vous reposer un moment ?

Sir Gawyn esquissa un sourire maussade.

— Autant le faire tout de suite et en avoir fini.

Frevisse resta à l'entrée de la chambre pendant que Maryon découvrait la plaie. Sir Gawyn endura, stoïque, les manipulations indispensables. Mais, malgré la grande délicatesse dont Maryon fit preuve, il blêmit de nouveau ; sa bouche se crispa, sa poitrine montant et descendant lourdement tandis qu'il s'efforçait de garder un souffle régulier. Maryon vint chercher Frevisse pour qu'elle vienne à son chevet.

D'un caractère peu émotif, Frevisse examina la blessure avec attention. Tout autour, la chair était encore assez vilaine, mais sans être rouge ni gonflée, et elle ne présentait pas de marques de décoloration, ni ne dégageait d'odeur nauséabonde, deux signes pouvant indiquer une infection. Autant qu'elle pouvait en juger, la plaie paraissait relativement saine, bien plus en tout cas qu'il y avait quatre jours.

Sir Gawyn se tordit le cou pour voir l'entaille et demanda :

— Sait-elle ce qu'elle fait ? Cette religieuse aussi discrète qu'une souris qui vient chaque matin prétend qu'une telle blessure doit guérir de l'intérieur vers l'extérieur, plutôt que de former une croûte sur le dessus en guérissant depuis celle-ci vers l'intérieur.

— Les deux méthodes ont des arguments en leur faveur, observa Frevisse. Mais mère Claire et sœur Thomasine ont toutes deux su comment s'y prendre avec cette plaie.

Sir Gawyn eut un rire bref.

— Je me demande combien d'entailles dues à des épées vous avez l'occasion de voir dans un couvent.

— Pas à des épées, mais à des faux ou à des couteaux, et dues à assez de négligence de la part des villageois pour que toutes deux aient eu maintes fois à soigner de sérieuses coupures.

— Dans mon cas, on ne saurait parler de négligence, remarqua sir Gawyn avec amertume.

— Mais si ! corrigea Maryon. Celui qui vous a fait ça voulait vous tuer, or il a raté son coup !

— C'est vrai ! convint sir Gawyn en riant. Sa négligence consiste à m'avoir raté, et plus encore à ne pas avoir arrêté le coup que je lui ai donné en retour.

Tandis qu'ils parlaient, Maryon avait versé du vin dans un des bols posés sur la table de chevet. Prenant le bol dans une main et une éponge dans l'autre, elle s'approcha du lit. Sir Gawyn poussa un long soupir, ferma les yeux et se contracta en se préparant à la suite. Le visage non moins tendu que le sien, Maryon appliqua un linge propre sur la plaie et commença à l'imbiber de vin avec des gestes aussi doux que possible. En dépit de ce qu'il leur en coûtait à tous deux, elle continua minutieusement, puis sécha la blessure avec une serviette propre, reposa le bol et l'éponge et prit le pot de mère Claire. Avec douceur et délicatesse, le bout de ses doigts effleurant son épaule avec une infinie légèreté, elle étala l'onguent sur la blessure.

— Voilà! dit-elle tout bas en reposant le pot. C'en est fini pour aujourd'hui. Je n'ai plus qu'à refaire le bandage.

Sir Gawyn avait frémi sous ses gestes sans broncher. Il poussa un profond soupir et desserra ses mains crispées sur le drap, mais des gouttes de sueur perlaient sur son visage. Lorsque Maryon commença à lui baigner la figure et le cou à l'aide d'un linge humide, il ouvrit les yeux et lui sourit.

— Ça va aller, dit-il pour la rassurer.

— J'y compte bien! rétorqua-t-elle en lui rendant son sourire.

Ces deux-là semblaient unis par quelque chose de plus que les soins dus à un blessé, songea Frevisse. Ce lien s'était-il noué ici ou existait-il déjà auparavant?

Un coup bref frappé à la porte fut le seul avertissement que donna maître Montfort avant d'entrer dans la chambre. Sans prendre la peine de saluer, il jeta un regard assassin à l'épaule de sir Gawyn et dit:

— Sale entaille! Vous aurez de la chance si ça ne s'infecte pas. J'ai vu nombre de blessures au cours de ma carrière. Je dirais que celle-ci devrait guérir, mais que vous ne retrouverez jamais la force de votre bras. Je doute même beaucoup que vous soyez capable de lever la main jusqu'à la tête une fois guéri.

Avant que sir Gawyn ait pu répondre, Maryon intervint d'un ton cassant :

— Seul le temps pourra le dire. Et l'infirmière qui s'occupe de lui est très compétente. Il ne vous appartient pas de prédire le meilleur ou le pire.

— Je m'intéresse à la vérité, madame, rétorqua maître Montfort, se rengorgeant de toute sa hauteur pour afficher sa dignité devant ce qui n'était qu'une opinion féminine. Et je dis ce que je vois. Les gens ont tout intérêt à regarder la vérité en face, quelle qu'elle soit.

Mais Frevisse aussi bien que Maryon avaient déjà fait l'expérience de la vérité telle que la concevait maître Montfort. A ses yeux, la vérité tendait à être ce qu'il considérait le plus commode ou le plus favorable à sa réputation. Voyant que Maryon s'apprêtait à lui en faire la remarque, Frevisse s'interposa d'une voix aimable.

— Maître Worleston et vous-même êtes déjà parvenus à une conclusion ?

L'enquêteur reporta son attention sur elle, l'air mécontent.

— C'est ce que j'étais venu dire à ces gens. Tout est réglé à notre satisfaction, ainsi que nous l'espérions. Ils ont été victimes d'une attaque sournoise par des hommes qui avaient l'intention de les voler et qui ont payé de leur vie leur stupidité. Dans cette affaire, il n'y aura même pas une amende à verser à la Couronne, et sans doute guère grand profit à tirer des effets personnels de ces mécréants une fois que nous les aurons vendus. Certes, il s'agit à tout point de vue d'une regrettable affaire.

Posant un regard plus dur sur Frevisse, il ajouta :

— Je ne pense donc pas que vous ayez découvert quelque chose de tordu dans cette affaire, ni que vous songiez à entreprendre quoi que ce soit dans ce sens ?

Mais Frevisse baissa la tête et répondit humblement :

— Non, je suis satisfaite de ce que vous-même et maître Worleston avez conclu et déclaré. Et nous le sommes tous, j'en suis certaine.

— C'est bien ainsi. Parfait.

Maître Montfort jeta un nouveau coup d'œil à sir Gawyn.

— A mon avis, cette épaule ne se remettra jamais, affirma-t-il avant de s'en aller.

Maryon se précipita derrière lui et referma la porte d'un geste furieux, se retenant de justesse de la faire claquer.

— Quel idiot ! Mais quel idiot ! ragea-t-elle.

— Cela vaut mieux pour nous, remarqua Frevisse. Bon, il faut que je m'en aille.

Non seulement elle avait la réponse à ce que mère Claire lui avait demandé, mais elle avait entendu de maître Montfort ce qu'elle espérait. Le reste appartenait à Maryon et à sir Gawyn. Elle ne voulait pas y prendre part, d'autant plus qu'elle craignait — autant que Maryon, à voir l'énergie avec laquelle elle s'en défendait — que maître Montfort n'eût raison sur au moins un point, à savoir que le chevalier, même une fois guéri, demeurerait infirme.

Ils la laissèrent partir après l'avoir remerciée, et elle traversa le vestibule comme à l'aller, évitant de regarder qui que ce soit. Jusqu'au moment où elle franchit la porte, descendit les marches du perron et se retrouva nez à nez avec maître Worleston. Elle le salua d'un respectueux signe de tête, prête à s'éloigner, mais il l'interpella :

— Mère... Frevisse, c'est bien cela ?

Elle s'arrêta, contrainte et forcée, pour le lui confirmer.

— Avez-vous besoin de quelque chose ?

— Nous avons été traités pour le mieux et nous partirons après dîner. J'ai bien connu votre oncle. Et comme il lui arrivait de me parler de vous, j'ai pensé profiter de cette occasion pour vous rencontrer.

Frevisse lui sourit. Maintenant que le cruel chagrin ressenti à la mort de son oncle s'était un peu estompé, elle prenait plaisir à entendre parler de lui.

— Comment savez-vous que je suis sa nièce?
— Maître Montfort me l'a dit hier soir.
— Ah...

Frevisse imaginait en quels termes peu flatteurs l'enquêteur avait dû faire son portrait...

Maître Worleston avait une façon de sourire pleine de franchise, comme s'il trouvait de l'amusement là où il savait qu'il ne l'aurait pas dû, sans parvenir néanmoins à résister.

— Il m'a mis en garde contre vous, cela va sans dire.

— Cela va sans dire. Et à quelle opinion accordez-vous le plus crédit? A celle de mon oncle ou bien à celle de maître Montfort?

Le sergent de loi fronça les sourcils en faisant semblant de réfléchir, puis déclara d'un ton solennel :

— D'une manière générale, et compte tenu de ce que je sais de ces deux hommes, qu'en pensez-vous?

— Je pense que maître Montfort doit vous être extrêmement pénible.

— Ça, vous pouvez le dire! reconnut Worleston.

— Mais au moins avez-vous conclu cette affaire assez vite.

— A ce qu'il paraît.

Prise d'un scrupule, Frevisse crut percevoir une légère réserve dans la voix de maître Worleston.

— Paraît? répéta-t-elle.

— Une simple affaire de vol qui a mal tourné. Avec un peu trop de morts, me semble-t-il, mais cela peut arriver. Tout a été expliqué et justifié.

Le sergent de loi énuméra les éléments tels qu'ils apparaîtraient sans doute dans le rapport. Mais son ton était loin d'être satisfait lorsqu'il conclut :

— Mais pas si bien justifié que ça, en fin de compte.

— En quoi ? demanda Frevisse, conservant un ton de banal intérêt.

— Pour des bandits aussi peu capables, ils étaient fort bien vêtus. Et, à ma connaissance, aucun rapport n'a signalé la présence d'une bande de pillards dans les environs.

— Ils pourraient très bien être venus de plus loin, d'une région devenue trop dangereuse pour eux. Ou même d'un autre comté, suggéra Frevisse. A moins qu'ils n'aient quitté le service d'un seigneur récemment et se soient reconvertis en brigands depuis peu.

Maître Worleston secoua la tête, l'air de bien vouloir considérer ces hypothèses sans être vraiment convaincu.

— Il va falloir poser davantage de questions.

— Vous ne partez pas, alors ?

— Nous en avons terminé ici. Je doute que nous en apprenions davantage de ces gens. Mais j'aimerais en savoir plus sur les hommes qui ont été tués.

Il secoua la tête pour chasser ce qui le tracassait, puis sourit et s'inclina légèrement.

— J'ai été ravi de vous rencontrer, mère Frevisse. Votre oncle m'a toujours parlé de vous en termes élogieux.

Frevisse répondit par une brève révérence.

— Merci pour ces paroles aimables. J'espère que nous nous reverrons, monsieur. Que Dieu soit avec vous !

— Et avec vous.

A un autre moment, Frevisse aurait eu plaisir à faire la connaissance de maître Worleston. C'était un homme à la fois intelligent et de belle prestance. Mais, pour l'heure, la bêtise de maître Montfort était sans conteste préférable. Car la lucidité du sergent de loi lui faisait ressentir cruellement à quel point était fragile l'écran qui protégeait les vérités indicibles qu'elle-même avait accepté d'aider Maryon à dissimuler.

Mais quelles autres vérités — si c'était bien des vérités — Maryon lui avait-elle cachées?

Une telle idée lui déplaisait, autant que le fait de se sentir impuissante.

Mais puisqu'elle ne pouvait rien faire, elle la chassa de son esprit et réfléchit aux moyens d'occuper les garçons cet après-midi-là, pendant que Jenet irait aux obsèques de Hery et des autres hommes.

CHAPITRE X

Maître Worleston, maître Montfort et leur suite quittèrent Sainte-Frideswide en début d'après-midi. Depuis la galerie du cloître, Frevisse entendit les sabots des chevaux claquer sur les pavés, puis le calme revenir dans la cour. Elle poussa un soupir de soulagement. Ses enquêtes, si toutefois il les menait à bien, risquaient de ramener maître Worleston ici un jour prochain, mais, pour l'heure, le prieuré était débarrassé du sergent de loi et de l'enquêteur.

Frevisse se rendit dans la chambre des garçons. Elle savait qu'ils prenaient leur leçon avec mère Perpetua en compagnie de lady Adela dans la maison du chapitre, mais elle voulait parler à Jenet. Comme prévu, elle la trouva là, assise sur un tabouret, en train de repriser un talon déchiré des chausses d'un des garçons. Quand Frevisse frappa à la porte, elle se leva d'un bond en la priant d'entrer et la salua d'une révérence. C'était une jeune femme replète au visage agréable, qui devait être plutôt jolie quand elle n'avait pas les yeux rougis et tout gonflés à force de pleurer.

— Les enfants abîment beaucoup leurs vêtements? s'enquit Frevisse en regardant les chausses qu'elle tenait à la main.

— Oh, pas trop, répondit Jenet en esquissant un petit sourire. Ce sont de bons garçons.

Elle semblait incapable de décider si elle devait poser le vêtement ou le garder. Elle le faisait passer d'une main à l'autre, et quand Frevisse lui demanda si elle allait à l'enterrement, elle le pressa contre sa bouche pour étouffer un sanglot.

— Oui, avec votre permission, répondit Jenet dans un hoquet. On l'enterre cet après-midi... Hery va être inhumé, et il faut bien que quelqu'un soit là pour lui. C'était un bon garçon. Pour hier, je suis désolée... de ne pas avoir été là.

Les larmes qui brillaient au coin de ses yeux se mirent à couler.

— Mais je dois vraiment m'absenter cet après-midi... Je le dois absolument.

— Bien sûr, assura Frevisse, quoi qu'elle ne se sentît nullement d'humeur consolatrice.

Elle regrettait que la jeune femme eût tant de chagrin, mais ne voulait pas non plus se laisser submerger.

— J'étais juste venue vous dire que l'on s'occupera des garçons. Vous n'aurez pas à vous soucier d'eux pendant votre absence.

Elle était aussi venue s'assurer que Jenet était encore là et n'était pas inconséquente au point d'être repartie après s'être fait réprimander la veille. Qu'elle soit en deuil était une chose, mais c'était Frevisse et personne d'autre qui allait faire pénitence à l'eau pendant deux semaines à cause de sa négligence.

Jenet, qui n'était plus que larmoiement et reconnaissance, sanglota :

— Vous êtes gentille... Vous êtes tellement gentille... Merci. Merci beaucoup. Merci...

Frevisse la laissa pleurnicher de gratitude dans les chausses. Elle avait convenu avec mère Claire que mère Perpetua et sœur Lucy passeraient une bonne partie de l'après-midi avec les enfants dans le verger. Ce choix était celui de mère Claire — mère Perpetua parce que les enfants avaient l'habitude d'être en sa compagnie, sœur Lucy parce qu'elle s'occupait presque constamment de mère Edith et avait besoin d'un peu de répit. Quoi qu'elle le fît de son plein gré et de tout son cœur, sœur Lucy n'était pas beaucoup plus jeune que la prieure ; les longs efforts la fatiguaient, et un après-midi au calme dans le verger lui ferait le plus grand bien. Pendant ce temps, Frevisse irait la remplacer auprès de mère Edith.

Elle monta l'escalier qui menait aux appartements de la mère supérieure. Sœur Lucy l'attendait devant la porte du parloir afin qu'elle n'eût pas à frapper. Devant le regard interrogateur de Frevisse, la vieille sœur fit signe que mère Edith dormait et que tout allait bien. D'un geste, Frevisse montra qu'elle avait compris et lui sourit en lui indiquant qu'elle pouvait disposer. Ce que fit sœur Lucy après avoir jeté un dernier regard inquiet dans la chambre. Et dès que le frottement de ses chaussons diminua dans l'escalier, le délicieux silence de cet après-midi d'été emplit le parloir.

Brièvement, Frevisse s'approcha des fenêtres qui donnaient sur la cour. Il était encore trop tôt pour que de nouveaux voyageurs viennent demander l'hospitalité du prieuré pour la nuit, et maintenant que le sergent de loi et l'enquêteur de la Couronne étaient repartis, tout était paisible. Alors qu'elle regardait par la fenêtre, mère Claire, reconnaissable même de dos et d'en haut à sa petite taille et à son pas alerte, traversa la cour pour entrer dans la nouvelle aile de l'hôtellerie. Elle devait vouloir examiner sir Gawyn de ses propres yeux, supposa Frevisse.

Son regard glissa au-dessus des toits et remonta

vers le ciel où des nuages blancs se détachaient sur l'azur d'un parfait jour d'été, promesse de temps sec pour un moment. Les foins avaient commencé ce matin. Après trois années de famine et de moissons anéanties par le froid et la pluie, celle-ci s'annonçait bonne.

Et pourtant, Sainte-Frideswide connaîtrait le chagrin avec la disparition de sa prieure.

Frevisse s'éloigna de la fenêtre, traversa le parloir et s'arrêta au seuil de la chambre de mère Edith. La prieure paraissait toute petite sous son drap, et si calme que Frevisse s'approcha d'un pas anxieux pour s'assurer qu'elle respirait encore.

Légèrement et régulièrement, le drap se soulevait puis retombait. Quelque peu honteuse du moment de panique qui l'avait saisie, Frevisse s'avança sans bruit pour aller s'agenouiller sur le prie-Dieu et prier. Non pour demander que l'existence de mère Edith soit encore prolongée, mais pour que son trépas soit facilité lorsque son heure viendrait, et pour qu'elle ait la grâce de l'accepter. Accepter pleinement l'inéluctable était l'une des leçons de Sainte-Frideswide que Frevisse s'était efforcée de retenir, tout en sachant fort bien que, dans ce domaine, elle était encore loin d'être parfaite.

Du moins avait-elle appris à s'abîmer profondément dans la prière. Et comme chaque fois qu'elle s'y consacrait, elle perdit toute notion du temps. Ce fut mère Edith qui la ramena à la réalité en murmurant :

— Mère Frevisse ?

Frevisse conclut sa prière aussitôt et se leva pour se précipiter à son chevet.

— Oui, ma mère. La journée est si magnifique que mère Claire a pensé qu'il serait bon que sœur Lucy en profite un moment.

— C'est une bonne idée. Je m'en réjouis. Tout comme de vous voir.

Sa main se souleva du drap, mais à peine. Frevisse tendit le bras pour prendre la main à la peau fine et aux os fragiles dans la sienne. Les doigts de la prieure se refermèrent sur elle, et elle murmura, les yeux fermés :

— C'est mieux.

Puis, après une pause :

— Je me laisse emporter, et c'est bien d'avoir quelqu'un à qui s'accrocher.

Elle rouvrit les yeux et regarda Frevisse droit en face :

— Vous ne serez pas prieure après moi, vous savez.

Sans réfléchir, Frevisse se signa en hâte et s'exclama avec ferveur :

— Dieu m'en garde !

Mère Edith sourit.

— C'est pourtant vous que j'aurais choisie, le saviez-vous ?

Frevisse ne chercha pas à cacher à quel point une telle perspective l'épouvantait.

— Non, je ne le savais pas. Jamais je ne voudrais d'une telle fonction.

— C'est une des raisons qui font que vous l'auriez si bien remplie. Mais vous ne serez pas élue. N'ayez crainte.

Partagée entre le désir de demander pourquoi elle ne le serait pas, et la conscience soudaine et vaguement confuse qu'elle avait refusé jusqu'alors d'envisager ce qui se passerait après le décès de mère Edith, Frevisse garda le silence. Les yeux de la prieure se fermèrent de nouveau, mais elle poursuivit :

— Mon espoir est que la charge revienne à mère Claire. C'est pour cette raison que je l'ai nommée cellérière.

Du fait des multiples devoirs incombant à cette

fonction, la tradition voulait que toute nonne l'ayant dignement remplie soit élue au rang supérieur de prieure le jour venu.

— Je ne crois pas qu'elle la souhaite davantage, dit Frevisse.

Doucement, comme si cela remontait très loin dans sa mémoire, mère Edith murmura :

— Moi non plus, je n'en voulais pas. Mais on finit par apprendre. La volonté de Dieu est plus sage que la nôtre, et l'on apprend.

Elle soupira et demeura silencieuse. Frevisse attendit, et au bout d'un moment, comme si elle n'avait pas conscience qu'il y avait eu un silence dans leur conversation, mère Edith reprit la parole :

— C'est que vous êtes tellement vous-même... Cela vous met en fâcheuse position devant de nombreuses personnes. Vous montrez trop clairement votre impatience face à la bêtise et la négligence, et je ne parle pas des mensonges dont d'autres aimeraient vous persuader pour se sentir plus à l'aise. C'est pourquoi on ne voudra pas de vous comme prieure. Comme si le rôle d'une prieure était de les mettre à l'aise !

L'idée l'amusait.

— Mais je le regrette. Vous vous seriez fort bien débrouillée.

Comme il semblait ne rien y avoir à ajouter, Frevisse se tut. Le silence se prolongea. Dans la douce chaleur de l'après-midi, et réconfortée par la présence de mère Edith, aussi effacée fût-elle, Frevisse faillit s'assoupir et sursauta légèrement en entendant la prieure dire :

— Ce sera bien, vous savez. Ce sera une grande libération. Etre enfin débarrassée du corps.

— Mais ce n'est pas facile, commenta Frevisse, cette fois encore sans réfléchir.

— Oh non, pas facile !

Mère Edith fixait le plafond, le regard serein, sa voix douce accompagnant le fil de ses pensées.

— Pas facile du tout. Ni aussi simple que cela devrait l'être. Mais rien n'est jamais aussi simple qu'il le faudrait. Ni l'amour, ni la haine, ni la peur, ni même l'espoir.

Sa tête esquissa un petit geste négatif sur son oreiller.

— Non, l'espoir est même ce qu'il y a de moins facile, je l'ai souvent pensé. Il exige de posséder tant d'autres choses, à commencer par le courage. Et avoir du courage n'est pas facile non plus.

Ses yeux se refermèrent. Le drap se souleva légèrement, puis retomba d'un coup après qu'elle eut fait l'effort de respirer. Au bout d'un instant, elle dit, la voix claire :

— Seul Dieu n'est pas compliqué.

Cette fois, après quelques instants de silence, ce fut Frevisse qui reprit la parole, sans savoir si mère Edith dormait ou pas, mais éprouvant soudain le besoin de dire :

— Vous nous manquerez, ma mère. Infiniment.

Les yeux toujours clos, et d'une voix si faible que Frevisse faillit ne pas l'entendre, la prieure murmura :

— Ce n'est pas encore pour tout de suite. Mais pour très bientôt.

Puis les coins de sa bouche se relevèrent en un mince sourire.

CHAPITRE XI

Peu à peu, le jour laissa la place au soir. Les ombres commençaient à s'allonger entre les hauts murs du jardin, mais la chaleur de cette journée délicieuse et le parfum des fleurs s'attardaient, tandis que le soleil couchant embrasait le ciel de lueurs rosées.

C'était l'heure de la récréation, et les nonnes se promenaient dans les allées du jardin par groupes de deux ou trois, bavardant à voix basse dans la douce quiétude du soir. Même mère Alys, qui parlait à sœur Juliana, n'était audible que dans une petite moitié du jardin.

Frevisse marchait devant en compagnie de sœur Lucy. Elles échangèrent leurs impressions respectives sur l'état de santé de mère Edith, ni l'une ni l'autre n'avouant le fond de sa pensée — que cela ne durerait plus très longtemps —, jusqu'au moment où elles ne trouvèrent plus rien à en dire et retombèrent dans le silence. Sœur Lucy s'arrêta pour observer les bourgeons prometteurs de lys blancs plantés dans une grande jarre en terre au début de la charmille, laissant Frevisse continuer seule sa promenade. A l'intersection de l'allée suivante, mère Claire la rejoignit. Frevisse la connaissait suffisamment pour se douter que cette rencontre n'avait rien d'un hasard, et dès qu'elles se retrouvèrent à marcher côte à côte, elle lui demanda :

— Qu'y a-t-il ?

Mère Claire ne répondit pas tout de suite, mais dit finalement :

— Cet après-midi, sir Gawyn a demandé à me voir. A propos de son épaule.

— Sa blessure a empiré ?

Une plaie pouvait se transformer de façon soudaine, aussi saine eût-elle paru le matin.

— Non. Elle se refermera assez bien, je pense. Mais il s'est mis dans la tête que, même une fois guéri, il ne retrouvera jamais le plein usage de son bras.

— C'est la faute de maître Montfort, expliqua Frevisse. Il est entré au moment où la plaie n'était pas bandée et a dit qu'une telle entaille le laisserait infirme. Jamais je n'aurais cru que sir Gawyn le prendrait au sérieux, ni qu'il accorderait la moindre considération à ce que maître Montfort avait à dire.

— Je pense que sir Gawyn le savait déjà en partie, mais qu'il a refusé d'admettre l'évidence jusqu'à ce qu'il soit obligé d'y faire face.

— Vous êtes donc certaine qu'il restera infirme ? Aussi satisfaisante soit sa guérison ?

Frevisse se rendit compte que la sensation de nausée qui lui venait en y pensant n'était qu'un pâle écho de ce que sir Gawyn devait ressentir.

— J'ai essayé de ne pas lui dire les choses aussi crûment, mais, oui, c'est bien ce qui va se passer. Je peux me tromper. Des gens m'ont parfois réservé des surprises. Le corps est capable de tant de choses — mère Claire leva ses deux mains dans un geste de frustration — sans même que nous comprenions pourquoi ! Mais, dans ce cas précis, la blessure me paraît trop profonde pour que les muscles retrouvent un jour leur tonicité. Et il n'y a rien que j'aurais pu ou que je puisse faire de plus pour lui. Tant de maux peuvent être infligés à nos corps, et nous pouvons si peu — *si peu !* — pour y remédier. Cela me rend folle de rage !

Habituée à voir mère Claire exprimer ses regrets de ne pas pouvoir soigner aussi bien qu'elle l'aurait voulu, et n'ayant aucune consolation à lui apporter, Frevisse demeura coite. Elle réduisit ses longues enjambées pour s'accorder au pas de la cellérière et continua de marcher à ses côtés. Au bout d'un moment, plus calmement, mère Claire soupira en disant :

— Mais quand on ne peut pas remédier à une chose, ça ne sert à rien de se lamenter, et j'ai déjà dû dire cela dans de multiples situations où je ne pouvais rien.

— Oui, très souvent.

Mère Claire laissa échapper un petit rire attristé.

— Je ferais mieux d'être reconnaissante à Dieu des dons qu'il m'a donnés, au lieu de me plaindre de ceux que je ne posséderai jamais.

Trop sujette elle-même à ce travers, Frevisse ne fit pas de commentaire, et mère Claire poursuivit.

— Maîtresse Maryon a demandé si les garçons pourraient venir passer un moment ce soir avec lui. Pour le distraire, lui, aussi bien qu'eux.

— Ça me semble une bonne idée. Lady Adela pourrait-elle les accompagner ? Cela éviterait les jalousies.

Mère Claire arbora un grand sourire.

— Elle n'a rien de l'enfant docile que nous imaginions, n'est-ce pas ? Croyez-vous qu'il lui soit déjà arrivé de désobéir à notre insu ?

— J'avoue m'être posé la question.

— Et il se pourrait même que cela dégénère, si elle ne va pas ce soir avec Edmund et Jasper.

— C'est possible. Il lui suffirait de le décider. Ce qu'elle risque fort de faire si elle a le sentiment que les garçons sont favorisés par rapport à elle.

— Nous n'avons nul besoin de nouvelles bêtises, rétorqua la cellérière, plus amusée qu'ennuyée. Vous feriez donc mieux de l'emmener aussi.

— Parce que c'est moi qui dois les emmener ?

— Tout de suite après souper, si vous le voulez bien.

Sentant le manque d'enthousiasme de Frevisse, mère Claire ajouta :

— Préférez-vous que mère Alys s'en charge ? Ou sœur Amicia ?

— Je pensais que...

Frevisse ne termina pas sa phrase. Elle n'avait pensé à rien du tout. Elle avait beau savoir que mère Claire n'était pas sérieuse quand elle évoquait mère Alys ou sœur Amicia, elle ne voulait pas qu'elle le fût en parlant d'elle.

— Jenet pourrait les emmener, suggéra Frevisse.

— Jenet s'est effondrée. L'enterrement a été trop dur pour elle. Elle est revenue hystérique et se repose à l'infirmerie, où elle dort à poings fermés grâce à la décoction que lui a administrée sœur Thomasine. Tibby surveille les garçons. Voulez-vous qu'elle se charge d'eux à l'extérieur du cloître ?

— Je ne pourrai pas assister à complies. Et je serai en retard pour le coucher.

— Je vous en donne l'autorisation.

Frevisse se rendit compte que ses objections étaient hors de proportion avec l'affaire. Il était clair qu'elle essayait de se tenir à distance d'un problème pour lequel elle n'avait pas de solution, et qui l'inquiétait en raison de sa propre impuissance autant que de la menace qu'il contenait. Mais au moins avait-elle conscience de ce danger, ce qui n'était le cas de personne d'autre dans le cloître. Elle inclina la tête et déclara d'une voix plus neutre qu'elle ne le ressentait :

— Je m'en occuperai volontiers.

Les garçons étaient en chemise et en chausses, endurant avec force protestations les efforts que faisait Tibby pour leur laver le cou. Depuis le seuil de la porte, Frevisse regarda Edmund se dérober au linge mouillé en faisant la grimace, bien que Tibby le tînt fermement par une oreille, et en se tordant de douleur comme si l'eau qui coulait sur son dos était de l'huile bouillante. Au bout d'un moment, la jeune femme, exaspérée, se fâcha :

— Je parie que vous ne vous comportez pas comme ça avec Jenet ! Et que vous vous tenez bien sage pour ne pas vous faire battre !

— Personne ne nous bat jamais ! s'offusqua Edmund.

— Ben, voyons, à qui voulez-vous faire croire ça ? Les petits sots ne méritent rien d'autre. Et pourquoi ne les battrait-on pas, je vous prie ? fit Tibby avec une moue dédaigneuse.

Elle le poussa derrière la tête, pas aussi fort qu'elle l'aurait fait avec l'un ou l'autre de ses frères, mais Edmund se dégagea et s'en prit à elle violemment.

— Ne vous avisez pas de me pousser ! Personne ne me pousse comme ça ! Nous sommes...

— ... bien bruyants dans un lieu d'ordinaire si calme, coupa Frevisse.

Quand tous les trois se tournèrent vers elle, elle ajouta d'une voix plus douce :

— Est-ce ainsi que maîtresse Maryon veut que vous vous comportiez ?

Jasper, moins furieux que son frère, saisit la mise en garde avant Edmund et prit un air décontenancé. Edmund, partagé entre sa rage à l'égard de Tibby et l'indignation de s'être fait couper la parole, fut moins prompt à réagir, mais comprit le sens de ces mots assez tôt pour taire ce qu'il s'apprêtait à dire et s'empourpra d'un rouge aussi sombre que celui de ses cheveux.

Faisant semblait de ne rien remarquer, Frevisse dit :

— Et vous allez devoir vous rhabiller, parce que je vous emmène tous les deux voir sir Gawyn.

Après quoi, ce fut sans aucune difficulté qu'ils acceptèrent de coopérer avec Tibby. Ils enfilèrent leurs gilets, allèrent récupérer leurs souliers sous le lit, où ils les avaient jetés, et se laissèrent coiffer sagement en demeurant résolument immobiles. Puis ils se plantèrent là, se tenant tout droits et silencieux, pendant que Frevisse les examinait avant de les déclarer prêts à sortir.

— Et puisqu'elle est désormais votre amie, lady Adela va venir avec vous, ajouta-t-elle.

Ils n'émirent pas d'objection à cela non plus, l'essentiel était qu'ils allaient voir sir Gawyn, et rater l'heure du coucher par la même occasion.

Mère Perpetua avait fait préparer lady Adela qui les attendait dans le cloître. Aussi posée que d'habitude, la petite fille salua Frevisse, puis mère Perpetua, d'une gracieuse révérence. Mais Frevisse intercepta le regard qu'elle lança aux garçons et comprit qu'elle trépignait elle aussi d'impatience.

Edmund et Jasper n'étaient pas retournés dans la cour depuis leur arrivée précipitée au prieuré. Cette fois, lorsqu'ils la traversèrent, Edmund obliqua vers le puits. Frevisse le rattrapa par un bras et le ramena dans le rang.

— Je veux juste regarder au fond ! protesta-t-il.

— Nous sommes attendus à l'hôtellerie, et il serait grossier d'arriver en retard.

— Regarder au fond du puits ne nous retardera pas beaucoup, insista Edmund. Et même pas du tout. Ou si peu que personne ne s'en apercevra.

— En général, les gens remarquent ce qu'on préférerait qu'ils ne remarquent surtout pas, observa Frevisse. Tâchez de vous en souvenir...

Elle se retint d'ajouter « monseigneur ».

Leur père avait beau être un roturier, le sang royal transmis aux garçons par leur mère était aisément repérable à la moindre contrariété.

— Et d'ailleurs, c'est trop tard, puisque nous voilà

arrivés, dit-elle en les poussant vers le perron de l'hôtellerie.

Will, assis devant la porte close de sir Gawyn, se leva de son tabouret dès qu'il les vit approcher. Il s'inclina devant Edmund et Jasper, puis devant mère Frevisse et lady Adela, avant de faire un clin d'œil à Jasper en disant :

— J'ai quelque chose à vous que vous aviez perdu, monseigneur.

Le petit garçon leva un regard intrigué. Will fit passer sa main derrière son dos, tira quelque chose de sa ceinture et le lui tendit.

— Ma dague ! s'exclama Jasper en la prenant avec enthousiasme. Hery me l'avait prise pendant le combat. Je la croyais perdue !

La grande main de Will se posa sur celle toute petite de Jasper qui tenait le manche.

— Je l'ai trouvée dans la main de Hery après sa mort, dit-il posément. N'oubliez jamais que lui et Hamon sont morts pour vous sauver la vie.

Jasper le regarda d'un air solennel.

— Je ne l'oublierai pas.

— Est-ce qu'il y avait du sang dessus ? demanda Edmund. Est-ce qu'il s'en est servi pour tuer quelqu'un ?

Frevisse fronça les sourcils, à la fois à cause de cette dernière question et de l'impatience qu'exprimait le visage des trois enfants à connaître la réponse. Mais Will parut seulement amusé, prenant en bonne part leur goût pour les détails sanguinolents.

— Ma foi, il y avait pas mal de sang. Il a dû s'en servir pour tuer un adversaire.

A présent, la dague était propre, mais les enfants la fixaient avec un respect mêlé de crainte qui aurait mieux convenu à la contemplation de saintes reliques.

— Je crois que nous ferions mieux d'y aller, dit vivement Frevisse.

Comprenant le message, Will frappa à la porte avant de l'ouvrir. Edmund entra presque aussitôt, suivi de lady Adela, mais au dernier moment Jasper hésita, prenant soudain un air étrange, comme s'il craignait d'être malade sans en être tout à fait certain. Avant que Frevisse le fasse avancer, Will se pencha et murmura quelque chose à l'oreille du petit garçon, trop bas pour que les autres personnes présentes puissent l'entendre.

— Ce n'est pas trop grave, monseigneur. Cet après-midi, il s'est même levé et a fait quelques pas. Et de toute façon, sa blessure est bandée. Ne vous inquiétez pas.

Jasper lui jeta un regard débordant de reconnaissance, puis entra. Frevisse, honteuse de ne pas avoir compris aussi promptement que l'écuyer, murmura un bref remerciement et suivit l'enfant. Will s'inclina en lui tenant la porte.

L'air frais passant pour être néfaste aux malades ou aux blessés, les rideaux étaient tirés et la pièce plongée dans la pénombre, malgré la clarté de la soirée. La bougie qui brûlait sur la table à côté du lit, seule source de lumière, donnait une belle couleur au visage de sir Gawyn. Il était assis nettement plus droit contre les oreillers et semblait aller un peu mieux que le matin. Il rit à quelque chose qu'Edmund venait de dire avant de le réprimander :

— Vous avez tort de dire cela, monseigneur. On nous offre ici un refuge et une certaine consolation.

— Mère Frevisse ! appela Maryon, privant Edmund de la possibilité de se plaindre davantage.

D'un geste de la main, Frevisse fit signe qu'elle pouvait rester à l'écart et alla se poster dans la pénombre au bout de la petite chambre. La visite était pour sir Gawyn et les enfants, et son concours n'était pas indispensable.

Edmund avait déjà grimpé sur le lit pour s'asseoir à côté de sir Gawyn. Le chevalier avança la main et attira

Jasper vers lui. Une main sur le bras du petit garçon, l'autre sur le genou d'Edmund, il sourit à lady Adela et demanda :

— Qui est cette charmante demoiselle qui vous accompagne ?

— Lady Adela, répondit simplement Edmund. Elle habite au prieuré depuis de longues années.

— C'est la fille cadette de lord Warenne, compléta Maryon dans des termes plus formels.

Sir Gawyn inclina la tête aussi respectueusement que s'il avait devant lui une dame.

— Madame. Si je peux vous servir.

Lady Adela s'inclina à son tour et, tout aussi courtoise, répliqua :

— Je vous remercie, messire.

Agacé par tant de politesses, Edmund demanda :

— Est-ce que ça fait très mal ? Votre blessure ? C'est grave ? Où est-elle exactement ?

— Ici, dit sir Gawyn en montrant son épaule gauche. Et non, ça ne me fait presque plus mal, sauf lorsque je l'oublie et que je fais un faux mouvement. Mais on ne parle jamais de ses blessures devant les dames. Cela les trouble.

— Maîtresse Maryon s'est pourtant occupée de vous, railla Edmund d'un air hautain. Et ça ne la dérange pas.

— Et lady Adela non plus, glissa Jasper. Elle aime bien ce genre de choses. Nous lui avons raconté toute la bataille.

— On ne peut pas vraiment appeler ça une bataille, remarqua sir Gawyn.

— Une escarmouche sanglante ! s'enflamma Edmund. Et ils étaient bien plus nombreux que nous !

Bondissant à genoux sur le lit, il brandit avec vigueur une épée imaginaire contre un ennemi invisible.

Le mouvement du matelas arracha une grimace à sir Gawyn, qui lâcha Jasper pour toucher son épaule.

Edmund, désappointé, se figea immédiatement, les yeux écarquillés. Jasper, qui avait pâli aussi soudainement que sir Gawyn, se rapprocha un peu du lit, une main fébrile posée sur la cuisse du chevalier. Maîtresse Maryon voulut réagir, mais sir Gawyn leva la main pour l'en empêcher.

— Ça va. Il ne l'a pas fait exprès, dit-il en expirant profondément pour reprendre son souffle et en souriant à Edmund. Mais ne recommencez pas à sauter, d'accord ?

— Je serai sage comme une image, promit l'enfant en secouant la tête. Ça fait très mal, n'est-ce pas ?

— Oui, très mal, avoua sir Gawyn. Mais seulement par moments, ajouta-t-il en prenant son air sévère. Par exemple, quand vous sautez.

Prudemment, comme s'il avait peur que les mots puissent aussi l'agresser, Jasper demanda :

— Quand irez-vous mieux ? Et quand partirons-nous ? Demain ?

— Non, pas demain, répondit un peu brièvement le chevalier.

Du bout du lit, Maryon intervint :

— Ni le jour suivant. Pas tant qu'il ne se sentira pas assez fort pour remonter à cheval. En attendant, il va falloir continuer à vous montrer patients et faire tout ce que mère Frevisse et les autres religieuses vous diront.

Les trois enfants firent des têtes de dix pieds de long.

— Quand vous partirez, je voudrais venir avec vous, déclara lady Adela.

— Ce n'est pas possible, rétorqua Edmund. C'est notre aventure.

— Ça pourrait aussi être la mienne.

— Non, ce n'est pas possible.

— Si !

Voyant que le ton montait, Maryon dit calmement :

— Cette quête leur a été confiée par leur... seigneur,

et ils doivent la mener à bien comme il le souhaitait, et seulement en compagnie de ceux qui avaient été mandés au départ.

— Une quête, répéta lady Adela, impressionnée. De quoi ?

— Ils ne sont pas autorisés à le dire. Cette condition leur a été imposée en même temps que leur quête.

Sous le poids de l'honneur et du devoir que tout cela impliquait, le silence s'abattit un bref instant sur les enfants, jusqu'à ce que Jasper dise avec malice :

— Tout de même, je préférerais continuer plutôt que de rester ici.

— Quand nous repartirons, dit sir Gawyn, reprenant sur-le-champ la version que Maryon venait de donner de leur voyage, et quand nous en aurons fini avec notre quête, je vous montrerai une grotte où vivait jadis un dragon.

— Un des dragons de Merlin ? s'enquit Edmund avec intérêt.

— Hélas, pas aussi splendide, je le crains ! Ce n'est qu'un dragon banal et mangeur de bétail, mais un dragon néanmoins.

— Vous n'avez jamais tué de dragon ? demanda Jasper.

— Je n'en ai jamais eu l'occasion, non.

— Mais s'il l'avait fallu, vous l'auriez fait, affirma Edmund.

— Certainement, confirma sir Gawyn.

— Comme vous avez tué nos ennemis, déclara Edmund. Parce que vous êtes un vrai chevalier.

Il se tourna vers les autres pour recueillir leur assentiment. Tous hochèrent la tête, Jasper et lady Adela avec vigueur, maîtresse Maryon en souriant chaleureusement.

L'expression du visage de sir Gawyn était moins facile à déchiffrer, mais Edmund décréta soudain, sur un ton indigné :

— Cette chambre ne devrait pas être la vôtre. Vous ne devriez pas être ici.

— Ah non ? s'étonna sir Gawyn, déconcerté.

Lady Adela, qui avait compris, se fit un plaisir d'expliquer :

— Vous avez été blessé au cours d'une quête. Vous devriez donc être dans une belle chambre, dans un grand lit entouré de tapisseries, avec plein de belles dames pour s'occuper de vous. C'est toujours ainsi que ça se passe dans les histoires. Dans toutes les histoires.

— Mais cet endroit n'est pas beau du tout, souligna Edmund. Et il n'y a que maîtresse Maryon et Will pour veiller sur vous.

Sir Gawyn ferma les yeux, les traits tirés par une soudaine douleur, et porta de nouveau la main à son épaule. Frevisse devina que, aussi vulnérable qu'il soit, cette douleur venait de beaucoup plus loin. Selon toute vraisemblance, sir Gawyn était dans la même situation que de très nombreux hommes — un chevalier sans terre qui devait servir dans la maison d'un autre pour vivre et qui, à l'avenir, pouvait au mieux espérer obtenir une rente à vie de la part de son seigneur. Ou, dans ce cas précis, de la part de la reine Catherine. Bien que, d'après ce qu'avait dit Maryon, il fût peu probable que la reine se retrouvât en position d'accorder quoi que ce soit maintenant que son secret avait été trahi. Toute personne ayant travaillé à son service aurait des difficultés à retrouver une place ailleurs, même en bénéficiant d'une excellente condition physique, ce dont sir Gawyn ne jouirait probablement plus jamais. Sa situation était très différente de celle que décrivaient les romans d'aventures ou de chevalerie, et de l'idée que se faisaient apparemment les garçons d'un chevalier. Les remarques insouciantes des enfants avaient obligé sir Gawyn à se confronter à la dure réalité, et à se rappeler ce qu'il ne connaîtrait plus jamais.

Néanmoins, avec un enthousiasme un peu forcé qui montrait bien qu'elle comprenait, Maryon dit :

— Alors, nous devrions dire qu'il est dans le château de la contrainte cruelle, où lui est dénié ce qui devrait être son droit à titre de valeureux chevalier.

Cette version enchanta immédiatement les enfants. Edmund et Jasper manifestèrent un total acquiescement, tandis que lady Adela murmurait :

— La contrainte cruelle, la contrainte cruelle...

— Et maintenant, reprit Maryon, il ne nous reste plus qu'à inventer par quel moyen il va s'évader.

Elle alla se placer au pied du lit, et tous les regards la suivirent. Pour l'avoir vue à l'œuvre, Frevisse savait à quel point Maryon était capable de faire du charme quand il le fallait. Cette fois, elle s'apprêtait visiblement à charmer les enfants, mais aussi sir Gawyn, si elle le pouvait. Et son imagination de Galloise la servit au mieux lorsqu'elle raconta l'histoire de son évasion de Sainte-Frideswide et les aventures qui en découlaient, rendant l'intrigue plus haletante en interrogeant les enfants sur ce qu'ils pensaient qu'il arrivait après telle ou telle péripétie, et introduisant ensuite leurs idées de plus en plus farfelues dans son récit.

Ses yeux brillaient à la lueur de la bougie tandis qu'elle racontait l'histoire, la faisant paraître plus jeune, bien qu'après tout elle ne fût pas très âgée. Frevisse était tellement obnubilée par les problèmes qu'elle avait elle-même introduits à Sainte-Frideswide, et les ennuis qui risquaient d'en découler, qu'elle avait cessé de la considérer comme une personne. Elle s'aperçut tout à coup que Maryon, avec son allure de Galloise brune toute fine, était fort jolie. Assez pour s'être déjà mariée si telle avait été sa volonté, même si elle ne pouvait apporter qu'une maigre dot. Quel âge avait-elle exactement ? Quels espoirs nourrissait-elle dans la vie ? Etait-elle très amoureuse de sir Gawyn ? Et lui, l'aimait-il en retour ?

Frevisse n'aurait su le dire. Pourtant, affalé de tout son poids contre ses oreillers, il n'avait d'yeux que pour Maryon qui ne cessait de parler, et la sévérité — à moins que ce fût de la tristesse — que continuait à exprimer sa bouche s'effaçait parfois quand il souriait. A un moment donné, un rebondissement entre tous fantastique de ses supposées aventures le fit même rire.

Will avait quitté son poste et était venu s'appuyer contre le chambranle de la porte, les bras croisés, son visage buriné arborant un air amusé, ses cheveux clairs scintillant à la lueur de la bougie. Les enfants, tous assis sur le lit autour de sir Gawyn, écoutaient avec ravissement et enthousiasme les aventures qui entraînaient le héros dans un château perché au sommet des montagnes galloises. Un château en ruine, excepté les nuits où brillait la pleine lune, brève période pendant laquelle le château réapparaissait tout entier, somptueux et magnifique, rempli de lords et de ladies, et de mille et une richesses.

— Mais si vous vous attardez au-delà de l'heure dite, continua la voix vibrante et grave de Maryon, ou si vous tentez d'emporter plus d'or et de bijoux que ne peuvent en contenir vos chapeaux... Vous avez tous apporté des chapeaux, j'espère ?

Trois petites mains se posèrent instantanément sur leurs têtes nues.

— ... si vous agissez ainsi ou si vous restez là trop longtemps et que la lune décroît, le château tombera de nouveau en ruine, et vous disparaîtrez à tout jamais de la surface de la terre !

— Pas seulement jusqu'à la prochaine pleine lune ? demanda lady Adela.

— A tout jamais ! répéta Maryon en détachant chaque mot de façon sinistre.

— Et que devient sir Gawyn ? Il disparaît lui aussi à tout jamais ?

— Ce serait alors la fin de notre histoire. Non, sir Gawyn...

L'histoire se poursuivit, mais l'attention de Frevisse s'égara de nouveau. Elle était fatiguée. Après complies, les nonnes allaient directement au lit. En été, elles se couchaient avant le soleil, une habitude qu'elle avait trouvée difficile à prendre pendant son noviciat, mais à laquelle elle s'était très vite accoutumée. Discrètement, elle dissimula un bâillement. La bougie, presque toute consumée, coulait dans le bougeoir. Quand elle commencerait à crépiter, Frevisse annoncerait aux enfants qu'il était temps de s'en aller.

Elle étouffa un nouveau bâillement. Ses pensées s'étaient tout à fait détournées de l'histoire. Son regard fixait un long morceau de cire plus haut que la flamme qui penchait vers la source de chaleur. Il avait échappé à son destin un long moment, mais ne pouvait plus résister. Peu à peu, le morceau de cire s'affaissa, avant d'être avalé d'un coup par la flamme...

— Mais, dans la vallée suivante, il finit par retrouver sa maison et tous ses gens qui l'attendaient... Et c'est ainsi que se termine l'histoire, conclut brusquement Maryon. A présent, dépêchez-vous de descendre de ce lit et de regagner vos chambres avec mère Frevisse. Vous n'avez rien de mieux à faire!

En dépit de son attention relâchée, Frevisse trouva que l'histoire avait pris fin de manière abrupte. Les enfants, affreusement outrés, protestèrent en chœur :

— Mais vous n'avez jamais parlé d'aucune vallée! Et de quelle maison s'agit-il? Et ces gens...

— Mais le trésor... Il n'a pas encore retrouvé le trésor!

— Vous n'avez même pas fini la partie où...

Maryon les poussa au bas du lit.

— Peut-être y reviendrons-nous une autre fois, mais ça suffit pour ce soir. Allons, il est tard! Partez vite!

Will et sir Gawyn paraissaient aussi déconcertés que Frevisse et les enfants, mais l'écuyer se reprit, s'écarta de la porte et les invita à sortir en disant :

— Elle a raison. Sir Gawyn est fatigué, et nous aussi.
— Nous ne sommes pas fatigués du tout! objecta Edmund.
— Vous le serez une fois au lit, dit Frevisse. Will, accompagnez-les dans la cour, je vous prie. Je dois dire un mot à maîtresse Maryon.

Cette dernière sembla étonnée, mais suivit Frevisse hors de la chambre. Pendant que Will entraînait les enfants à l'autre bout du vestibule, elles s'éloignèrent de la porte et Frevisse demanda à voix basse :
— Que se passe-t-il? Vous êtes toute pâle. Seriez-vous malade?

Il ne manquerait plus que Maryon tombât malade pour compliquer les choses!
— Non, je vais très bien, chuchota-t-elle. C'est à cause de la bougie.

Maryon réprima un frisson en serrant ses bras autour d'elle, bien qu'il n'y eût pas le moindre souffle d'air.
— La bougie? répéta Frevisse, de plus en plus intriguée.
— Vous l'avez bien vue. Elle formait un linceul. Vous n'avez pas remarqué? Ce morceau de cire plus haut que la flamme? C'était comme un linceul.

Frevisse n'avait jamais vu la jeune femme aussi bouleversée.
— Je ne comprends pas...
— Peut-être est-ce seulement au pays de Galles que cette légende perdure. Peut-être ne l'avez-vous jamais entendue. On dit que quand un morceau de cire plus haut que la flamme se met à pencher, la personne vers laquelle il pointe est désignée par la mort.

Malgré elle, Frevisse sentit un petit frisson parcourir son dos. Le « linceul » avait penché vers le lit. Vers sir Gawyn. Et vers les enfants.

CHAPITRE XII

Le lendemain matin, Frevisse réalisa à quel point sa réaction avait été ridicule face à l'affolement de Maryon. Assurément, celle-ci croyait à la prémonition du « linceul » formé par la cire de la bougie, mais il existait quantité de croyances semblables de par le monde, or rares étaient celles qui se révélaient assez souvent exactes pour être véritablement prises au sérieux.

Et elle cessa d'y penser pendant la réunion du chapitre, lorsque mère Claire leur demanda de prier tout particulièrement pour mère Edith, après que sœur Thomasine, en tant qu'infirmière, eut expliqué :

— Ce n'est pas que mère Edith aille sensiblement plus mal, c'est juste qu'elle a l'air... moins présente. Elle va bientôt nous quitter. Cela pourrait se produire à tout moment.

Frevisse, plongée dans son propre chagrin, avait le réconfort de la chapelle où elle passait plus d'heures qu'à l'accoutumée, à refaire ce qui était déjà fait, à nettoyer les moindres recoins, à épousseter les stalles dans le chœur, à astiquer les marches de l'autel pour les faire briller davantage, à frotter les chandeliers déjà tout miroitants, à lisser et à lisser encore le linge d'autel tout en priant pour le repos du corps de la prieure et la paix de son âme.

Lorsqu'elle s'adonnait à ces travaux, Frevisse était rarement toute seule. Aucune tâche n'était négligée dans le prieuré, car c'eût été un manque de respect envers ce que mère Edith avait exigé d'elles durant toutes ces années. Mais les nonnes venaient selon leurs possibilités, par groupes de deux ou trois, et s'agenouillaient devant l'autel pour prier aussi longtemps que leurs obligations le leur permettaient. Les servantes du cloître venaient également, se recueillant un peu plus loin de l'autel, mais profitant des brefs moments pendant lesquels elles pouvaient s'absenter de leur travail. Et il arrivait même aux garçons et à lady Adela de passer, amenés par mère Perpetua.

Un silence inhabituel emplissait le cloître. Non pas celui dans lequel s'accomplit sereinement le travail, mais un silence aux aguets. Et dans ce silence, les éclats de rire et les pas précipités des enfants résonnèrent plus que d'habitude lorsqu'ils se rendirent à leurs leçons de l'après-midi. Jenet leur intima aussitôt l'ordre de se taire. Dérangée par cette interruption, Frevisse vit que sœur Emma et sœur Juliana, qui venaient d'entrer dans la chapelle, se retournaient en fronçant les sourcils, l'air mécontent. Frevisse réfléchit une seconde, puis décida d'aller parler à mère Claire. Et quand les enfants sortirent de leurs leçons, elle les attendait en compagnie de sœur Amicia.

En la voyant, Edmund s'arrêta net. Derrière lui, Jasper se figea à son tour, mais lady Adela lui rentra dedans, de sorte qu'il bouscula son frère et qu'ils bataillèrent un instant en échangeant plus de coups de coude que nécessaire. Finalement, Edmund se dégagea et dit, le plus innocemment du monde :

— Nous n'allions rien faire de mal !

— J'en suis convaincue, dit Frevisse en se demandant ce qu'ils avaient pu avoir en tête avant que son apparition vienne les en dissuader. Mais mère Claire a donné son autorisation, si toutefois mère Perpetua est d'accord — elle insista sur le mot afin qu'ils comprennent bien qu'il ne s'agissait pas d'une faveur accordée à la légère —, pour que sœur Amicia et moi-même vous emmenions à l'extérieur du cloître où nous vous ferons visiter des parties du prieuré que vous n'avez pas encore eu l'occasion de voir.

La joie se lisait sur le visage des garçons, mais en voyant la mine catastrophée de leur petite camarade derrière l'épaule de Jasper, elle s'empressa d'ajouter :

— Et lady Adela aussi, bien sûr.

Celle-ci pivota vers mère Perpetua et lui attrapa la main en suppliant :

— S'il vous plaît, ma mère, pouvons-nous y aller ? S'il vous plaît ?

Voir autant d'impatience chez une enfant d'ordinaire si posée sembla surprendre la religieuse.

— Je n'ai rien contre, dit-elle, non sans hésitation. Du moment que vous restez avec mère Frevisse et sœur Amicia, et que vous faites ce qu'elles vous disent.

— Promis ! Je ferai tout ce qu'elles diront ! Promis !

— Alors, allez-y et soyez bien sage. Vous aussi, les garçons.

Edmund et Jasper acquiescèrent d'un signe de tête sans hésiter. Frevisse les suspectait tous les trois d'être prêts à tout accepter pourvu qu'on les laissât sortir du cloître. Elle se rappelait trop bien avoir été elle-même petite fille et avait connu de trop nombreux autres enfants pour entretenir l'idée bienveillante qu'ils étaient par nature innocents. A dire vrai, ce qu'elle avait vu d'eux semblait plutôt aller dans le sens de la doctrine du péché originel.

Sœur Amicia, en revanche, avait la conviction que les enfants étaient les agneaux innocents de Dieu. Et lorsqu'ils sortirent du cloître pour traverser la cour et rejoindre la porte qui donnait sur la grande cour extérieure, elle leur dit :

— Nous allons passer un moment agréable. Et vous saurez bien vous tenir, comme vous l'avez promis à mère Perpetua, car ce sont les gentils petits garçons et les gentilles petites filles qui vont au ciel.

Sœur Amicia savait trouver les mots qu'il fallait en toute occasion. Mais, bien qu'elle la jugeât toujours ennuyeuse, Frevisse l'avait choisie pour l'accompagner, précisément parce qu'elle ne ferait sans doute pas attention si les garçons disaient ou faisaient quelque chose par inadvertance qui risquât de les trahir. Pour cette raison, elle était prête à supporter sœur Amicia avec une patience infinie, mais l'intention et sa mise en œuvre étaient deux choses différentes. Frevisse retint un soupir lorsque sœur Amicia montra les colombes en train de se pavaner sur les pavés près du puits au bout de la cour et s'exclama avec éclat :

— Vous avez vu les jolies colombes ? Ne sont-elles pas magnifiques dans la lumière du soleil ? Et toutes ces belles couleurs dans leurs plumes ! Ne sont-elles pas jolies ?

Les trois enfants échangèrent un regard. D'un accord tacite et sans l'ombre d'une hésitation, Edmund et Jasper se ruèrent vers le puits. Les colombes s'envolèrent à tire-d'aile en les voyant se précipiter. Sans même y prêter attention, ils grimpèrent sur les marches et se penchèrent à mi-taille au-dessus de la margelle pour regarder au fond du puits.

Poussant des cris affolés, sœur Amicia courut derrière eux et les rattrapa par la ceinture, comme s'ils étaient à deux doigts de basculer dans le vide la tête la première. Frevisse, qui avait meilleure opinion de leur bon sens, resta où elle était en observant lady Adela. La petite fille avait couru derrière les garçons en boitillant, mais elle s'était figée sur place en voyant les colombes s'envoler. La tête renversée en arrière, elle les suivait des yeux tandis qu'elles s'enfuyaient hors de la cour, montant de plus en plus haut dans le ciel, jusqu'à disparaître de sa vue derrière le mur. L'enfant continua à fixer le ciel vide, d'un regard si intense qu'il en apprit bien davantage à Frevisse que tout ce qui s'était passé depuis des mois qu'elle était arrivée au prieuré. Lady Adela partirait de Sainte-Frideswide à la première occasion qui lui serait donnée de s'en aller.

En attendant, sœur Amicia continuait à s'accrocher aux garçons, essayant de les tirer en arrière, avec pour seul résultat qu'ils se cramponnaient plus fort aux pierres et se tortillaient pour lui échapper.

— Eloignez-vous avant de tomber! Vous allez tomber et vous noyer! leur criait-elle.

Clignant des yeux, Lady Adela se ressaisit, puis courut rejoindre Jasper sur la margelle.

— Mère Frevisse, je n'ai que deux mains! gémit sœur Amicia, de plus en plus angoissée.

— Nous pouvons rester ici jusqu'à ce que le temps que nous avons soit écoulé, ou nous pouvons continuer, dit Frevisse sans élever la voix. C'est à vous de choisir.

Les enfants se regardèrent, puis se laissèrent glisser par terre, Edmund et Jasper se dégageant habilement de l'emprise de sœur Amicia.

— Les écuries, dit Edmund. Nous voudrions aller voir comment vont nos chevaux.

C'était une requête raisonnable. Frevisse passa la première, les enfants lui emboîtèrent le pas, tandis que sœur Amicia fermait la marche tout en leur expliquant qu'il fallait faire plus attention et ne pas prendre de risques inconsidérés, et qu'elle avait entendu parler d'un garçon qui avait connu une fin affreuse au fond d'un puits. Pour toute réponse, elle eut droit aux lamentations de lady Adela.

— Je n'ai pas vu d'étoiles. On dit qu'on peut en voir quand on regarde au fond d'un puits, mais je n'en ai vu aucune.

— Il faut qu'il soit très, très profond, dit Edmund. Ce puits ne l'est pas assez.

— Ce n'est pas la peine qu'il soit très, très profond, rétorqua la petite fille. Il faut juste qu'il soit profond.

Avant que la conversation ne dégénère en dispute afin d'établir la distinction entre le profond et le très profond, Frevisse intervint.

— Ne serait-ce pas Colwin, votre homme, que j'aperçois devant la porte de l'écurie ?

La grande cour du prieuré s'étendait jusqu'au portail de clôture qui donnait sur la route. Tout autour, l'enceinte extérieure regroupait les écuries, les étables, des remises et divers ateliers nécessaires à la vie quotidienne du couvent. Les écuries s'étendaient sur la gauche tout en longueur, et c'était bien le robuste Colwin qui se tenait devant la porte, en grande discussion avec maître Naylor.

Edmund l'interpella en agitant la main :

— Nos chevaux ! Nous sommes venus voir nos chevaux !

Jasper se tourna vers lady Adela.

— Ce sont de vrais chevaux. Pas des poneys. Nous les avons montés depuis chez nous jusqu'ici.

Edmund, qui n'avait pas attendu la réponse de Colwin ni de quiconque, bondissait déjà vers les écuries. Jasper et lady Adela prirent cette fois le temps d'interroger Frevisse d'un regard pour savoir s'ils pouvaient en faire autant. Elle comptait justement leur montrer les écuries, et profiter de cette occasion inattendue pour parler à maître Naylor. Elle fit signe aux enfants qu'ils étaient libres d'y aller. Jasper régla son pas sur celui de sa camarade, et ils s'élancèrent tous les deux avec impatience.

Frevisse et sœur Amicia les suivirent d'un pas plus tranquille. Les enfants filèrent droit dans la grange, mais maître Naylor et Colwin attendirent les nonnes pour les saluer, ce dernier allant ensuite rejoindre les plus jeunes. D'après le peu que Frevisse avait pu observer, il possédait assez de bon sens pour que les enfants soient en sécurité avec lui, mais elle dit néanmoins à sœur Amicia :

— Vous feriez mieux d'aller avec eux et de vérifier qu'ils ne se roulent pas dans le fumier. J'ai un mot à dire à maître Naylor.

— Je ne suis pas entrée dans une grange depuis si longtemps ! J'adore l'odeur du foin tout frais ! s'exclama la religieuse avant de disparaître en sautillant dans la pénombre de l'écurie.

Sans s'adresser à personne en particulier, maître Naylor remarqua :

— Le foin nouveau n'est pas encore rentré, nous venons à peine de commencer à le couper. Ce qui est entreposé là date de l'année dernière et sent le moisi.

— Elle ne s'apercevra sans doute pas de la différence, commenta Frevisse.

L'intendant n'était pas homme à faire étalage de ses sentiments. Il se contenta de secouer une unique fois la tête avant de reporter toute son attention sur Frevisse.

— Puis-je vous aider, madame ?

— Je me demandais ce que vous aviez dit au sergent de loi et à l'enquêteur.

— Rien d'autre que ce que je devais.

— Et sur les enfants ?

Les sourcils de l'intendant se rapprochèrent légèrement.

— Mère Claire m'avait donné pour consigne de ne pas mentionner les enfants si je pouvais l'éviter. Je n'en ai donc pas parlé.

Il fixa Frevisse d'un regard qui signifiait qu'il aimerait bien avoir une explication, mais elle changea de sujet.

— Aurait-on vu ces temps-ci des... des voyageurs inhabituels, qui auraient séjourné à l'hôtellerie ?

— Mère Alys n'est-elle pas en mesure de vous le dire ?

— Moins elle et moi nous parlons, mieux les choses semblent aller, répliqua Frevisse d'un air narquois.

— Je crois comprendre, rétorqua maître Naylor sans aucune malice.

Il avait peu apprécié de devoir être en contact avec mère Alys quand celle-ci était cellérière, et les choses ne s'étaient guère améliorées depuis qu'elle occupait la fonction d'hôtelière.

— Nous n'avons reçu que le genre de voyageurs habituel. Aucun qui ait séjourné plus d'une nuit. Et, en dehors de vous, je n'ai entendu personne poser des questions sortant de l'ordinaire, dit-il en la regardant plus intensément. Qu'est-ce que je dois chercher exactement ?

— Toute personne qui s'intéresserait aux garçons.

— Et pourquoi s'intéresserait-on à eux ?

Sa question, aussi tranchante et directe que l'était son inquiétude, faillit pousser Frevisse à répondre. Mais bien que cela pût aider Naylor d'être informé, rester dans l'ignorance serait plus sûr pour lui à long terme. Car il ne pourrait être tenu responsable de rien s'il ignorait tout de l'identité des enfants. Luttant contre sa première inclination, Frevisse secoua la tête et répondit simplement :

— Je ne peux pas vous le dire. Mais il se pourrait

que des gens pensent que... qu'ils seraient mieux entre leurs mains.

— Mère Claire le sait-elle? Sait-elle ce que vous faites?

— Ainsi que mère Edith.

Laquelle en savait beaucoup plus long que mère Claire et avait certainement demandé à cette dernière de prier maître Naylor de se taire. A moins que... En aurait-elle dit davantage à la cellérière? Tout à coup, Frevisse se posa la question.

Loin derrière le portail, la cour et les murs du cloître, la cloche se mit à sonner, appelant à none.

— Oh non! se désola Frevisse. Je ne me suis pas rendu compte que le temps passait aussi vite. Les enfants viennent à peine de sortir... Ils ne vont pas être contents de devoir rentrer si tôt.

— Laissez-les avec moi, si vous voulez. Colwin et moi leur montrerons ce qu'il y a à voir. A nous deux, nous devrions nous débrouiller pour les ramener ensuite au cloître.

La proposition était tentante. Maître Naylor avait lui-même des enfants, Frevisse le savait, et Colwin faisait partie de leur suite. Mais ce fut le souvenir du visage de lady Adela regardant les colombes s'échapper vers le ciel qui la fit se décider.

— Oui, ce serait très gentil à vous.

Sœur Amicia sortit de la grange en courant, au bord de la crise de nerfs et des larmes.

— Ils ne m'écoutent pas! Ils viennent de grimper sur un tas de foin tout là-haut, là où c'est tout sale! Non seulement ils sont couverts de poussière et refusent de redescendre, mais nous allons être en retard!

— Tout va bien, la rassura Frevisse. Maître Naylor et Colwin vont les surveiller. Nous pouvons rentrer et nous ne serons pas en retard.

— Oh, maître Naylor, comme c'est aimable à vous ! C'est vraiment très aimable ! Merci, merci infiniment. Je leur ai promis qu'ils iraient voir les petits cochons. Il y a bien des petits cochons, n'est-ce pas ? Peut-être qu'ils accepteront de descendre, si vous leur parlez des petits cochons. Et les agneaux ?

Les effusions de sœur Amicia firent reculer maître Naylor. Sans attendre qu'elle eût terminé, Frevisse s'éloigna à grands pas, l'obligeant à la suivre.

— Voilà le père Henry ! s'exclama sœur Amicia, quelque peu hors d'haleine, tandis qu'elles pénétraient dans la cour intérieure.

Elle agita joyeusement la main en direction du chapelain qui était en train de parler avec Will devant le perron de l'hôtellerie. Il lui répondit, semble-t-il étonné de voir deux religieuses arriver de l'extérieur. C'était un jeune homme solidement charpenté, dont la tonsure était en partie recouverte par des boucles blondes indisciplinées, et qui donnait l'impression d'être plus doué pour manier la faux dans les champs que le calice ou la patène. D'après Frevisse, le prêtre, lui non plus, n'était pas des plus finauds, et sa simplicité parfois l'ennuyait ; mais comme il se consacrait corps et âme à sa foi et à ses devoirs, elle se doutait bien que la plus lourde faute incombait à son propre orgueil plutôt qu'à la simplicité du chapelain.

Effleurée par une idée soudaine, Frevisse se tourna vers sœur Amicia :

— Allez-y. Je vous rejoins dans une minute.

Attirée par la cloche qui continuait de sonner dans le cloître, sœur Amicia s'éloigna en hâte sans poser de question. Frevisse se dirigea vers les deux hommes qui s'inclinèrent devant elle. Elle salua le père Henry d'une brève révérence, puis adressa un signe de tête au jeune homme.

— Will, les enfants — les garçons et lady Adela —

sont aux écuries, avec Colwin et maître Naylor. Ils ont droit à une petite sortie. Auriez-vous le temps de les aider à les surveiller jusqu'à ce qu'il soit l'heure de rentrer ?

— Avec joie, madame, répondit l'écuyer.

— Si cela vous rassure, je peux y aller aussi, proposa le père Henry. Quand on surveille des enfants, mieux vaut être plusieurs.

— Ce serait très bien en effet si vous aviez la bonté et le temps de le faire.

Sachant que le chapelain éprouvait pour les enfants et les animaux une tendresse qui allait de pair avec sa simplicité de cœur, Frevisse le remercia d'une révérence avant de courir rejoindre sœur Amicia. Arriver en retard une fois de plus ne serait pas bien vu.

L'office se déroula dans la sérénité jusqu'à son terme, quand mère Claire dit de sa voix profonde :

— *Fidelium animae per misericordiam Dei requiescant in pace.* Que les âmes des fidèles, dans la miséricorde de Dieu, reposent en paix.

Les nonnes répondirent en chœur par un « amen » long et grave qui laissa place au silence.

Pour la première fois depuis l'aube et les prières de prime, Frevisse se sentait l'esprit détaché de tout problème et serait volontiers restée là un moment. Mais la règle exigeait qu'elle se levât avec les autres pour suivre mère Claire hors de la chapelle. S'y pliant avec docilité, elle sortit dans la galerie du cloître et la chaleur de l'après-midi à l'instant même où Ela, la servante, et le père Henry ramenaient les enfants.

Frevisse retint sa respiration, comme le firent toutes les religieuses lorsqu'elles réalisèrent ce qu'elles voyaient. Tirée tant bien que mal par Ela, lady Adela pleurait à grands cris, le visage ravagé de larmes, mais elle était très loin d'offrir le pire des spectacles. A quelques pas derrière, le père Henry tenait chacun des garçons par une main, les maintenant à bout de bras le plus loin possible, étant donné qu'ils étaient recouverts d'une boue noirâtre des pieds à la tête. Et ils sentaient affreusement mauvais... Avant même qu'ils se fussent rapprochés, il apparut hélas qu'ils empestaient, et qu'ils le savaient, vu qu'ils avaient le visage tout crispé et s'efforçaient de respirer le moins possible.

Il était par ailleurs évident que l'odeur qui émanait d'eux avait la puanteur reconnaissable entre mille autres du purin. Aussitôt, oubliant toute convenance, mère Alys hurla :

— Quelle idée d'amener ces garnements dégoûtants par ici ? Ils empestent !

— Mère Alys, la réprimanda doucement mère Claire.

— Mais ils puent ! Vous auriez dû les rincer au puits avant de les amener ici ! Remmenez-les et allez les passer sous l'eau !

— Mère Alys ! gronda la cellérière avec cette fois plus de fermeté.

La bouche de la sœur hôtelière se referma avec un claquement sec, mais rien n'adoucit son regard furibond quand il se détourna du chapelain et des enfants pour se poser sur mère Claire. Sans lui prêter attention, celle-ci leva la main pour empêcher le père Henry d'aller plus loin et dit :

— Il vous est arrivé une catastrophe, nous le voyons bien. Nous ne voulons pas d'eux ici. Emmenez-les se faire laver à la lingerie, en présentant mes excuses aux lavandières. Mère Perpetua, emmenez lady Adela. Elle n'est sûrement pas blessée, sinon elle ne pousserait pas de tels hurlements. Ela, trouvez Jenet et dites-lui d'apporter des vêtements propres aux garçons. Mère Frevisse, vous accompagnerez le père Henry pour l'aider.

Se rappelant qu'elle avait demandé à être responsable des enfants pendant leur sortie, Frevisse étouffa toute velléité de protester et s'élança derrière le prêtre qui était déjà reparti en hâte.

La lingerie se trouvait à côté d'autres appentis et ateliers directement nécessaires à la vie du prieuré, derrière un mur situé à l'autre bout de la cour intérieure, que l'on pouvait rejoindre soit par les cuisines, soit par une petite porte offrant un accès sur la cour. Le père Henry opta pour cette dernière solution afin de sortir plus rapidement du cloître. Frevisse le rattrapa avec les enfants alors qu'ils traversaient la cour, Edmund traînant des pieds et protestant de toute son âme :

— Je refuse d'aller à la lingerie ! Je veux un vrai bain ! Elles vont nous frotter trop fort !

— Un vrai bain, c'est pour la vraie saleté ! rétorqua Frevisse. Vous êtes bien trop sales pour ça. Et, ici ou ailleurs, on vous frottera autant qu'il le faudra. Cessez donc de vous lamenter. C'est nous qui sommes forcés de vous renifler !

Edmund, stupéfié par son ton brusque, garda le silence.

— Que diable faisaient-ils dans la porcherie ? demanda Frevisse au père Henry, puisque c'était le seul endroit où l'on trouvait autant de purin.

— Ils sont tombés en plein milieu, répondit le prêtre, aussi gêné que si c'était de sa faute.

— Ils sont tombés... ou ils ont sauté ?

Frevisse les contourna à bonne distance pour ouvrir la porte.

— Tombés. Avec la truie. Et les gorets, dit le père Henry d'une voix tremblante.

Ce qui le bouleversait n'était ni la saleté ni la puanteur ; sous son hâle il était blême, et pour une excellente raison. Une truie entourée de ses petits pouvait se montrer plus féroce qu'aucun autre animal domestique. Si elle s'était emparée de l'un des garçons avant que quelqu'un les eût tirés de là, ils auraient eu besoin de tout autre chose que d'un bon nettoyage.

— Maître Naylor et moi les avons sortis de là juste à temps, s'empressa d'assurer le chapelain, comme si Frevisse ne pouvait pas voir elle-même qu'ils étaient seulement recouverts de boue. Mais il s'en est fallu de peu.

— Elle avait attrapé mon pied, déclara Edmund. Mais elle ne voulait pas de Jasper. Sa peau n'a pas bon goût.

— Taisez-vous! fit Frevisse en refermant la porte derrière eux et en les conduisant vers la lingerie. Comment se fait-il qu'ils soient tombés?

— Ils étaient assis bien tranquillement sur le dernier barreau de la clôture et ne couraient semble-t-il aucun risque. Ils sont aussi souples et agiles que des chats, ou du moins l'avais-je cru. Mais l'un d'eux a glissé et s'est agrippé à l'autre, et ils ont dégringolé tous les deux.

— Ce n'est pas comme ça du tout que ça s'est passé! s'insurgea Edmund. Et d'ailleurs, ce n'est même pas de notre faute!

— Le barreau a roulé, dit Jasper. Nous n'avons pas pu rester dessus.

— Le barreau a roulé? répéta Frevisse, l'air ébahi.

— Les piquets sont percés de trous, expliqua le père Henry en lâchant les garçons pour faire des gestes avec ses mains. Les barreaux passent à travers les trous. Il y en a quatre entre chaque série de piquets, et les extrémités de la série de barreaux suivante passent dans les mêmes trous.

Comme toujours, les explications du chapelain étaient loin d'être claires, mais Frevisse voyait à quel type de clôture il faisait allusion. Les barreaux passaient dans les trous des piquets sans être fixés. Ils pouvaient donc rouler, quoique pas très facilement. Il avait fallu que les garçons les fassent tourner violemment, ce dont un adulte aurait dû les empêcher.

— Nous ne les avons pas fait rouler, insista Edmund. Ce n'est pas de notre faute. C'est arrivé d'un seul coup !

— Que vous l'ayez fait exprès ou non importe peu, répliqua Frevisse sans faire preuve de grande compassion.

Elle ne savait pas très bien contre qui elle était le plus en colère : les garçons, pour avoir été imprudents au point de tomber, ou les adultes, pour les avoir laissés grimper là au départ. Dans un cas comme dans l'autre, il fallait les débarrasser de cette boue nauséabonde, et tant pis si elle aurait préféré être en train de prier pour mère Edith. Ou s'occuper de n'importe quoi plutôt que de ces deux gamins en pareil état. Sans chercher à modérer sa mauvaise humeur, elle dit :

— Ce qui compte, c'est que vous êtes dégoûtants et qu'il va falloir vous décrotter. Et vous avez raison. On va vous frotter. Et bien fort !

CHAPITRE XIII

Edmund, Jasper et lady Adela étaient assis sur le muret qui entourait le jardin du cloître, les jambes pendant au-dessus du gazon, ruminant devant un parterre de giroflées éclatantes sous le soleil matinal. Hormis le battement régulier de leurs talons contre la pierre, on n'entendait que le bourdonnement des abeilles parmi les fleurs, parfois un bruissement de jupes quand une religieuse passait à proximité.

Ils s'embêtaient. Comme toujours.

Les leçons avaient été d'un ennui complet, Jenet était assommante et Sainte-Frideswide était synonyme de la monotonie dans toute son horreur.

— J'ai encore des marques à vif aux endroits où elles m'ont frotté, marmonna Edmund.

Il donna un coup de pied dans une giroflée rose pâle qui se trouvait à sa portée, ajoutant pour faire bonne mesure :

— Je déteste les fleurs.

Tous les trois réfléchirent un instant à cette déclaration, puis Jasper dit :

— Mère adore les fleurs.

Et quelques secondes plus tard :

— J'aimerais bien que Père vienne nous chercher.

Edmund lui donna un coup d'épaule et lui ordonna avec une violence qui masquait ses larmes :

— Tais-toi !

— Rien ne m'y oblige ! s'écria Jasper, accordant sa voix à celle de son frère et à son humeur.

Mieux valait encore la colère que les pleurs.

— Si vous vous battez, les avertit lady Adela, elles vont nous renvoyer tous les trois dans nos chambres !

La menace fit hésiter les garçons. Se bagarrer leur aurait fait du bien à tous les deux, mais retourner dans leur chambre voulait dire retrouver Jenet, qui avait fini par cesser de pleurer, pourtant la voir rester assise à soupirer d'un air abattu était encore plus assommant que d'être assis sur un mur. Se calmant l'un et l'autre, ils recommencèrent à contempler le jardin et à taper du pied contre le muret.

— Je veux sortir, grommela Edmund au bout d'un moment. Ici, il n'y a rien à faire.

— Personne ne nous emmènera plus jamais dehors, répliqua Jasper avec tristesse. Et pourtant, ce n'était même pas de notre faute.

Il se sentait encore bafoué à cause de cette histoire.

— On pourrait juste aller dans le verger, suggéra Edmund. Personne ne se fâchera vraiment pour ça, si on ne reste pas trop longtemps. Et de toute façon, nous ne manquerons à personne.

Il se tourna pour sauter au bas du muret, mais attendit un instant de voir qui le suivait.

— Elles ont retiré la clef, dit Adela, exprimant à son tour son mécontentement. Je ne peux plus ouvrir la porte.

— Et nous avons promis à mère Frevisse de ne pas aller là-bas, leur rappela Jasper.

Edmund se tourna de nouveau. Le bruit de leurs talons et le bourdonnement des abeilles étaient toujours les seuls bruits audibles dans le jardin.

— Un serment arraché n'engage en rien, dit tout à coup lady Adela.

Edmund et Jasper la regardèrent.

— Pardon? fit Edmund.

Avec application, d'un ton un peu suffisant, la petite fille expliqua :

— Si quelqu'un vous force à promettre une chose, la promesse ne compte pas parce qu'on vous l'a arrachée de force. Un serment fait sous... sous la contrainte... n'engage en rien.

Edmund et Jasper réfléchirent à ses propos. C'était logique. Voyant son frère se fendre d'un sourire, Jasper se sentit obligé de faire remarquer :

— Mais la porte est toujours fermée à clef.

— Celle-là ne l'est pas, dit Edmund en montrant la porte du cloître qui ouvrait sur la cour.

— Mais on nous verra.

— Peut-être pas. Venez!

— Si on nous voit, on nous renverra définitivement dans notre chambre.

— Et si on ne nous voit pas, nous serons libres de sortir d'ici! Nous allons passer par le chemin qu'on a pris hier pour aller se laver. C'est plein d'endroits où se cacher, et il doit bien y avoir une porte de service quelque part. Adela va tenter sa chance avec moi, pas vrai, Adela?

La petite fille, qui avait déjà fait passer ses jambes de l'autre côté du mur, se laissa glisser par terre.

— Viens, Jasper! C'est mieux que de rester ici, le pressa-t-elle.

C'était assez vrai. Et puis, mieux valait essayer quitte à échouer que d'être lâche et ne rien tenter du tout. Un vrai chevalier faisait toujours preuve d'audace, aussi compromises soient les chances qui se présentaient à lui.

Jasper avait tendance à réfléchir aux problèmes un

peu plus longuement que son frère, mais, une fois sa décision prise, il se montrait aussi intrépide, ou même plus. Fermant la marche, il vérifia derrière eux que personne n'arrivait, tandis qu'Edmund et lady Adela entrouvraient discrètement la porte pour jeter un coup d'œil dans la cour.

— Il n'y a personne, annonça Edmund.
— Ici non plus, murmura Jasper.
— Alors, allons-y ! fit lady Adela en poussant Edmund d'un geste impatient. Courons vite avant que quelqu'un nous ait repérés.

Edmund s'élança en courant, lady Adela sur ses talons, et Jasper arriva bon dernier, étant donné qu'il prit le temps de refermer la porte pour mieux couvrir leur fuite. Il suivit son frère jusqu'à la porte par laquelle le père Henry et mère Frevisse les avaient fait passer la veille. De l'autre côté, ils se retrouvèrent au milieu des petits bâtiments qui entouraient la cour. Le seul qu'ils connaissaient était la lingerie, où ils n'avaient aucune envie de retourner, mais ils trouvèrent leur chemin et se faufilèrent sans se faire remarquer jusqu'à la porte arrière du prieuré.

Elle était grande ouverte. C'était le passage qu'empruntaient en général les domestiques pour entrer au couvent et en sortir, ou pour aller au potager ou plus loin au village. Mais à cette heure, il n'y avait personne. Ils la franchirent sans encombre et s'arrêtèrent assez longuement avant de décider de quel côté tourner. Alors, sans même avoir besoin de se concerter, ils partirent en courant le long du mur du prieuré, baissèrent la tête en traversant les carrés de légumes, puis disparurent au bas de la pente entre les arbres qui bordaient la rivière.

A l'abri de la lumière du soleil, une fraîcheur soudaine les saisit. Attirés par le clapotement de l'eau, ils découvrirent la rivière d'un brun transparent qui filait entre les berges peu profondes. Les rayons du soleil filtraient entre les feuilles, projetant des milliers de paillettes sur le lit de vase et de cailloux.

N'ayant pas oublié la colère qu'avaient suscitée leurs vêtements mouillés la dernière fois, ils se contentèrent tout d'abord de jeter des brindilles et des feuilles au fil de l'eau, de se lancer des défis pour deviner laquelle disparaîtrait la première par-delà la courbe que formait la rivière. Mais Edmund trouva bientôt une brindille particulièrement belle, et tandis qu'elle dérivait au fil du courant à toute vitesse, au risque de disparaître à tout jamais, il retira ses souliers et ses chausses, et entra dans l'eau pour la rattraper.

— Ma feuille !

Jasper protesta en voyant Edmund passer sans prendre garde à sa dernière trouvaille, la faisant couler. Mais son frère l'ignora, comme il le faisait toujours quand il était occupé à quelque chose. Trouvant tout à coup le jeu d'Edmund beaucoup plus intéressant, Jasper s'empressa d'oublier sa feuille et ôta ses souliers et ses chausses à son tour pour le suivre dans l'eau.

— Ce n'est pas juste ! se lamenta lady Adela depuis la rive. Je ne peux pas venir avec vous ! Je vais mouiller ma robe !

— Dommage, commenta Edmund, sans manifester un quelconque regret. On n'y peut rien si tu es une fille.

Jasper vit les yeux d'Adela se plisser de colère et dit :

— Tu n'as qu'à nous suivre sur la berge. Viens.

Elle lui tira la langue, mais n'en suivit pas moins l'étroit sentier largement piétiné, signe que les parages étaient très fréquentés.

En aval du méandre suivant, la rivière s'élargissait, formant un large bassin en deçà des berges pentues. La brindille d'Edmund avait déjà dérivé en plein milieu, et il l'aurait volontiers suivie quand lady Adela lui cria :

— Tu ferais mieux de regarder d'abord si ce n'est pas trop profond !

Edmund sembla sur le point de rétorquer que c'était bien là une réaction de fille, mais Jasper arracha un long bout de bois sur un tronc échoué sur la rive et le plongea dans l'eau à la verticale, à quelques centimètres devant lui. Le bout de bois s'enfonça profondément, sans toucher le fond. Les deux frères échangèrent un bref regard, puis Edmund haussa les épaules.

— On pourrait apprendre à nager, dit-il. Will m'a raconté qu'il avait appris un jour où on l'avait jeté dans l'eau profonde. On n'a qu'à en faire autant.

— Mieux vaudrait vous abstenir, les mit en garde Adela.

— Mais nous ne sommes pas des filles, se moqua Edmund. Nous n'avons pas peur de mouiller nos jupons !

Cependant, il ne s'aventura pas plus loin. Il se saisit du bâton que tenait Jasper et le lança dans le bassin. Le « plouf » qui s'ensuivit lui apporta entière satisfaction.

Furieuse qu'il se soit moqué d'elle, Adela ramassa un petit bout de bois assez lourd au milieu du sentier et le balança dans l'eau juste devant lui.

— Hé ! Ce n'est pas juste ! s'écria Edmund, qui faillit tomber en arrière, mais ne put éviter de se faire éclabousser.

— Tant mieux ! cria la petite fille. Tu es un garçon et tu n'es qu'un sale pourri !

Puis elle ramassa un autre morceau de bois qu'elle lança avec encore plus de précision.

— Hé, mais tu vas me tremper !

— C'est exactement ce que je veux !

— Arrête!

Adela fit la sourde oreille. Et un troisième morceau de bois atterrit entre les deux frères.

— Viens! fit Edmund. On va la pousser dans l'eau.

Il marcha dans l'eau jusqu'à la berge, suivi de Jasper, et grimpa sur le talus.

— Vous n'oseriez pas faire ça! s'écria Adela en reculant.

— Mais si, tu vas voir!

La petite fille hésita, puis, décidant qu'il ne plaisantait pas, elle fit demi-tour et s'enfuit dans les broussailles pour s'éloigner du sentier, disparaissant en moins d'une seconde.

Edmund, toujours furieux, l'aurait volontiers poursuivie, mais Jasper le retint par la manche.

— Nous n'avons pas nos souliers, dit-il à son frère.

Edmund se figea, réfléchit une seconde, puis estima que ce serait du temps perdu et préféra crier en direction des bois :

— Bon débarras! Et elle a intérêt à ne dire à personne que nous sommes là!

Puis il se tourna vers son frère.

— Viens. Je parie que je lance plus loin que toi.

Jeter des bouts de bois du haut de la berge, puis regarder les ondulations se briser les unes contre les autres en créant de petits éclats de lumière à la surface de l'eau, était beaucoup plus distrayant. Les deux frères finirent tout naturellement par s'empoigner et par se mettre au défi de sauter dans l'eau, mais l'un comme l'autre savait qu'aucun d'eux n'en aurait l'audace, quoi qu'ait pu raconter Will. La joyeuse dispute en était arrivée à un échange de : « Si tu y vas, j'y vais » — « Non, vas-y, toi d'abord », lorsque Jasper, sachant qu'ils n'en feraient rien, s'éloigna pour aller ramasser un énième morceau de bois. Il venait de dire : « Pas tant que tu n'iras pas » quand Edmund poussa un hurlement strident qui le fit sursauter.

Il se retourna juste à temps pour voir son frère partir en vol plané. Sous son regard médusé, Edmund disparut dans l'eau au milieu d'immenses éclaboussures, refit surface en se débattant désespérément, trop paniqué pour crier, et Jasper réalisa qu'il devait réagir. Mais avant d'avoir pu faire quoi que ce soit, il reçut un grand coup dans le dos, tandis que deux mains le poussaient par-dessus la rive pour l'envoyer rejoindre son frère.

Une fois arrivée à la conclusion que les enfants n'étaient nulle part dans le cloître, que la porte du verger était fermée et la clef toujours cachée, tout cela après avoir reproché à Jenet son inefficacité et l'avoir obligée à faire encore une fois le tour du cloître, Frevisse traversa la cour pour se rendre à l'hôtellerie. Là, en interrogeant l'une des servantes, elle apprit que les enfants n'étaient ni avec sir Gawyn ni avec Maryon. Alors, l'air furibond, elle retourna se poster en haut du perron tout en réfléchissant à ce qu'elle allait faire.

Ils n'étaient pas dans le cloître, ça, elle en était certaine. Et ils n'étaient pas sortis par la porte du verger. Il y avait peu de chances pour qu'ils soient tombés tous les trois au fond du puits sans faire de bruit, et quelqu'un les aurait sûrement vus s'ils étaient passés par la porte des cuisines ou s'étaient aventurés dans la cour extérieure. Ce qui ne laissait plus que la cour adjacente et la porte arrière. Sortir par là sans se faire remarquer n'avait rien d'impossible pour trois jeunes enfants aussi farouchement déterminés.

Elle aurait dû retourner voir mère Claire et lui demander l'autorisation de sortir. Mais cela prendrait du temps, or plus vite les enfants reviendraient, mieux cela vaudrait. Si elle ne les retrouvait pas très vite, il faudrait appeler maître Naylor pour qu'il envoie ses hommes à leur recherche, mais il était encore trop tôt pour donner l'alarme. D'ailleurs, ils n'avaient pas dû aller très loin.

Devant la poterne, la main au-dessus des yeux pour se protéger du soleil, Frevisse regarda en direction des jardins et des champs baignés de lumière, cherchant à deviner de quel côté les enfants avaient pu partir. Dès qu'elle aperçut les arbres au bord de la rivière, elle sut où elle serait allée par une aussi belle journée si elle-même avait eu leur âge.

Les deux servantes en train de biner dans le potager se redressèrent en la voyant approcher, mais elles répondirent à sa question qu'elles venaient d'arriver et n'avaient vu passer aucun enfant. Frevisse continua à marcher, toujours certaine de l'endroit où ils devaient se trouver. A l'orée du bois, elle croisa lady Adela, assise dans un pré, en train d'essayer de tresser une couronne avec des herbes fanées.

Soulagée, et persuadée que les garçons devaient être à proximité, Frevisse lui lança :

— Les tiges sont trop dures, vous n'y arriverez pas.

Lady Adela, qui n'avait pas remarqué sa présence, lâcha sa couronne et se releva en hâte pour faire une révérence.

— Je ne vous avais pas entendue arriver, ma mère.

— J'ai vu ça, répliqua Frevisse, qui se tenait très droite en fixant la petite fille d'un œil sévère.

Adela avala sa salive, ramassa la couronne toute dépenaillée et la lui tendit.

— Tenez, ma mère, c'est pour vous, dit-elle, pleine d'espoir.

— Non, je ne pense pas. Où sont Edmund et Jasper ?

La demoiselle laissa choir sa couronne et pointa le doigt en direction des arbres.

— Là-bas. Au bord de la rivière. Ils ont été méchants avec moi, ajouta-t-elle.

— Montrez-moi où ils sont.

Lady Adela hésita.

— Nous allons nous faire gronder ?

— Vous connaissez déjà la réponse. Et plus les gens se feront du souci longtemps, pire ce sera. Montrez-moi où ils sont.

Se rendant à l'évidence, l'enfant soupira, puis tourna les talons pour lui montrer le chemin entre les arbres.

Quelque part, un peu plus loin, retentit tout à coup un cri accompagné d'un bruit de plongeon, et suivi un instant plus tard d'un second.

— Ils sont tombés à l'eau ! s'écria Adela. Dans le bassin, et il est très profond !

Frevisse l'écarta pour s'élancer à toutes jambes. Gênée par les broussailles, ses jupes et son voile, elle se fraya un chemin tant bien que mal. Se laissant guider par les bruits, elle déboucha sur un sentier au-dessus d'une large courbe qui formait un bassin dans la rivière. Là, en plein milieu, Edmund et Jasper se débattaient comme de beaux diables, sombrant puis refaisant surface pour reprendre un peu d'air. Voyant qu'il n'y avait aucun espoir qu'ils parviennent à regagner la rive par leurs propres moyens, Frevisse chercha désespérément une branche assez longue à leur tendre. Ne trouvant rien, elle n'eut d'autre choix que de s'avancer à l'endroit où la berge était le moins haute, de se baisser pour relever le bas de sa robe et de le soulever pour rassembler ses jupes en boule au-dessus du genou. Le tissu était trop épais pour être coincé dans sa ceinture, de sorte qu'elle fut obligée de le tenir d'une seule main, gardant l'autre libre pour ne pas perdre l'équilibre et avancer en titubant dans l'eau.

Le fond de la rivière descendait brusquement et, le temps de rejoindre Jasper, elle se retrouva avec de l'eau à hauteur de poitrine. Tendant le bras, elle attrapa la main qu'il brandissait au-dessus de sa tête et le tira vers elle.

— Ne donnez pas de coups de pied et n'essayez pas de résister! Sinon, nous nous noierons tous les deux!

Elle ne s'attendait pas à ce que l'enfant paniqué lui obéisse, mais il comprit; il devint flasque et se laissa tirer. Elle le fit passer derrière elle en lui ordonnant de s'accrocher à sa taille, puis avança vers Edmund qui venait de disparaître sous l'eau. Elle arriva toutefois à l'empoigner par les cheveux avant qu'il n'ait coulé complètement. D'un geste brusque, elle lui sortit la tête de l'eau en le tirant vers elle. Il était encore conscient, mais il suffoquait. Il avait avalé trop d'eau et avait besoin d'être secouru de toute urgence, mais elle ne pouvait rien faire pour lui à cet instant. La main passée sous son menton afin de lui maintenir le visage en l'air, mais alourdie par le poids de Jasper qui se cramponnait à son dos, Frevisse remonta péniblement vers la berge.

A mi-chemin, elle crut qu'elle n'y parviendrait pas. Ses vêtements trempés étaient trop lourds, sans parler des enfants. Ils l'entraînaient vers le fond et ses jambes n'arrivaient plus à la soutenir. Mais lady Adela pleurait sur la rive à vous fendre le cœur tandis que Jasper marmonnait toutes les prières qu'il connaissait en anglais, en français et en latin. Quant à Edmund, il était si cruellement à sa merci qu'elle résista à une violente envie de s'écrouler et parcourut les quelques mètres qui la séparaient de l'endroit où la rivière devenait moins profonde. Dès que Jasper eut pied, il put se tenir debout tout seul, la libérant d'une partie du poids. A partir de là, elle réussit à s'arranger d'Edmund et de ses jupes jusqu'à la rive, tandis que Jasper marchait à ses côtés en l'éclaboussant.

Sans prêter attention aux sanglots de lady Adela et

abandonnant Jasper à lui-même, elle se hâta de tirer Edmund hors de l'eau, le fit rouler sur le ventre et lui appuya de toutes ses forces sur le dos. Pris d'un hoquet, l'enfant toussa, cracha et s'étrangla, puis de l'eau jaillit de sa bouche, et il se mit à pleurer. Soulagée de voir qu'il respirait de nouveau, Frevisse se laissa tomber au milieu de ses jupes détrempées, posa son regard sur le petit visage livide de Jasper qui lui ne pleurait pas, et demanda :

— Comment avez-vous pu être assez stupides pour tomber dans l'eau tous les deux ?

Le petit garçon commença par hausser les épaules, puis se laissa glisser par terre, ramena ses genoux contre sa poitrine et les serra très fort entre ses bras.

— Nous ne sommes pas tombés, murmura-t-il. Quelqu'un nous a poussés.

CHAPITRE XIV

Les deux femmes qui travaillaient au potager les regardèrent du coin de l'œil lorsqu'ils surgirent d'entre les arbres en courant et en criant à l'aide. Sans répondre à leurs questions, Frevisse ordonna :

— Amenez les garçons à Jenet ! Je me charge de lady Adela.

Elle avait déjà dit à Jasper, puis à Edmund dès qu'il avait recouvré ses esprits, qu'ils ne devaient en aucun cas répéter à qui que ce soit qu'on les avait poussés.

— Et cela vaut aussi pour vous, mademoiselle ! avait-elle dit sèchement à la petite fille, cédant à la peur autant qu'à la colère. Désormais, quand on vous demandera de rester quelque part, peut-être obéirez-vous !

Edmund et Jasper avaient acquiescé en dégoulinant, l'air tout malheureux. Ils tenaient Frevisse par la main, un de chaque côté, répugnant à être confiés encore une fois à des servantes. Mais elle les remit aux deux femmes avec fermeté.

— Ce dont vous avez besoin, c'est de vous mettre au sec et d'aller au lit en vitesse, leur dit-elle.

Et de retrouver la sécurité du cloître...

— Ces jupes trempées m'empêchent de bien marcher. Allez devant ! Je vous rejoindrai dès que possible.

Les garçons se laissèrent emmener, et Edmund posa la tête contre l'épaule de Joan.

Traversée par une idée, Frevisse demanda aux servantes :

— Auriez-vous vu quelqu'un d'autre ? Quelqu'un est-il passé pendant que vous étiez ici ?

— Non, ma mère. Sauf votre respect, nous n'avons vu personne. La plupart des employés sont aux foins, expliqua aussitôt Joan, tandis que l'autre femme confirmait d'un hochement de tête.

Frevisse leur fit signe qu'elles pouvaient disposer. Edmund avait fermé les yeux, mais Jasper continua à tourner la tête en fixant Frevisse tout le long du chemin.

Feignant de ne rien remarquer, mais éprouvant malgré elle un pincement au cœur pour le petit garçon, Frevisse prit lady Adela par la main. Elle écarta ses jupes trempées qui lui collaient aux jambes — elle avait beau les avoir tordues et essorées, elles restaient un fardeau encombrant —, puis se remit en marche, regrettant qu'il n'y ait pas quelqu'un pour la porter elle aussi tant elle était épuisée. Mais puisqu'il n'y avait personne, elle récita une prière pour trouver la force de continuer à mettre un pied devant l'autre et d'avancer. Ses sandales étaient restées quelque part au fond de la rivière ; une pour la vie de chaque garçon ! songea-t-elle, quoique la charité d'une telle pensée ne fût pas tout à fait sincère. Ce dont elle avait véritablement envie, c'était de flanquer une bonne fessée aux trois enfants pour les punir d'avoir fait preuve d'autant de stupidité. Et Frevisse se concentra sur cette idée, car tant que tout le monde ne serait pas de retour dans l'enceinte du prieuré, elle y compris, elle préférait ne pas penser que celui ou celle qui avait poussé les garçons avait probablement été là, caché derrière un arbre en train de les observer, pendant qu'elle se débattait comme une diablesse pour les sortir de l'eau.

Mais à présent, se doutant bien que l'alarme allait être déclenchée, l'agresseur devait être loin. Et il serait à des lieues d'ici avant qu'elle ait demandé à maître Naylor de lancer ses hommes à ses trousses. Néanmoins, des recherches allaient devoir être entreprises sans tarder. Il fallait qu'elle parle très vite à l'intendant. Non, d'abord à mère Claire. Afin de lui expliquer ce qui s'était passé et lui demander conseil sur ce qu'il convenait de faire, d'une part pour mieux protéger les enfants, mais aussi pour découvrir qui les avait ainsi attaqués.

Non, se reprit-elle, en décollant de nouveau ses jupes de ses cuisses. La première chose qui importait était d'aller se changer et d'enfiler des vêtements secs.

Conformément à la règle de saint Benoît, le dortoir devait être une grande salle où toutes les nonnes dormaient en communauté, même si, au cours des siècles, la règle s'était quelque peu assouplie. Le grand dortoir était divisé en cellules séparées par des cloisons de bois, chaque nonne disposant de la sienne pour dormir et ranger ses effets personnels.

Après avoir tiré le rideau de sa cellule, Frevisse retira sa robe et sa robe de dessous humides et raidies par la boue. Puis elle sortit son unique tenue de rechange du coffre posé près de son lit, une robe et une robe de dessous identiques aux premières, à ceci près qu'elles étaient propres et sèches. Elle avait eu l'intention de ne les mettre qu'après son bain hebdomadaire, mais elle n'avait plus vraiment le choix.

Frevisse s'appliqua à se sécher et à se rhabiller, mais son esprit était ailleurs. Tandis qu'elle s'affairait à boutonner du coude au poignet la rangée de petits boutons de sa robe de dessous noire, la seule pensée qui l'occupa fut que quelqu'un voulait la mort des garçons.

S'agissait-il d'une simple tentative perpétrée par un tueur qui passait là par hasard ? L'hypothèse paraissait trop improbable pour s'y attarder. Quelqu'un devait avoir une raison précise de vouloir leur mort. Mais qui ? Et pour quel motif ?

Imaginer que c'était quelqu'un du prieuré ou du village était difficile. Jusqu'à présent, comme tout le monde, ou presque, le savait, ces enfants n'étaient que des petits garçons ordinaires qui avaient eu des malheurs au cours d'un voyage. Quelqu'un de leur entourage ? Mais pourquoi ? Ou bien quelqu'un venu de l'extérieur, qui connaissait leur identité et avait eu vent de leur présence ici d'une façon ou d'une autre ? Mais, là encore, pourquoi vouloir les tuer ?

Leur mère était en danger ; certes, pas en danger de mort, mais elle ferait sans nul doute l'objet d'un blâme, qui se traduirait probablement par un emprisonnement, dans des conditions dignes mais drastiques, à cause de ce mariage imprudent. Le défunt roi avait lui-même fait emprisonner sa belle-mère pendant plusieurs années au seul motif qu'il la détestait. Mais en quoi le manque de discrétion de leur mère mettait-il Edmund et Jasper en danger ?

Quelqu'un, pour se venger de la reine Catherine, était-il prêt à ôter la vie à ses fils ? C'était une possibilité. A moins que ce soit une vengeance fomentée contre leur père. S'agissait-il d'une querelle galloise, sans aucun lien avec la famille royale ?

Non. Si les choses avaient été aussi simples, Maryon le lui aurait dit.

Frevisse tira impatiemment sur sa manche en se battant avec le dernier bouton.

Supposons que l'acte n'ait été dirigé contre personne d'autre, et n'ait manifesté qu'un farouche désir de les voir morts. Parce qu'ils étaient de sang royal du côté de leur mère ? Mais ce n'était pas tout. Ils étaient aussi les demi-frères du roi Henri ; cependant, comme le sang royal qui coulait dans leurs veines était français et non anglais, ils ne représentaient en rien une menace pour le trône.

Frevisse passa sa robe par-dessus la tête, enfila les manches amples, et le lourd tissu noir retomba de ses épaules à ses pieds. Elle la lissa, attrapa sa ceinture et se figea soudain, la ceinture à la main, prise d'une nouvelle idée.

Le jeune roi Henri, leur demi-frère âgé d'à peine quinze ans, régnait à la fois sur la France et sur l'Angleterre. Le royaume anglais lui revenait de droit par son père. Quant au royaume de France, il l'avait hérité de sa mère, suite au traité que le père de celle-ci avait signé avec l'Angleterre lorsqu'il était roi de France ; un traité qui faisait de Catherine, sa dernière enfant légitime, ainsi que de son mari et de leurs enfants, les héritiers du trône de France.

Cela signifiait-il qu'Edmund et Jasper pouvaient être utilisés comme des pions contre leur frère ? Et ce dans le but de servir quelque revendication française contestant l'emprise de l'Angleterre sur la France ?

Frevisse ne voyait pas de quelle manière, mais cela ne voulait nullement dire que c'était impossible. Aussi bien à cause de sa situation géographique que de son statut et de ses fins, Sainte-Frideswide était trop isolé du reste du monde — les rumeurs en provenance de Banbury paraissaient parfois aussi lointaines que ce qui se racontait à Londres ou en France ! — pour que Frevisse soit en mesure de juger avec exactitude ce qui était ou non probable dans ce domaine. Elle n'avait aucun espoir de comprendre les subtilités de la politique qui se menait à la cour. D'ailleurs, ce qu'elle croyait deviner était peut-être très éloigné de la réalité.

Toutefois, pour des raisons inexpliquées, quelqu'un voulait à tout prix s'emparer des garçons. C'était pour cela qu'on les avait envoyés au pays de Galles : afin qu'ils échappent à cette menace. Mais à présent, il apparaissait avec certitude que quelqu'un voulait leur mort. La même personne ? Une autre ?

Frevisse passa la ceinture autour de la taille, puis remit sa guimpe et son voile restés relativement secs. D'un air absent, elle vérifia à tâtons que la guimpe blanche recouvrait entièrement sa chevelure avant de fixer le voile noir à l'aide d'une épingle, tandis que les questions continuaient à se bousculer dans sa tête.

Celui qui traquait les garçons les voulait soit vivants et sous sa coupe, soit morts et perdus pour tout le monde. C'était la seule certitude. Quant à l'identité de ce... Brusquement, Frevisse se figea, fixant le sol sans le voir, frappée par la justesse de son raisonnement. On disait que le roi Henri atteindrait cette année-là l'âge de gouverner et recevrait les pleins pouvoirs, et que, dès lors, ceux qui avaient formé des factions autour de lui pendant toute la durée de la tutelle devraient s'affronter, mais aussi gagner la faveur du roi dans l'espoir qu'il partagerait avec eux son pouvoir. Or, parmi ces hommes, les deux plus puissants avaient pour noms Henri de Beaufort, évêque de Winchester, et Humphrey Plantagenêt, duc de Gloucester. Respectivement le grand-oncle et l'oncle du roi, deux hommes ambitieux qui, durant toute la tutelle, avaient estimé l'un comme l'autre qu'ils auraient dû se voir accorder davantage de pouvoir au sein du gouvernement. Qui pouvait prédire ce que chacun ferait face à ces fâcheux obstacles que constituaient des demi-frères de sang royal, susceptibles de revendiquer un jour le trône de France ? L'un ou l'autre pouvait fort bien décider par précaution de prendre les devants ; ils disposaient pour cela de tout le pouvoir nécessaire.

Frevisse avait eu affaire brièvement — et en grande partie contre son gré — à l'évêque de Winchester[1]. Il ne lui avait pas fait l'effet d'être le genre d'homme à donner l'ordre de tuer des enfants. Certes, il préférerait les avoir sous sa coupe, mais de là à les vouloir morts... Elle refusait de l'en croire capable.

Le duc de Gloucester, en revanche, était réputé pour son ambition démesurée, et une fierté qui outrepassait encore son rang pourtant élevé. Et si jamais le roi Henri venait à mourir sans avoir engendré d'enfant, c'était le duc qui lui succéderait sur le trône.

Les jambes flageolantes, Frevisse s'assit au bout du lit. Quel pouvoir un tel homme serait-il en droit d'exercer à l'encontre de Sainte-Frideswide s'il le décidait ? Elle se laissa tomber à genoux à même le sol devant le crucifix suspendu au mur. *Kyrie, eleison, Christe, eleison...* Seigneur, ayez pitié, Jésus, ayez pitié...

Elle aurait aimé que son oncle Thomas Chaucer fût encore de ce monde. Il avait toujours su comment se servir du pouvoir et en même temps s'en protéger. Mais il était mort, et elle avait déjà envoyé une lettre à sa fille Alice, ce qu'elle jugeait à présent comme une chose absurde pour la même raison qu'elle lui avait paru sensée au départ : son mari faisait partie de ceux qui manœuvraient dans l'entourage du jeune roi en vue de prendre le pouvoir, des hommes parmi lesquels se trouvait presque certainement quelqu'un voulant la mort d'Edmund et de Jasper.

Agnus dei, eleison... Agneau de Dieu, ayez pitié...

Frevisse reprit sa respiration. Des agneaux, voilà à quoi ils étaient réduits à Sainte-Frideswide ! Et pas seulement les garçons, mais tout le monde. Des agneaux innocents et sans défense face à un pouvoir qui risquait de se retourner contre eux.

---

1. Voir *Le Conte de l'évêque*, 10/18, n° 3476.

Mais sûrement pas des agneaux à massacrer. Du moins pas s'ils restaient innocents. Tant que personne ne saurait qui étaient les garçons, tant que chacun ici au prieuré pourrait certifier avoir ignoré que des gens puissants les recherchaient, et cela même s'ils étaient découverts par la suite et qu'une amende était imposée au couvent pour leur avoir accordé l'asile, mère Claire pourrait arguer avoir agi en toute innocence, avec pour seule volonté d'obéir à la règle qui exigeait d'apporter refuge et consolation à ceux qui en avaient besoin. Tant que cette situation prévaudrait, les chances étaient grandes qu'aucune punition ne vînt s'abattre sur Sainte-Frideswide.

Ce serait uniquement sur Frevisse, si son rôle dans cette histoire apparaissait au grand jour.

Mais mieux valait que ce fût sur elle que sur chacun d'eux. L'essentiel était de protéger les enfants et le prieuré, et par conséquent de ne pas révéler le secret des garçons afin que, quel que pût être le prix à payer par la suite, il la concernât, elle, et elle seule.

Frevisse redressa la tête au-dessus de ses mains jointes, expira longuement pour se détendre, puis se releva pour aller voir mère Claire.

Lorsqu'elle comprit que l'affaire était urgente au-delà de l'ordinaire, mère Claire entraîna Frevisse dans l'infirmerie où elles bénéficieraient de plus de tranquillité. Et bien que la pièce ne fût plus son domaine, elle se dirigea vers les étagères où étaient conservées les herbes, ses mains se déplaçant avec toujours autant de familiarité — sœur Thomasine n'avait à peu près rien changé depuis qu'elle était infirmière — jusqu'à ce qu'elle eût trouvé ce qu'elle cherchait. Elle préleva quelques brins de lavande séchée de l'été dernier dans une boîte et les tendit à Frevisse en disant .

— Respirez ça. Ça vous dénouera les nerfs.

Frevisse, qui ne pensait pas être aussi transparente,

pencha docilement la tête au-dessus de la lavande en inhalant à pleins poumons.

Aussi paisiblement que si elles discutaient d'un banal problème de cuisine, mère Claire dit :

— Il existe donc un sombre secret autour de ces enfants que vous et mère Edith considérez préférable que j'ignore.

— Mieux vaut que tout le monde l'ignore, répliqua calmement Frevisse, la voix aussi ferme que posée. En tout cas, le plus de monde possible.

— Mais, selon vous, une sorte de danger les menace ?

— Oui.

— Vous êtes donc certaine qu'ils n'ont pas prétendu qu'on les avait poussés dans l'eau pour éviter d'avouer qu'ils étaient tombés par imprudence ?

— Leur terreur était trop sincère. Surtout Jasper, dit Frevisse tandis que lui venait une autre idée. D'autant qu'ils ont affirmé hier que leur chute dans la bauge aux cochons n'était pas un accident non plus. Personne ne les a crus, mais ils ont peut-être raison. Il faut que je parle à maître Naylor. Quelqu'un devrait aller fouiller les bois autour de la rivière pour vérifier s'il ne reste pas des traces de la personne qui se trouvait là.

— Et Maryon devrait être mise au courant. A l'évidence, elle n'est pas leur mère.

Mère Claire avait dit cela sur le ton de l'affirmation, mais son regard fixait Frevisse dans l'attente d'une confirmation. Celle-ci hocha la tête d'un petit air narquois, acceptant que mère Claire en ait deviné plus qu'elle ne l'eût souhaité.

— Mais puisqu'ils sont sous sa garde, il faut la prévenir, reprit mère Claire. La lavande vous fait-elle du bien ?

Frevisse avait continué à respirer le parfum douceâtre légèrement éventé sans même y penser. La question de mère Claire lui fit mesurer subitement que la tension intense qu'elle avait ressentie tout à l'heure s'était peu à peu relâchée, lui laissant l'esprit plus clair quant aux tâches qui l'appelaient.

— Mais oui, constata Frevisse d'un air surpris.

— Tant mieux! dit mère Claire en se détournant des étagères pour lui faire face. S'il n'y avait qu'une seule personne au monde en laquelle je puisse avoir confiance, ce serait mère Edith, et elle s'en est souvent remise à vous dans des affaires de ce genre. J'accepte par conséquent de ne pas savoir pourquoi une menace pèse sur les garçons. Et vous avez mon autorisation pour faire ce que vous jugerez bon en la matière, de même que pour aller et venir comme bon vous semblera jusqu'à ce que le problème soit réglé. Cela vous convient-il ?

— En tout point, répondit Frevisse.

Désormais, l'affaire dépendait entièrement d'elle. Quoi qu'il advînt, elle serait la seule à en assumer les conséquences.

— J'y vais de ce pas, dit-elle.

La cloche commença à sonner none.

— Les prières avant tout, lui rappela mère Claire. Toujours avant le reste.

Frevisse ouvrit la bouche, s'apprêtant à expliquer que plus tôt les recherches dans les bois commenceraient, mieux cela vaudrait, puis se ravisa. Celui qui s'était trouvé sur place était reparti depuis belle lurette, et toute trace laissée derrière lui serait encore là une fois la prière finie. Docile, elle inclina la tête et glissa ses bras dans ses grandes manches, prête à suivre mère Claire vers la chapelle.

— Après quoi, avant de ressortir, vous demanderez à sœur Juliana de vous donner une nouvelle paire de sandales, ajouta mère Claire.

Un peu plus tard, dans la pénombre de la porte de la cour extérieure, maître Naylor jeta un regard réprobateur à Frevisse.

— Et vous êtes sûre qu'ils ne mentent pas pour éviter d'être fessés ?

Frevisse se demanda tout à coup si Edmund et Jasper avaient déjà reçu une fessée, ce dont elle doutait fortement, même si elle répondit :

— De toute façon, ils n'échapperont pas à la punition pour être sortis du cloître. Et, non, je ne pense pas qu'ils aient menti. Un enfant qui fait semblant d'être effrayé ne se confond pas avec un enfant qui l'est vraiment.

L'ébauche de ce qui se voulait un sourire releva le coin de la bouche de maître Naylor.

— De fait, mon fils a essayé de me berner une fois ou deux. Bon, très bien, dit l'intendant en reprenant son air sévère. Je vais aller voir ce que je trouve autour de la rivière.

— Pourriez-vous aussi vous renseigner pour savoir si l'on aurait vu un inconnu hier dans les parages ? Ou si qui que ce soit manquait à son poste ?

— Depuis le début des foins, la plupart des hommes disponibles vont aux champs. Ils sauront dire s'il manquait quelqu'un, et la même chose vaut pour ceux qui restent ici à vaquer aux tâches habituelles. Cependant, presque tout le monde étant aux champs, il est facile d'entrer et de sortir du prieuré sans se faire remarquer, à condition de se tenir à distance des champs où l'on fane.

— Je sais. Mais posez tout de même la question, au cas où on aurait vu quelqu'un ou remarqué quelque chose.

— A vos ordres, madame. Mais vous feriez mieux d'avertir l'escorte des garçons de ce qui se passe.

— C'est justement ce que je m'apprête à faire, dit

Frevisse, bien qu'elle n'aimât guère l'idée d'aller parler de ça à Maryon.

Après s'être incliné, maître Naylor se redressa, puis la regarda fixement :

— Pourquoi voudrait-on tuer ces enfants ?

Prise de court par sa question directe, Frevisse mit trop de temps avant de répondre :

— Je ne sais pas.

— Mais vous avez quelques idées.

— En effet. Mais je ne peux pas vous en faire part, ajouta-t-elle, devançant la question suivante.

L'intendant la dévisagea un instant, mais elle soutint son regard. Résigné à ne pas en apprendre davantage, il hocha la tête, la mine impassible, et s'inclina encore une fois avant de s'éloigner.

Satisfaite de savoir qu'il ferait tout ce qu'elle lui avait demandé, et regrettant ce qu'elle-même avait à accomplir, Frevisse se dirigea vers l'hôtellerie.

Alors qu'elle expliquait une nouvelle fois ce qui s'était passé, Maryon se leva du bout du lit de sir Gawyn, allant et venant en se tordant les mains dans la chambre étroite.

— Ils sont indemnes, conclut Frevisse. Ils dorment dans leur lit à poings fermés, et Tibby et Jenet les surveillent toutes les deux.

— Jenet est une incapable ! s'agaça Maryon.

Frevisse en convint sans mot dire, se contentant de remarquer :

— Dorénavant, ils ne resteront plus sous sa seule garde.

— Il faut les faire venir ici, décréta sir Gawyn depuis son lit.

A son arrivée, Frevisse l'avait trouvé debout, appuyé au montant du lit, mais tenant seul sur ses jambes. Et bien qu'il se fût recouché, il allait visiblement mieux que la veille, et son teint encore pâle n'avait plus ce gris maladif. Il semblait aussi avoir recouvré des forces, mais Frevisse se demanda si cela ne tenait pas plus à sa volonté qu'à une santé un peu meilleure.

Toujours est-il qu'elle repoussa sa proposition.

— Non, je ne crois pas. Ils seraient beaucoup plus vulnérables ici que dans le cloître.

— Mais ils n'y restent pas ! souligna Maryon. Voilà deux fois qu'ils s'enfuient !

— Nous veillerons à mieux les surveiller à compter d'aujourd'hui.

— Pas aussi bien que nous le ferions, assura sir Gawyn en se redressant dans son lit, semblant se débrouiller avec toujours plus d'aisance à l'aide de son seul bras valide. Maîtresse Maryon et moi les connaissons, et ils sont habitués à nous. Ainsi qu'à Will et Colwin. Nous savons tous les quatre ce qui est en jeu. Personne ne les surveillera aussi bien pendant la brève période que nous devrons encore passer ici.

— Il s'écoulera un long moment avant que vous puissiez repartir, observa Frevisse.

— Pas si long que ça, contra le chevalier, ignorant le geste de protestation de Maryon. Maintenant que l'on nous a repérés, il nous faut partir au plus vite. Dès demain, si j'en étais capable.

— Mais vous ne l'êtes pas ! s'insurgea Maryon. Et, avec votre épaule, vous ne le serez pas de sitôt.

— Non, pas de sitôt, reconnut à regret sir Gawyn. Mais bientôt. D'ici deux ou trois jours.

Cette fois, Maryon se retint de protester. Son visage s'adoucit, prenant l'expression neutre du chat qui veut faire croire qu'il ne convoite nullement la crème, et elle dit d'un ton raisonnable :

— Quoi que nous décidions, ils dorment tranquillement dans leur lit, et nous n'allons pas les déranger. Rien ne saurait être fait avant demain, en tout état de cause.

— Non, pas avant demain, reconnut sir Gawyn d'un air sombre.

Will, qui était entré pendant qu'ils parlaient, était resté debout devant la porte. Tout à coup, très tranquillement, il dit :

— Vous ne pourrez pas monter en selle avant une semaine, messire. Pas sans risquer de rouvrir votre blessure.

— Nous risquerons bien davantage si nous ne partons pas ! rétorqua le chevalier.

Will faillit dire autre chose, mais Maryon s'interposa.

— Avez-vous trouvé quelqu'un pour raccommoder votre chemise ?

— Oui, une des servantes de l'hôtellerie va s'en charger, répondit l'écuyer, balayant rapidement la question.

Bien décidée à le détourner de l'épaule de son maître, Maryon coupa court à ce qu'aurait pu ajouter le jeune homme en demandant :

— Et avez-vous prévenu qui de droit que sir Gawyn pourrait faire un repas plus copieux ce soir que les jours précédents ?

— J'ai prévenu la cuisinière, oui.

— Et...

— Je me suis occupé de tout, résuma l'écuyer avec impatience. Messire...

Cette fois, ce fut sir Gawyn qui les fit taire avec un petit claquement de langue irrité.

— Il suffit, tous deux ! Cessez de vous inquiéter pour moi.

Puis, s'adressant à Will plus qu'à Maryon, il ajouta :

— Je ne suis pas votre os.

Aussitôt, l'écuyer arbora une expression de servile obéissance et s'inclina en silence, le regard fixé sur un point du mur au fond de la pièce. Sir Gawyn reporta son attention sur Frevisse.

— Laissons les choses ainsi pour aujourd'hui. Mais je pense qu'il faudra procéder demain à certains aménagements. Nous vous remercions pour tout ce que vous avez fait. Et nous saurons nous en souvenir.

Comprenant qu'il la congédiait, Frevisse fit la révérence.

— Que les enfants soient sains et saufs me suffit. Le reste n'est nullement nécessaire, répliqua-t-elle sur le même ton que lui.

Ce fut avec joie qu'elle le laissa entre les mains de Maryon et de Will. Elle prierait pour lui et lui souhaitait tout le bien possible. Pour lui-même, mais aussi parce que plus tôt il partirait, mieux ce serait. Les garçons s'en iraient avec lui, cessant de faire peser une menace directe sur Sainte-Frideswide, et elle n'aurait plus à s'en inquiéter.

Mais pour l'heure ils étaient là, et, en attendant, il fallait trouver le moyen de les garder en lieu sûr.

CHAPITRE XV

De retour dans le cloître, Frevisse entra dans la chapelle. Négliger ses devoirs de sacristine n'était pas inclus dans la liberté que lui avait donnée mère Claire de régler le problème des garçons. Gagnant la sacristie, elle sortit les chandeliers en argent, les troisièmes pour la beauté, et commença à les astiquer. Même sans se presser, elle devrait parvenir à s'occuper l'esprit jusqu'à l'heure des vêpres en se concentrant sur les tâches qui lui incombaient — une fois polie l'argenterie, il y avait toujours le linge d'autel à inspecter, au cas où il s'effilocherait ou serait déchiré. A moins que maître Naylor la fasse prévenir qu'il avait découvert un indice...

Spéculer sur cet indice éventuel n'offrait guère d'intérêt. Qui que soit celui qui avait poussé Edmund et Jasper dans l'eau, il s'était arrangé pour ne pas se faire voir, même s'il n'avait pas escompté les laisser en vie assez longtemps pour que cela eût de l'importance. De sorte qu'il avait dû se montrer assez prudent pour ne laisser aucune empreinte susceptible d'être relevée. Et si jamais l'agresseur avait commis l'extraordinaire imprudence de marcher dans la boue, des semelles souples ne laisseraient qu'une forme de pied indistincte permettant au mieux de déterminer sa taille — plutôt petite, grande ou moyenne.

Ce serait plus commode s'il avait déchiré ses vêtements et en avait laissé un morceau sur une branche. Rien n'interdisait de l'espérer. Et il restait encore une chance qu'on l'ait vu aller dans les bois ou en revenir. Mais étant donné le nombre de haies et de murs, et presque tout le monde étant aux foins, il faudrait vraiment avoir été maladroit ou malchanceux pour s'être fait remarquer.

A ceci près que, s'il s'agissait d'un étranger, il ne connaissait pas assez bien les environs pour se faufiler discrètement entre ces murs et ces taillis et avait plus de chances de se faire repérer, même s'il était déjà loin de la rivière et circulait sans plus prendre la peine de se cacher.

Mais pour quelle raison s'était-il retrouvé dans les bois aux abords de la rivière ? Certainement pas dans l'espoir précis d'avoir l'occasion de s'en prendre aux garçons. Qu'ils viennent en ce lieu par hasard aurait paru trop improbable. Mais, encore une fois, étaient-ils venus là par hasard ? Les enfants avaient-ils omis de lui signaler quelque chose ? Il se pouvait très bien qu'ils ne lui aient pas tout dit ; Frevisse ne leur en avait guère laissé l'occasion. Dès le soir, elle irait parler à lady Adela, et le lendemain aux garçons.

Cependant, cela ne résolvait pas le problème de savoir qui s'était tapi dans les bois pour les guetter. Ou sans vraiment les guetter ? Supposons que quelqu'un ait décidé de s'en prendre à la première personne qui passerait, et qu'Edmund et Jasper soient arrivés. Ce genre de folie n'était pas du tout impensable. Et pour affreuse qu'elle soit, cette hypothèse serait moins compliquée que bien d'autres déjà envisagées.

Frevisse désirait de toute son âme entendre qu'un

étranger avait été repéré aujourd'hui dans les environs. De préférence un vagabond pouilleux, enclin à commettre quelque cruel méfait.

Se rendant compte qu'elle frottait le même contour depuis un bon moment, elle tourna le chandelier pour s'attaquer à une nouvelle partie, mais s'aperçut qu'elle avait fini et le replaça dans sa niche. Après avoir replié son chiffon, elle décida d'aller s'asseoir dans sa stalle en attendant l'heure de vêpres. Mais à l'instant où elle sortait de la sacristie, sœur Juliana s'approcha en lui faisant signe qu'on la demandait à la porte du cloître. Frevisse la remercia en silence et s'en alla.

Dès qu'elle passa de la fraîcheur du cloître à la cour chauffée au soleil, maître Naylor se leva de la margelle du puits et descendit les marches à sa rencontre, le visage encore plus sombre que de coutume.

— Vous avez trouvé quelque chose?

— Plus que vous n'en demandiez... Un cadavre qui flottait à plat ventre au milieu de la rivière.

Frevisse laissa échapper un cri de surprise et dut reprendre sa respiration avant de demander :

— Qui?

— Le dénommé Colwin. Apparemment, il est mort de noyade.

— Colwin?

Le jeune homme si joyeux qui avait emmené les garçons la veille aux écuries?

— Dans la rivière? Noyé? répéta platement Frevisse.

— A moins qu'il soit allé se noyer ailleurs et soit venu ensuite jusque-là. Mais ce n'est pas la dernière crue qui l'a ramené, c'est sûr.

— La rivière n'est pourtant pas si profonde. Pas au point d'avoir de l'eau par-dessus la tête quand on se tient debout.

— C'est donc qu'il ne se tenait pas debout, rétorqua maître Naylor.

Frevisse s'assit sur une des marches du puits.

— Je ne m'attendais pas à cela...

— Je suppose que lui non plus, observa l'intendant avec aigreur.

Mais sa méchante humeur n'était qu'une façon de masquer son propre désarroi. Se reprenant, il dit de manière plus raisonnable :

— Mais peut-être allons-nous trop loin. Ses vêtements étaient pliés en tas sur la berge. Il est possible qu'il soit allé se baigner et que, saisi d'une crampe, il se soit noyé.

— Comment avait-il connaissance de ce bassin au milieu de la rivière ? s'enquit Frevisse, reprenant peu à peu ses esprits. Quelqu'un lui en avait-il parlé ? L'a-t-il trouvé tout seul ?

Tout de même, venir se noyer là, l'après-midi même où les garçons avaient failli mourir ainsi... Elle ne parvenait pas à trouver cela probable.

— L'homme qui l'a découvert dit qu'il ne sait pas comment il est arrivé là, répondit maître Naylor. Apparemment, c'était la première fois qu'il sortait se promener depuis son arrivée ici.

— Le père Henry a-t-il été prévenu ? Où se trouve le corps ?

— Le chapelain a été prévenu. Il est parti avec les hommes que j'ai chargés de ramener le noyé.

— Je voudrais le voir, décida Frevisse en se levant.

Maître Naylor hésita.

— Ce ne sera pas un très beau spectacle...

— Il n'est pas resté assez de temps dans l'eau au point d'être méconnaissable, rétorqua sans détour Frevisse. J'étais moi-même là-bas en début d'après-midi.

Dès lors convaincu qu'elle avait l'estomac bien accroché, l'intendant — qui aurait pourtant dû ne pas s'attendre à moins de la part de Frevisse — pinça ses lèvres aussi minces qu'un trait. Puis il tourna les talons et s'éloigna vers la porte de la cour adjacente. Comprenant qu'elle n'obtiendrait pas davantage d'approbation, Frevisse lui emboîta le pas.

Les quatre hommes chargés de ramener Colwin franchissaient la porte arrière du prieuré au moment où maître Naylor et Frevisse arrivèrent dans la cour. Ils portaient le corps sur un brancard, le père Henry marchant à côté d'eux, priant à haute voix en lisant son livre de prières. Le latin et lui n'étaient pas très bons amis, mais le chapelain compensait ses approximations par une intense ferveur, car une âme arrachée à un corps de manière brutale courait un plus grand péril que n'en réservait généralement l'heure de la mort. De sorte que de nombreuses prières, dites le plus rapidement possible, étaient indispensables pour sauver cette âme et l'aider, avec un peu de chance, à passer dans l'autre monde. Le père Henry ne s'arrêta pas, pas plus qu'il ne leva les yeux de sa tâche quand maître Naylor indiqua à ses hommes où transporter le corps. Ils le suivirent vers une remise ouverte d'un côté, où l'on suspendait les écheveaux de laine pour les mettre à sécher après les avoir teints. Personne ne travaillait là aujourd'hui, et pas le moindre brin de laine n'était accroché, mais il y avait une table grossière sur laquelle les hommes parurent soulagés de déposer leur fardeau ; Colwin n'avait rien d'un freluquet.

Frevisse se félicita que les foins aient éloigné presque tout le monde dans les champs. Elle-même et maître Naylor exceptés, n'étaient présents que les quatre employés. En dépit de leur curiosité, ils ne bronchèrent pas quand l'intendant leur ordonna de reculer. Quant au père Henry, toujours abîmé dans ses prières, il y resta plongé lorsque Frevisse s'approcha pour examiner le cadavre.

Les vêtements étaient pliés en tas à côté de Colwin

mais il avait gardé son caleçon, comme le faisaient souvent les hommes pour se baigner. Un long regard suffit à Frevisse pour constater que l'avant du corps ne portait pas de blessure.

— Retournez-le, s'il vous plaît, demanda-t-elle.

Les hommes jetèrent un bref coup d'œil à maître Naylor. Celui-ci agita la main, engageant l'un d'eux à obéir. L'employé s'exécuta de mauvais gré, tournant le corps flasque sur le flanc, puis sur le ventre. De l'eau s'échappa de la bouche de Colwin, et quand un bras glissa mollement au bord de la table, Frevisse le replaça le long du corps. La chair, bien que d'une froideur étrange, était encore souple au toucher; la mort remontait à peu de temps.

Dans le dos non plus, le corps ne comportait aucune blessure.

— Est-ce que beaucoup d'eau est sortie de sa bouche, quand vous l'avez ramené sur la rive?

— Oui, beaucoup, madame, répondit l'homme.

— Ce qui signifie qu'il était encore vivant au moment d'entrer dans l'eau, commenta maître Naylor.

— Assez en tout cas pour respirer encore, ajouta Frevisse.

Elle palpa la tête du cadavre pour s'assurer que le crâne était intact. Rien de suspect; aucun os ne bougea sous ses doigts. Et pourtant... Soudain, Frevisse hésita, repassa la main sur l'arrière du crâne, puis se tourna vers maître Naylor:

— Sentez-vous quelque chose, par ici?

L'intendant passa la main à son tour et la passa de nouveau.

— Une bosse, dit-il en écartant les cheveux bruns de Colwin. Une grosse bosse, et elle paraît récente, mais la peau n'est pas fendue. La tête n'a pas saigné.

— Assez grosse pour que le choc l'ait assommé en lui faisant perdre connaissance? s'enquit Frevisse.

— C'est possible, admit maître Naylor. Il a dû tomber.

Mais où, dans le bassin ou à proximité, pouvait-il avoir fait une chute suffisamment violente pour s'assommer ? Frevisse ne se souvenait pas d'avoir vu des rochers dans les parages. Une grosse branche d'arbre ? Mais pas placée en surplomb de la rivière, de sorte qu'il l'aurait heurtée un peu plus loin et serait ensuite tombé. D'ailleurs... Elle palpa de nouveau la bosse. Une bosse toute ronde, très localisée, et pas du tout oblongue comme elle l'aurait sans doute été si Colwin s'était cogné contre une branche ou sur un simple petit rocher arrondi.

— Quand l'a-t-on vu pour la dernière fois ? demanda-t-elle.

Les hommes se regardèrent. Celui qui avait roulé le corps suggéra :

— Au dîner, non ? Vers midi ?

Les autres acquiescèrent vaguement.

— Ensuite, il est parti. Quelqu'un sait où ? demanda l'homme.

Cette fois, les autres secouèrent la tête, avouant n'en rien savoir.

— Pourriez-vous poser la question alentour, au cas où quelqu'un l'aurait vu après ? demanda Frevisse à maître Naylor.

— Il n'y a pas grand monde. Tous les bras disponibles sont aux champs. Mais je poserai la question.

Frevisse acquiesça d'un signe de tête. La situation était la même dans l'hôtellerie et dans le cloître. Seuls les serviteurs absolument indispensables restaient là ; en cette période de l'année, l'urgence des foins passait avant à peu près tout le reste.

— Retournez-le dans l'autre sens, ordonna Frevisse.

L'homme s'exécuta, et elle se pencha au-dessus du

visage de Colwin. Quelqu'un lui avait fermé les yeux, mais sa mâchoire s'était relâchée au cours des diverses manipulations. Ses cheveux, qui avaient eu le temps de sécher en revenant de la rivière, reposaient plats et sans forme sur son crâne. Ce garçon, qui n'avait pas été particulièrement avenant de son vivant, l'était encore moins à présent ; mais il avait été en vie, et cette vie, quelqu'un la lui avait prise, sans lui laisser une chance de se confesser ni de recevoir l'absolution. Plus que de la vie, on l'avait privé de la garantie d'assurer son salut. Mais dans quel but ?

Frevisse examina le tas de vêtements d'où elle tira une ceinture sur laquelle la bourse et la dague étaient encore accrochées. L'arme n'était pas particulièrement de belle facture, mais assez pour tenter un voleur. Au fond de la bourse, elle trouva un penny en argent, un sou tordu et une paire de dés usés. A l'évidence, son argent n'avait pas suscité d'intérêt non plus.

Frevisse remit l'argent et les dés dans la bourse qu'elle ramassa ainsi que la ceinture et la dague.

— Je vais apporter ces affaires à son chevalier, dit-elle.

— Autre chose ? s'enquit maître Naylor.

— Non, ce sera tout.

L'intendant ordonna à ses hommes d'emporter le corps. Dès qu'ils s'éloignèrent, le père Henry les suivit en continuant à marmonner des prières, mais Frevisse demeura immobile. Elle avait encore une question à poser à l'intendant, mais ce fut lui qui prit le premier la parole.

— Ça ressemble à une noyade. Qu'en pensez-vous ?

— Il s'est certes noyé. Mais je pense qu'on l'a d'abord frappé sur la tête et qu'ensuite on l'a jeté dans l'eau où il s'est noyé.

— A moins qu'il ait déjà été en train de nager au moment où on l'a frappé.

— L'effet aura été le même, observa Frevisse. Etait-ce un homme solitaire ?

— Non. Il s'est mêlé à nos gens pour ainsi dire dès son arrivée et s'est montré un compagnon très agréable depuis lors. Et plutôt apprécié, autant que je sache. La seule raison pour laquelle il n'était pas aux foins avec les autres était qu'on l'avait prié de ne pas s'éloigner d'ici au cas où on aurait besoin de lui.

— Besoin de lui ? Et pour quoi ?

— Vous savez ce qui se passe ici mieux que moi. C'est à vous de me le dire.

— Apparemment, je n'en sais pas autant qu'il le faudrait, rétorqua Frevisse. Je ne sais même pas s'il a été tué par hasard ou pour un motif précis, par un étranger ou par quelqu'un qu'il connaissait. S'était-il disputé avec quelqu'un, depuis son arrivée chez nous ?

— D'après ce que je sais, il avait bon caractère, et il était facile de s'entendre avec lui. Enfin, non, ce n'est pas tout à fait exact. Ce matin, il a eu des mots vifs avec cet autre jeune homme arrivé avec lui. L'écuyer.

— Will ? L'écuyer de sir Gawyn ? Ils se disputaient ?

Cela simplifierait les choses... Même si elle n'avait jamais considéré Will comme un garçon déplaisant, du genre à se quereller et à suivre un homme dans l'intention de le tuer.

Mais maître Naylor fit signe que non.

— Il ne s'agissait pas vraiment d'une dispute, autant que je puisse en juger. Plutôt d'un désaccord. Will — c'est bien son nom ? — fronçait les sourcils et essayait de faire valoir une opinion face à laquelle Colwin se contentait de sourire en secouant la tête.

— Mais vous ne savez pas de quoi ils parlaient ?

— Ça ne me regardait pas. Et je ne l'ai pas demandé. Peut-être que quelqu'un d'autre le sait.

— Colwin s'intéressait-il aux femmes ?

— Pas que je sache.

— Pourriez-vous poser quelques questions à la ronde et me rapporter ce qu'on dit ? Et vérifier si quelqu'un sait de quoi ils parlaient tous les deux ce matin ?

— Comptez sur moi. Je vais charger un de mes hommes, dont je ne devrais pourtant pas me passer en cette période de l'année, d'aller quérir Montfort, et je leur dirai à tous de garder un œil sur les inconnus. Et j'espère que nous en resterons là. Dois-je m'occuper d'autre chose ?

— Non. J'irai moi-même informer sir Gawyn et maîtresse Maryon de ce qui s'est passé.

La cloche retentit derrière le mur.

— Après vêpres, ajouta Frevisse d'une voix basse et résignée.

— Je peux aller leur dire, si vous voulez. Autant les prévenir le plus tôt possible.

— Je vous en serais reconnaissante.

Et, brusquement, elle changea d'avis.

— Non, laissez... Je préfère m'en charger

De manière à observer leur réaction quand ils apprendraient la mort de Colwin.

— D'ailleurs, je ferais mieux d'y aller tout de suite.

CHAPITRE XVI

Quand Frevisse entra, sir Gawyn était à l'autre bout de la chambre, le bras appuyé sur Will, Maryon tout près de lui de l'autre côté au cas où il aurait eu besoin d'un soutien, mais il était capable de se tenir sur ses jambes et de marcher. Et même s'il avançait avec peine dans un état de faiblesse encore évident, il se déplaçait presque tout seul.

La fenêtre, maintenue fermée jusqu'à ce jour, était entrouverte, laissant pénétrer une délicieuse fraîcheur, tandis que le soleil de cette fin d'après-midi éclairait le haut du mur au-dessus du lit.

Ils levèrent les yeux vers Frevisse qui s'était arrêtée sur le seuil, leur joie de constater les progrès de sir Gawyn laissant place à la surprise. Maryon jeta un regard du côté où résonnait la cloche, comme si elle pouvait la voir, et commença à dire :

— Ne devriez-vous pas...

Soudain elle se figea, et toute trace de joie disparut de son visage.

— Les garçons... Que leur est-il arrivé ?

— Rien. Ils sont au lit où ils doivent encore dormir. Il s'agit de Colwin. Il est mort.

La réaction de Will l'intéressait tout particulièrement. Mais à l'annonce de la nouvelle, il pencha la tête, si bien que ses cheveux blonds tombèrent comme un rideau en dissimulant son visage. Il retira sa main droite à sir Gawyn et se signa. Maryon et Gawyn l'imitèrent, ce dernier demandant :

— Comment est-ce arrivé ?

— Il s'est noyé dans la rivière, non loin du prieuré. Au milieu des bois, l'eau est plus profonde et forme une sorte de bassin. C'est là qu'on l'a retrouvé.

— Noyé ? répéta sir Gawyn. Mais comment ? Pourquoi ne l'a-t-on pas secouru ?

— Il semble qu'il se baignait seul. Cela lui arrivait-il souvent ?

— Non, sûrement pas Colwin, répondit le chevalier. En toute chose, il adorait la compagnie.

Will confirma d'un hochement de tête.

— Peut-être ne se baignait-il pas, reprit Frevisse. Nous avons la preuve qu'il a été frappé derrière la tête. Mais peut-être était-il déjà inconscient au moment d'entrer dans l'eau.

Sir Gawyn eut un geste vague qui traduisait un chagrin plus fort que tout. Un geste qui exprimait la frustration et l'impuissance autant que la colère.

Ce fut cependant Maryon qui mit des mots sur la peur qui devait tous les envahir.

— Ils nous ont retrouvés et ils ne s'arrêteront pas tant qu'il restera un seul d'entre nous ! Ils continueront jusqu'à ce que plus personne ne se dresse entre eux et les enfants !

Will releva la tête, les joues en feu.

— Personne ne causera de mal aux enfants, déclara-t-il. Nous en avons fait le serment à leur mère.

Puis il se tourna vers sir Gawyn, et leurs regards se croisèrent, arborant la même détermination indéfectible.

— Il nous sera difficile de respecter nos serments quand nous serons morts ! s'exclama Maryon, mi-apeurée, mi-rageuse.

— Aussi nous faut-il demeurer en vie, répliqua sir Gawyn.

D'un seul coup, des gouttes de sueur s'ajoutèrent à sa pâleur.

— Il est temps que je retourne m'étendre, dit-il en s'appuyant sur le bras de son écuyer.

Maryon l'enlaça par la taille, prenant soin de ne pas lui toucher l'épaule, mais ce fut sur le robuste écuyer qu'il fit peser la majeure partie de son poids tandis que tous deux le ramenaient à son lit et l'aidaient à s'allonger. Will lui souleva les pieds, puis les ramena sur la couche. Sir Gawyn resta étendu, les paupières closes, respirant comme s'il venait d'effectuer un violent effort; mais dès que sa respiration retrouva un rythme régulier, il dit, sans ouvrir les yeux :

— Il faut amener les enfants ici. Où nous pourrons les garder.

— Ils sont mieux gardés dans le prieuré, contra Will. S'en prendre à eux là-bas est plus difficile.

Sir Gawyn claqua la langue, désapprobateur.

— De simples murs, des portes sans surveillance, aucun garde...

Maryon l'interrompit, intimant le silence aux deux hommes d'un bref regard.

— Nous en discuterons tout à l'heure. Mère Frevisse doit aller à vêpres.

Elle s'adressait à la religieuse autant qu'à eux, mais la cloche avait déjà cessé de sonner depuis un bon moment; se sachant d'ores et déjà en retard, Frevisse voulait les interroger aussitôt, sans leur laisser de temps pour réfléchir.

— Quand avez-vous vu Colwin pour la dernière fois?

Tous les trois se regardèrent, puis Maryon répondit :

— Cet après-midi. Après sexte? fit-elle en consultant sir Gawyn et Will du regard.

— Je crois, oui, confirma le chevalier, tandis que Will acquiesçait d'un signe de tête.

— Où cela ?

— Ici. Il est venu demander la permission de mettre les chevaux au pré pour l'après-midi. Il trouvait qu'ils dépérissaient à force de rester à l'écurie.

— J'aimerais bien les laisser sortir, dit sir Gawyn, les yeux de nouveau fermés. Mais nous devons absolument les avoir sous la main au cas où nous devrions... partir en hâte.

— Vous lui avez donc dit de ne pas le faire, reprit Frevisse, et c'est la dernière fois que vous l'avez vu ?

— Oui.

Bien que sa voix eût recouvré son calme, Maryon se tenait très raide, les mains croisées.

— Où est-il ? Qu'a-t-on fait de lui ?

— Maître Naylor a fait ramener son corps. J'ignore où il se trouve à présent, et ce qu'il faut décider.

Will se redressa et s'écarta du montant du lit contre lequel il s'était affaissé.

— Je vais aller m'en occuper. Il vaut mieux que... ce soit l'un de nous... qui s'en charge.

Sir Gawyn leva la main, l'autorisant à se retirer, et le jeune homme sortit de la chambre.

— Etes-vous restée ici tout l'après-midi ? demanda Frevisse à Maryon.

— En grande partie. Je suis juste allée m'allonger un moment. Vers none, je crois.

— Et Will ? Est-il demeuré sans cesse ici ?

— Il a vaqué ici et là, comme toujours, répondit Maryon d'un ton plus vif. Pourquoi cette question ?

— L'enquêteur va de nouveau être convoqué. Mieux vaut nous préparer aux questions qu'il posera et aux réponses que nous lui ferons.

— Seigneur Dieu ! s'exclama sir Gawyn depuis son lit.

201

Son bras valide reposait en travers de ses yeux, tout son corps s'était recroquevillé, mais son ton était ferme.

— Nous devons absolument partir d'ici avant qu'il n'arrive.

— Gawyn, comment le pourriez-vous ? protesta Maryon.

— Il le faut. Nous ne pouvons pas compter avoir autant de chance que la dernière fois. C'est un imbécile, mais même les imbéciles finissent par y voir clair. Je peux monter à cheval s'il le faut. Demain, je monterai.

Avec une petite révérence que personne ne remarqua, Frevisse les laissa discuter entre eux, prenant note en elle-même de transmettre à mère Claire les intentions de son protégé. Elle aurait certainement un mot à lui dire là-dessus. Quant à savoir si elle serait entendue, c'était une autre affaire.

Comme partout ailleurs, la plupart des domestiques de l'hôtellerie étaient partis faire les foins, mais Ela arriva en boitillant et s'adressa à Frevisse au moment où elle se dirigeait vers la sortie.

— Il est là-bas, dit-elle en montrant la porte. J'ai pensé qu'il fallait que je vous prévienne.

— Me prévenir ? Mais... qui est là-bas ?

— Will. L'écuyer. Il allait je ne sais où, je l'ai croisé en arrivant, et quand je me suis retournée parce que j'entendais un bruit bizarre, il était là, assis sur les marches, la tête dans les mains, en train de sangloter. Et je crois bien qu'il pleure toujours. Alors je me suis dit que j'allais vous prévenir. Qu'est-ce qui le chagrine ainsi ?

— Un autre des hommes avec lesquels il voyageait est mort. Noyé. Celui qui s'appelait Colwin.

Ela fit claquer sa langue, à la fois sous le choc et par compassion.

— Le pauvre homme. Le pauvre... C'était un gars bien, lui aussi. Jamais d'embrouilles avec personne. Et voilà qu'il s'est noyé ! Si ce n'est pas pitoyable...

— L'avez-vous vu ici, aujourd'hui ?

— Oui, vers sexte, je me rappelle l'avoir vu.

— Et maîtresse Maryon et Will, ont-ils bougé d'ici pendant l'après-midi ?

— Will est sorti. Je l'ai aperçu au moins une fois ou deux. La dame, elle, je ne l'ai pas vue du tout. Mais comme je n'ai pas été là tout le temps, je ne peux pas dire avec certitude ce qu'ils ont fait, sauf pour le chevalier. Lui, il n'a pas quitté la chambre. Le malheureux n'a pas assez de force pour aller où que ce soit...

— Merci, dit Frevisse avant de s'éloigner.

Ainsi qu'Ela l'avait dit, Will était assis sur les marches au milieu de l'escalier, les coudes sur les genoux et la tête dans les mains. Et à voir le tremblement qui secouait ses épaules, il était bien en train de pleurer.

Doucement, mais sans chercher à dissimuler son approche, Frevisse descendit l'escalier et s'arrêta quelques marches au-dessous du jeune homme.

— Will, lui dit-elle, surprise par la douceur de sa propre voix.

Il redressa la tête. Ses joues étaient trempées, ses yeux remplis de larmes, et il n'essaya pas de s'en cacher ; le plus fort des hommes pouvait avoir des raisons de pleurer, il n'y avait à cela aucune honte.

— Madame, commença-t-il à dire en se levant, mais Frevisse lui fit signe de rester assis.

— Je ne savais pas que Colwin et vous étiez des amis si proches.

— Nous ne l'étions pas vraiment. Ce qui nous liait n'était pas précisément de l'amitié. Mais il était si...

Ne trouvant pas les mots pour exprimer sa pensée, Will haussa ses larges épaules.

— Mais vous étiez habitué à lui et il vous était familier, suggéra Frevisse avec bienveillance.

— C'est cela. On finit par s'habituer aux gens, et puis il n'avait rien d'un homme méchant. On pouvait compter sur lui. C'était un joyeux drille. Et puis...

Will ravala la douleur qui lui contractait le visage.

— ... il avait tant d'espoirs. Il avait envie de faire tellement de choses... Qu'il soit mort n'est pas juste.

Dans son for intérieur, Frevisse reconnaissait volontiers et amèrement que ce n'était pas juste, que maintes choses allaient mal et que la mort de Colwin n'était que l'une d'entre elles.

— Tout est survenu trop vite, se désola Will en s'essuyant la joue avec la manche de sa chemise. Hery et les autres... et maintenant, Colwin. Et puisque sir Gawyn est blessé, il ne reste plus que moi !

— Qu'est-il arrivé à votre autre chemise ? demanda soudain Frevisse.

Will regarda sa manche comme s'il était étonné de la voir sur son bras.

— Quoi ? Oh, mon autre chemise... Je l'ai déchirée cet après-midi en entraînant les chevaux. Une des servantes de l'hôtellerie m'a proposé de la repriser. Je ne suis pas très doué, et je doute que maîtresse Maryon le fasse à ma place.

Suivant une intuition qu'elle avait eue précédemment, et se fiant à une légère intonation perçue dans la voix du jeune homme, Frevisse observa :

— Elle le ferait volontiers si c'était pour sir Gawyn.

— Oh, oui, et même sans tarder ! Elle a jeté son dévolu sur lui et compte bien se l'approprier !

— Et cette idée ne vous fait pas plaisir.

— Quand elle parle, c'est comme si du beurre et de la crème coulaient de sa bouche, confia Will, encouragé par la sympathie que lui témoignait Frevisse. Et il faut avouer qu'elle est charmante à regarder, même si elle n'est plus dans sa prime jeunesse. Mais elle a l'esprit plus cinglant qu'un fouet, et quand elle n'est pas contente, sa langue ne manque jamais de vous le faire savoir!

— Vous ne l'aimez guère.

— Peu importe que je l'aime ou pas. Elle accomplit ses devoirs aussi bien, voire mieux, que quiconque. Je lui reconnais cette qualité très volontiers. Mais elle s'est jetée sur sir Gawyn, et elle n'est pas celle qu'il lui faut.

— Pourquoi pas? Ils ont l'air très épris l'un de l'autre.

— Cela n'a jamais rempli la panse. Il a besoin de se lier à une fortune, surtout maintenant qu'il...

Will n'osa pas formuler jusqu'au bout sa pensée.

— Elle aussi, d'ailleurs, puisqu'elle ne possède pas de fortune personnelle. Aussi je ne comprends pas à quoi elle joue avec lui.

— Sans doute sont-ils amoureux.

— Mais c'est un jeu de dupes. Quand on n'a pas les moyens de se vêtir, l'amour ne sert à rien. Et si les choses ont tourné aussi mal qu'on le raconte avec Sa Majesté...

Réalisant tout à coup qu'il ferait mieux de tenir sa langue, Will se tut, puis jeta un coup d'œil alentour pour s'assurer que personne ne l'avait entendu et posa un regard franc sur Frevisse.

— Mais vous êtes au courant. Maîtresse Maryon nous l'a dit.

— C'est exact, confirma Frevisse, l'encourageant à continuer. Si les choses ont aussi mal tourné avec Sa Majesté...

— Eh bien, ni l'un ni l'autre n'auront plus aucun moyen de subsister, et ils devraient plutôt réfléchir à leur avenir.

— Mais seulement après avoir pris le risque d'emmener Edmund et Jasper jusqu'au pays de Galles. Pourquoi restez-vous avec eux, si tout va si mal ? Ne devriez-vous pas vous-même chercher un autre gagne-pain ?

— Etre l'écuyer de sir Gawyn me ravit. Je n'ai jamais désiré servir un autre chevalier, et j'ai passé avec lui la majeure partie de ma vie. Quoi qu'il advienne, ce n'est pas à moi de le quitter. D'autant que je suis aussi au service de la reine, ajouta-t-il soudain avec davantage de chaleur. Il n'existe pas de plus grande dame. Et elle adore ses garçons. Je l'ai vue avec eux. Si la seule chose qui me reste à faire pour plaire à ma dame est de les mettre à l'abri, je le ferai. Pour ma dame.

Ses paroles, et la ferveur avec laquelle il les avait prononcées, révélaient que ses ennuis avaient aussi quelque chose de joyeux, car ils résultaient du plus chevaleresque des amours — un amour voué à une grande dame qui resterait à jamais inaccessible, mais qu'il considérait comme l'incarnation même de tout ce qu'il y avait de désirable et d'admirable chez une femme. Pendant un instant, cette pensée fit rayonner le visage du jeune homme.

Quel âge avait-il ? se demanda Frevisse. Probablement la trentaine, comme elle. Mais l'enthousiasme qui l'habitait le faisait paraître beaucoup plus jeune, en sorte qu'il ressemblait davantage à ce qu'il avait dû être à l'orée de sa vie lorsqu'elle renfermait plus d'espoir qu'aujourd'hui.

Mais Frevisse était là pour tout autre chose...

— Qu'avez-vous fait, cet après-midi ?

La joie s'évanouit pour aller se perdre derrière les impératifs du moment présent. Comme si c'était un fardeau trop lourd à porter, Will dit :

— J'ai vaqué ici et là. Dedans ou dehors, selon les besoins. Mais je suis surtout resté dedans.

— Sauf au moment où vous êtes allé promener les chevaux.

— Oui, sauf à ce moment-là, dit-il en se levant. Bien, il est temps que j'aille auprès de Colwin.

Frevisse ne s'écarta pas pour le laisser passer.

— Vous avez eu une longue conversation avec lui, ce matin. De quoi parliez-vous ?

Will laissa tomber son regard sur ses pieds et attendit quelques secondes avant de répondre derrière sa frange.

— Des chevaux, probablement. Ils donnaient l'impression de ne pas être montés assez souvent. Colwin prétendait qu'ils étaient en bonne forme. Et moi je disais le contraire. C'est tout, conclut le jeune homme avec un haussement d'épaules.

— Il ne vous a pas paru inquiet ou effrayé à l'idée de quelque chose ? Ou de quelqu'un ?

— Pas plus que nous tous, sans doute même moins. Du moment que sa carcasse était entière et son ventre plein, Colwin se satisfaisait de tout ce qui lui arrivait.

D'un seul coup, cette dernière phrase fit prendre conscience à Frevisse que la seule chose arrivée en réalité à Colwin était la mort. La religieuse et Will se regardèrent un long instant, impassibles, le visage assombri par cette pensée. Puis elle fit un pas de côté pour le laisser passer, et il s'inclina avant de s'éloigner.

CHAPITRE XVII

Quand Frevisse revint dans le cloître, les vêpres étaient terminées et les moniales sortaient de la chapelle. En la voyant, toutes se figèrent en même temps dans une attitude de réprobation. Face à ces regards qui l'accusaient en silence, et sachant fort bien que la faute qu'elle venait de commettre en manquant l'office était d'autant plus grave qu'elle avait désobéi sciemment aux recommandations de mère Claire, Frevisse s'arrêta devant cette dernière et se mit à genoux.

— Je suis en faute et je le sais, avoua-t-elle, la tête baissée et les mains croisées. Je le confesse et vous demande à toutes pardon.

Ses paroles résonnèrent dans un puits de silence où elles demeurèrent un instant, jusqu'à ce que mère Claire dise :

— Votre faute est reconnue, et votre confession acceptée. Allez immédiatement à la chapelle où vous resterez agenouillée jusqu'à complies, sans participer au souper ni à la récréation. Nous réglerons cette affaire demain au chapitre.

Frevisse s'inclina plus bas.

— Merci, ma mère.

Puis, alors que le plus court chemin pour se rendre au réfectoire nécessitait de gagner le bout de la galerie, mère Claire laissa passer les nonnes, qui la frôlèrent dans un bruissement de jupes noires et un silence accusateur. Dans l'état de disgrâce où se trouvait Frevisse, toute religieuse pouvait s'attendre à recevoir des coups de pied de ses sœurs au passage. Mais il y avait de fortes chances que celle qui céderait à son premier élan se retrouve très bientôt dans une situation similaire et que l'on se souvienne du coup de pied le moment venu, de sorte que seule sœur Thomasine, qui voyait là une obligation et nullement un plaisir, lui donna un très léger coup dans la cheville.

Sachant que les autres apprécieraient le spectacle de son humilité, Frevisse resta immobile tant qu'elle ne fut pas certaine que toutes les nonnes avaient bien gagné le réfectoire. Ce n'est qu'ensuite qu'elle se releva, tant bien que mal — elle s'était agenouillée sur les dalles de pierre sans y prendre garde —, pour s'engager dans la galerie du cloître. Pas la moindre nourriture jusqu'au petit déjeuner du lendemain. Son estomac commençait déjà à la rabrouer, et avec moins de délicatesse que mère Claire ne l'avait fait.

Mais elle n'y pouvait rien. Elle n'avait pas le droit d'atténuer sa pénitence et son sentiment d'humilité en s'autorisant du ressentiment ou du regret. Et puis, ce ne serait pas la première fois qu'elle jeûnerait; et il suffisait que l'esprit l'accepte pour que le corps fasse de même.

Ce fut néanmoins en soupirant que Frevisse entra dans la chapelle, dépassa les stalles du chœur et s'avança jusqu'à l'autel devant lequel elle s'agenouilla à même le sol. Le dos tenu très droit, elle inclina la tête. Deux ans auparavant, elle avait passé tous ses moments de liberté à venir prier en ce lieu, dans l'espoir que lui soit accordée la paix, ainsi qu'à une tierce personne à laquelle elle se sentait liée, suite à un mensonge qu'elle avait dû faire et qui continuerait à la hanter jusque sur son lit de mort. La paix que procuraient l'acceptation et le pardon était finalement venue, tout au moins pour elle; et à présent, alors qu'elle en éprouvait de nouveau, quoique dans une moindre mesure, la nécessité, les prières lui revinrent avec une familiarité qui la réconforta.

Miserere mei, Deus, secundum misericordiam tuam; secundum multitudinem miserationum tuarum dele iniquitatem meam. Penitus lava me a culpa mea, et a peccato meo munda me. Nam iniquitatem meam ego agnosco, et peccatum meum coram me est semper.

Pitié pour moi, mon Dieu, dans ton amour; selon ta grande miséricorde, efface mon péché. Lave-moi tout entière de ma faute, purifie-moi de mon offense. Car je reconnais ma faute, et mon péché est toujours devant moi.

Le psaume était extrait de l'office des défunts. Cette prière, vers laquelle Frevisse s'était tournée voilà quelque temps avec le sentiment d'avoir la mort dans l'âme, l'avait aidée à revenir à la vie. Maintenant, elle la disait moins pour elle-même que pour l'homme qui venait de mourir, et dont la mort lui pesait tel un nouveau fardeau — cette fois, par contre, sans que ce fût du tout de sa faute.

Comment Colwin avait-il été tué?

Et d'ailleurs, comment s'était-il retrouvé au bord de la rivière? Par hasard, alors qu'il se promenait pour le seul plaisir de marcher? Ou dans un but précis — pour aller à la rencontre de quelqu'un? Et au lieu de quoi, il avait croisé celui qui avait tenté de tuer les garçons, lequel l'avait tué à leur place de façon qu'ils aient un protecteur de moins la prochaine fois qu'il s'en prendrait à leur vie?

Si elle-même avait été épargnée quand elle était venue à la rescousse des garçons, c'était sans doute parce que tuer une religieuse était un acte que tout le monde, ou presque, répugnait à commettre. Mais Colwin était une proie facile.

Toutefois, pour quelle raison s'était-il trouvé là ? Voulait-il surveiller les garçons ? Non, s'il était venu pour cela, il leur aurait porté secours.

Et si c'était lui qui les avait poussés dans l'eau ?

Frevisse s'attarda un instant sur cette effroyable hypothèse. Mais s'il avait fait ça, qui l'avait tué, lui ? S'il avait poussé les garçons et que quelqu'un l'avait tué, cela revenait à supposer que deux meurtriers étaient alors en train de rôder près de la rivière, en poursuivant chacun un objectif distinct. Cette hypothèse lui semblait très improbable.

A côté de quoi était-elle passée dans cette histoire ? Qu'ignorait-elle encore sur Colwin ? Et sur les autres ?

Ou bien son imagination lui faisait-elle pressentir plus de choses qu'il n'y en avait en réalité ? La mort de Colwin n'était peut-être qu'un accident. Peut-être était-ce par hasard qu'il était venu là juste après les garçons, et il avait eu envie de se baigner, mais il avait fait une chute malencontreuse, avait perdu connaissance et s'était noyé.

Pourtant, Frevisse ne parvenait pas à le croire. Quelqu'un avait tenté de noyer les garçons. Quelqu'un qui avait réussi à noyer Colwin.

Où Will était-il allé faire courir les chevaux cet après-midi-là ? Maître Naylor le saurait ou serait en mesure de l'apprendre. Et elle voulait jeter un coup d'œil à cette chemise déchirée. Comment était-ce arrivé ? Etait-elle aussi mouillée ? Elle ne devait plus l'être à présent. Par cette chaleur, elle aurait séché depuis déjà longtemps, et Will aurait d'ailleurs très bien pu la faire sécher avant de la donner à repriser. Il faudrait vérifier ça également.

Mais ce n'était pas de cela qu'elle était censée s'occuper pour l'instant. Elle était censée demander à

Dieu d'avoir pitié de sa désobéissance, et si elle ne pouvait pas prier pour elle-même, elle pouvait tout au moins le faire pour Colwin. *A porta inferi erue, Domine, animam eius.* Des portes de l'enfer, Seigneur, délivre son âme.

Mais elle devrait aussi prier pour mère Edith, afin que son passage dans l'au-delà se fasse aussi paisiblement que s'était déroulée sa vie. Car, bien qu'elle fût certainement à l'abri de l'enfer, elle ne resterait plus attachée à ce monde très longtemps. Mais qui pouvait dire quelles prières étaient les plus indispensables ? Tout le monde avait besoin de la miséricorde divine. Ramenée à son devoir par ses pensées, Frevisse se mit à prier pour eux, mais aussi pour elle-même et pour se corriger de cette fierté qui la corrompait. Dès lors, elle se recueillit plus profondément dans la prière, jusqu'à ce qu'elle se sente libérée et perde peu à peu toute notion du temps.

La cloche de complies la ramena à la réalité. Quelque peu étourdie par la ferveur dans laquelle elle s'était plongée, elle se ressaisit et se leva avec difficulté. Ses genoux douloureux se dégourdirent lorsqu'elle sortit rejoindre les autres dans la salle capitulaire pour complies, l'office qui marquait la fin d'une paisible journée.

Nunc dimittis servum tuum, Domine, secundum verbum tuum in pace... Et maintenant, Seigneur, tu laisses ta servante s'en aller en paix, selon ta parole...

L'antienne déroulait sa plénitude familière dans la douceur de l'air du soir, qui embaumait le foin séché, le soleil et les fleurs du jardin. Une mouche entra dans la salle en bourdonnant puis ressortit. Elle allait et venait, pareille aux ennuis, songea Frevisse. Le flot des prières se poursuivit comme à l'accoutumée, offrant réconfort et assurance face au lot de misères et de dérangements qu'apportait chaque jour.

Divinum auxilium maneat semper nobiscum. Que l'aide du Seigneur soit toujours avec nous.

Amen, amen et encore amen, pensa Frevisse.

Mais ce soir-là, au lieu d'observer un moment de silence avant de les envoyer se coucher, mère Claire s'adressa aux religieuses :

— Nous devrions prier tout spécialement pour mère Edith. Celles d'entre vous qui voudront passer la nuit ou une partie de la nuit à prier dans la chapelle sont libres de le faire.

Un sanglot incontrôlé échappa à sœur Amicia. Mère Perpetua, qui avait elle aussi des larmes dans la voix, les réprima et demanda :

— Pouvons-nous aller prier à son chevet ?

— Elle a demandé que nous ne le fassions pas. Et que seules sœur Lucy et sœur Thomasine veillent sur elle.

Arrachée à ses propres soucis, Frevisse remarqua pour la première fois que sœur Thomasine n'était pas là, mais que sœur Lucy était en revanche présente, les traits pâles et tirés. La seule touche de couleur sur son visage était le halo rose vif qui entourait ses yeux à force de pleurer.

— Pourquoi elles uniquement ? s'enquit mère Alys.

— Parce que, de nous toutes, sœur Lucy est celle qui connaît la prieuré depuis le plus longtemps, et parce que sœur Thomasine est infirmière.

— Et si nous tenons à y aller tout de même ? insista mère Alys.

— Ce à quoi nous tenons est sans importance. Pour l'heure, et pour quelque temps encore, seule la parole de mère Edith doit compter.

— Mais si elle dit qui doit lui succéder...

Mère Claire l'interrompit sans ménagement.

— Si elle dit quoi que ce soit qu'il nous faudrait entendre, sœur Lucy et sœur Thomasine nous en informeront.

Mère Alys décocha un regard noir à sœur Lucy et pinça les lèvres en ravalant ce qu'elle s'apprêtait à dire.

Dans le triste silence qui s'ensuivit, sœur Emma continua à hoqueter et à renifler, puis demanda, des trémolos dans la voix :

— D'ici combien de temps croyez-vous que...?

Elle ne put en dire davantage.

— Peut-être au matin, peut-être une journée encore. Guère plus, répondit mère Claire. Que Dieu nous bénisse, maintenant et à jamais. Allez en paix, conclut-elle, congédiant les nonnes pour qu'elles rejoignent, qui son lit, qui la chapelle, ou, dans le cas de sœur Lucy, la chambre de mère Edith.

D'un petit signe de la main, elle ordonna cependant à Frevisse de rester et attendit d'être seule avec elle pour lui parler.

— Du pain a été gardé pour vous au réfectoire. Vous feriez bien ensuite d'aller vous coucher.

— Je pensais me rendre à la chapelle.

— Je sais, mais vous n'avez pas eu une journée facile. Vous êtes fatiguée, et cela se voit. Mangez et gardez le lit jusqu'à matines. Des prières seront dites en suffisance, tandis que la volonté de la chair d'en endurer davantage diminuera au fil des heures. Vous serez beaucoup plus indispensable entre matines et l'aube. Allez manger. Vous prendrez votre tour un peu plus tard.

Docile, Frevisse fit la révérence, sans demander à mère Claire ce qu'elle-même comptait faire cette nuit. Sa volonté de prier ne diminuerait certainement pas au fil des heures. Mais Frevisse ne put s'empêcher de demander :

— Mère Edith a-t-elle... Est-elle encore consciente ?

Mère Claire secoua négativement la tête.

— Juste avant complies, elle a sombré dans un sommeil dont je ne crois pas qu'elle se réveillera.

Au réfectoire, Frevisse trouva le pain, ainsi qu'un morceau de fromage et une tasse d'eau, au bout d'une des longues tables. Etre assise dans la salle nue et manger ainsi toute seule lui fit un effet bizarre. Elle récita les grâces et mangea parce qu'on le lui avait ordonné, mais sans appétit. Quoi qu'il ait pu se passer pendant toutes ces années à Sainte-Frideswide, la présence de mère Edith avait toujours été une certitude. Bientôt, cette certitude n'existerait plus. Même avec mère Claire comme prieure — car l'élection ne manquerait pas d'entériner le souhait exprimé ouvertement par mère Edith —, les choses seraient différentes, or cette continuité avait été source de consolation pendant de longues années.

Le chagrin qu'entraînait la perte d'un proche et le malaise devant l'inconnu qui l'accompagnerait inévitablement empêchèrent Frevisse de penser à autre chose jusqu'à ce qu'elle ait regagné le dortoir. Une fois dans sa cellule, elle enleva son voile et sa guimpe, se lava le visage et les mains, puis se glissa dans son lit avec un soupir de gratitude, ressentant un soulagement qu'elle n'avait pas imaginé son corps désirer à ce point.

Les dernières lueurs s'attardaient derrière les fenêtres dépourvues de volets, et un brouhaha lointain de voix joyeuses lui apprit que les faucheurs rentraient seulement des champs. « Faites les foins tant que le soleil brille ! » comme sœur Emma aimait un peu trop à dire. Mais le dortoir s'assombrissait d'une douce pénombre bleutée, et autant qu'elle le sache, Frevisse était seule ici, comme elle l'avait été au réfectoire. Les autres étaient à la chapelle, en train de prier pour mère Edith, et elle se retrouvait une fois de plus à l'écart de la routine que suivaient les autres. Et la routine faisait tellement partie de la vie d'un couvent... Un rythme monotone qui se répétait jour après jour et libérait l'esprit, lui permettant de se concentrer sur la prière.

Non que la prière fût au centre de la vie de certaines, toutes religieuses qu'elles fussent. Par exemple, Frevisse soupçonnait mère Alys d'expédier rapidement ses prières en dehors des heures imposées. Tout comme la pauvre sœur Amicia qui n'avait pas la moindre idée de ce à quoi servaient les offices et qui eût été plus heureuse comme commère de marché qu'à vivre cloîtrée. Et sœur Emma...

Frevisse n'alla pas jusqu'au bout de sa pensée. Il ne lui appartenait pas de juger les sœurs, et le faire aussi peu charitablement ne pouvait que tout empirer. Et d'ailleurs, elle tombait de sommeil. Sentant que son esprit dérivait doucement, elle se laissa aller, et son ultime pensée consista à se demander qui se trouvait à la porcherie au moment où les garçons étaient tombés.

CHAPITRE XVIII

Les rayons dorés de l'aube pénétrèrent par la fenêtre est de la chapelle, illuminant d'abord les poutres du toit avant d'irradier toute l'église de leur lumière. Assise dans sa stalle, lasse et encore imprégnée des prières dans lesquelles elle s'était absorbée depuis matines, Frevisse songea que l'âme de mère Edith aurait dû les quitter à cet instant même et monter au ciel dans la lumière dorée, au son des joyeuses prières de prime destinées à saluer le jour.

Mais quand les nonnes sortirent de la chapelle, ce fut Ela qu'elles virent venir vers elles, traînant la jambe et préoccupée par tout autre chose que par la prieure. Devant le regard interrogateur de mère Claire, elle tendit la main vers Frevisse.

— Maître Naylor voudrait qu'elle vienne au plus vite, expliqua Ela. Tout de suite, si c'est possible.

La cellérière se tourna vers Frevisse pour lui demander d'un signe si elle souhaitait d'abord manger. Sa propre inquiétude croissant avec l'agitation de la servante, Frevisse fit non la tête et, d'un geste, mère Claire lui accorda la permission de se retirer.

Sans plus attendre, Ela repartit en clopinant le plus vite possible, impatiente de regagner un endroit où elle serait libre de parler. Dans la cour, encore plongée dans une fraîche pénombre, même les colombes n'étaient pas encore arrivées, mais des gens qui n'avaient rien à faire là allaient et venaient en courant. A peine Frevisse eut-elle refermé la porte du cloître derrière elle, Ela se hâta de dire :

— C'est ce garçon, Will, madame. L'écuyer de sir Gawyn. Il a été poignardé à mort, d'après ce qu'on dit.

Dans la tête de Frevisse, rien ne sembla bouger. Elle ne parvenait à le voir que comme elle l'avait vu la veille, assis sur le perron de l'hôtellerie à pleurer la mort de Colwin. Il eût aussi bien pu pleurer sur sa propre mort.

— Mort ? s'entendit-elle répéter bêtement. Assassiné ?

— Et maître Naylor veut vous voir au plus vite. Par ici, s'il vous plaît !

Frevisse rassembla ses esprits et s'éloigna si rapidement qu'Ela resta en arrière.

— Poussez-vous ! ordonna-t-elle aux hommes qui bloquaient l'escalier.

Ils s'écartèrent et crièrent aux autres de reculer pour la laisser passer. Une servante se tenait au milieu du vestibule, froissant son tablier à deux mains tout en répondant aux questions dont on la bombardait.

— Je n'en sais rien... Ils ont seulement dit qu'il était mort. Il a été poignardé. Mais je ne sais pas par qui...

Elle s'interrompit le temps de saluer Frevisse d'une révérence.

— Où est-il ? lui demanda celle-ci.

La femme dégagea les mains de son tablier pour tendre le doigt.

— Dans le passage du fond, juste à côté des lieux d'aisances.

Frevisse la laissa là, toute bouleversée, abandonnant le reste de la foule à sa curiosité malsaine. Le passage du fond menait aux lieux d'aisances, derrière les chambres les plus petites dont faisaient partie celles attribuées à sir Gawyn et Maryon. L'un des robustes employés de maître Naylor empêchait quiconque d'approcher, mais il s'écarta promptement en s'inclinant pour la laisser passer.

Derrière lui, à trois mètres environ, le passage formait un brusque coude vers la droite. Arrivée à l'angle, Frevisse aperçut maître Naylor, les bras croisés, en train de fixer quelque chose par terre un peu plus loin. En l'entendant arriver, il s'écarta sans un mot pour qu'elle puisse voir à son tour.

Quelques mètres plus loin, le passage débouchait sur la porte des lieux d'aisances. Là, dans l'étroit couloir, recroquevillé comme s'il s'était laissé glisser sur le sol, Will gisait dans la posture grotesque de la mort. Appuyée contre le mur, sa tête blonde reposait mollement sur son épaule, un de ses bras replié sur ses genoux, l'autre pendant sur le côté. Frevisse ne put voir son visage et s'en trouva soulagée.

— Oh, Dieu du ciel! fit-elle en se signant. Que le Seigneur ait pitié de son âme! Et moi qui pensais qu'il pouvait être notre meurtrier!

— Ah oui? s'étonna maître Naylor en se détournant du cadavre pour la regarder. Vous avez pensé ça?

— Je l'ai envisagé comme une possibilité. Je comptais lui poser plusieurs questions aujourd'hui.

Pendant quelques instants, ils contemplèrent le corps en silence.

— Qui l'a découvert? demanda finalement Frevisse.

— Un des domestiques, juste avant l'aube, au moment où tout le monde commençait à s'agiter. Le premier à être sorti assouvir un besoin naturel.

— Et personne n'est passé ici pendant la nuit?

— Non, d'après ce qu'on m'a dit, mais dans le cas contraire, quelqu'un m'aurait déjà prévenu.

— Par conséquent, il a très bien pu rester toute la nuit ici, dit Frevisse. Il donne l'impression de ne pas s'être couché, mais peut-être s'apprêtait-il à le faire.

Will était entièrement habillé, à ceci près qu'il n'avait pas ses bottes et que seules ses chausses couvraient ses pieds. Frevisse se pencha pour prendre sa main et la souleva délicatement.

— Il est mort depuis assez de temps pour s'être refroidi et il commence à se raidir.

Elle s'agenouilla et s'obligea à regarder le visage du jeune homme. Il ne trahissait rien, vide de toute expression. Le Will qu'elle avait connu avait complètement disparu. Frevisse porta son attention sur la dague plantée entre les omoplates.

— La lame est enfoncée jusqu'à la garde.

— Regardez ici, fit maître Naylor en lui montrant le mur en plâtre au-dessus du corps.

A hauteur de poitrine, une longue trace descendait en formant un arc qui disparaissait derrière le dos de Will.

— La lame l'a traversé de part en part avant de ressortir de l'autre côté, commenta l'intendant. On voit la marque de la pointe.

— Et on l'a tué avec sa propre dague, supposa Frevisse en montrant le fourreau vide à la ceinture de l'écuyer.

— Il s'agit donc de quelqu'un qu'il connaissait.

— Et en qui il avait suffisamment confiance pour qu'il ait pu sortir sa dague et le frapper avant même qu'il ait eu le temps de crier ou de se défendre, poursuivit-elle. S'il y avait eu la moindre lutte ou du bruit, quelqu'un se serait réveillé.

La plupart des domestiques de l'hôtellerie dormaient sur des paillasses disséminées autour du grand vestibule.

— Ou bien c'était quelqu'un en qui il n'avait pas

particulièrement confiance, mais dont il n'avait pas de raison de se méfier, suggéra Naylor.

— C'est possible également, admit Frevisse en se relevant. Sir Gawyn et maîtresse Maryon ont-ils été prévenus ?

— Maîtresse Maryon est au courant. Elle est partie voir sir Gawyn.

— A-t-elle vu le corps ?

— Non, elle n'a pas voulu.

— Mais moi, je veux le voir ! dit alors la voix de sir Gawyn du fond du couloir.

Il avait passé un pourpoint sur sa chemise et enfilé ses chausses en toute hâte. L'air grave et tendu, il s'appuyait sur Maryon qui était aussi livide que lui et détournait le visage.

— Laissez-les passer, ordonna l'intendant.

Maryon resta en arrière. Sir Gawyn s'avança tout seul en se tenant au mur d'une main pour ne pas perdre l'équilibre, et maître Naylor s'écarta pour le laisser s'approcher du cadavre. Au lieu d'essayer de passer devant eux, Frevisse décida de reculer dans l'étroit passage et put ainsi observer l'expression du chevalier quand il posa le regard sur son écuyer. S'il ressentit une quelconque émotion, il n'en montra rien. Son regard sombre demeura impassible, et son visage aussi dur que la pierre. Il regarda Will le temps de compter lentement jusqu'à vingt, puis recula sans cesser de le fixer, s'appuyant au mur jusqu'au moment où il se retourna et tendit la main à Maryon, permettant qu'elle l'aide à repartir dans le couloir.

Dès qu'ils se furent éloignés, Frevisse se mit à genoux et déplaça le corps de Will avec délicatesse, de façon à l'allonger à plat sur le sol. Après avoir remis le bras qui pendait sur sa poitrine, elle leva les yeux vers maître Naylor.

— Les questions que je voulais poser restent les

mêmes, sauf qu'elles sont plus nombreuses. Et il y en a certaines qu'il va me falloir vous poser.

L'intendant la dévisagea d'un air grave un long moment.

— Quelles sont ces questions?

— Ce que je voudrais savoir — ce que je veux que vous demandiez à toute personne extérieure au cloître, et même partout aux alentours du prieuré —, c'est qui a vu Colwin, et quand, hier après-midi, et si quelqu'un l'a entendu dire qu'il allait quelque part ou retrouver quelqu'un.

— Je vais demander et je vous apporterai les réponses en fin d'après-midi.

— Ce serait bien. Et la même chose pour Will. Qui l'a vu, où, quand et avec qui. A-t-on accueilli des hôtes, hier soir?

— Non, dans aucun des bâtiments.

— Il s'agit donc de quelqu'un d'ici.

— Ou qui aurait sauté par-dessus le mur, suggéra maître Naylor. Ça n'a rien de très difficile.

— Mais trouver Will et ensuite le tuer, puis repartir sans se faire remarquer, voilà qui serait sans doute plus compliqué.

— Je vous l'accorde, concéda l'intendant. Mais nous sommes sûrs cette fois que c'est bien Will que le meurtrier voulait tuer. Après la mort de Colwin, il ne saurait s'agir d'un hasard. Mais pour quel motif? Qu'ont donc ces gens de si particulier pour être poursuivis ainsi par la mort? Ce n'est pas une banale attaque de brigands qui les a amenés ici, n'est-ce pas?

Frevisse refusa de répondre autrement qu'en secouant la tête de manière ambiguë.

— A-t-on vu des étrangers récemment dans les parages? demanda-t-elle. Avez-vous demandé?

— Personne qui soit porté disparu. J'ai posé la question et ouvert l'œil.

— Mais a-t-on vu des voyageurs, des gens qui seraient descendus à l'hôtellerie, depuis que sir Gawyn et les siens sont arrivés, même si ce n'est pas la nuit dernière ?

— Oui.

— Alors, l'un d'entre eux pourrait très bien avoir soudoyé l'un de nos gens pour le persuader de commettre un meurtre — ou des meurtres ! — en échange d'une somme d'argent.

— Qui, parmi nos gens, choisiriez-vous pour jouer le rôle du meurtrier ? demanda maître Naylor d'un air fâché. Ceux que vous ne connaissez pas bien, je sais. Comment croyez-vous qu'il soit possible à l'un d'eux d'agir ainsi sans immédiatement se trahir ?

— C'est en effet peu probable. Mais pensez-vous qu'il y ait une possibilité ?

— Pas vraiment, mais il est vrai que je n'en sais pas autant que vous.

Son œil la mettait au défi de remédier à cet état de choses, mais Frevisse soutint son regard, refusant de céder. Finalement, prenant sur lui, Naylor dit :

— Que voulez-vous savoir d'autre ?

— Will a dit avoir sorti les chevaux hier après-midi. Savez-vous à quel moment ? Ou même s'il l'a fait ?

— Il ne les a pas sortis, répondit nettement l'intendant. Que je sache, il n'a pas mis les pieds aux écuries de tout l'après-midi, et je jurerais volontiers qu'il n'est jamais allé promener les chevaux. Ce n'était pas la peine. Colwin s'en occupait tous les jours.

— Will m'a raconté qu'il ne l'avait pas fait et que c'était à ce propos qu'ils s'étaient disputés hier matin.

— Dans ce cas, soit Will s'est trompé, soit il a menti sur la raison de leur querelle.

— Cette dernière hypothèse paraît plus vraisemblable. Mais, à présent, découvrir autour de quoi tournaît réellement la dispute va être difficile, à moins que quelqu'un les ait surpris.

— Je les ai vus en train de discuter. Mais personne n'était assez proche pour les entendre.

Un silence frustré s'installa, jusqu'à ce que maître Naylor se ressaisisse et se tourne vers le cadavre de Will.

— Quoi qu'il en soit, je vais devoir m'occuper de lui... et houspiller nos gens pour qu'ils retournent dans les champs avant que le régisseur ne vienne glapir qu'il ne reste plus d'espoir de terminer les foins à temps. Y a-t-il autre chose que je puisse faire pour vous?

— Rien qui me vienne à l'esprit pour l'instant. Avez-vous déjà envoyé quérir l'enquêteur?

— Un homme est parti le mander hier dans la journée.

De sorte que, d'ici peu de temps, il faudrait de nouveau traiter avec maître Montfort. Mais Frevisse repensa tout à coup à un autre problème.

— Demandez tout particulièrement à vos palfreniers ce qu'ils savent des agissements de Colwin ou de la querelle entre lui et Will, dit-elle. Et voyez quoi penser de leurs réponses.

Soudain, une autre idée lui vint à l'esprit.

— Qui était à la porcherie, au moment où les garçons sont tombés?

— A la porcherie? répéta l'intendant, s'efforçant de suivre son raisonnement. Vous croyez qu'ils ne sont pas tombés par accident?

— Ils ont affirmé que ce n'en était pas un. Et ce genre d'endroit n'est pas sans danger. Si le père Henry et vous-même ne les aviez pas sortis de là en vitesse, ils auraient pu se faire tuer.

— Vous pensez que quelqu'un a fait tourner le barreau et les a poussés?

— C'est possible, oui. Vous étiez là. De même que le père Henry. Qui d'autre était présent ? Colwin était-il encore avec vous ?

— Oui, et Will également. Ainsi que le porcher et deux palefreniers qui estimaient n'avoir rien de mieux à faire. Adam et Watkin.

— Vous rappelez-vous qui était où, quand les garçons sont tombés ?

— Je discutais avec le père Henry. Nous étions un peu à l'écart. Je n'ai pas remarqué qui que ce soit.

— Je veux bien vous éliminer vous et le père Henry ...

— Je vous remercie.

— ... ce qui nous laisse néanmoins Will et Colwin, le porcher et les deux palefreniers.

— Me voilà donc avec d'autres questions à poser, conclut maître Naylor.

— Quant à moi, je ferais mieux d'aller parler à sir Gawyn sans tarder.

L'intendant recula jusqu'au coude que formait le couloir pour la laisser passer et demanda :

— Comment vont les choses pour mère Edith ?

Frevisse se figea aussitôt, de nouveau en proie à une vive affliction après ce bref interlude de liberté.

— Mère Claire pense qu'elle ne se réveillera plus. Ce pourrait être à tout instant, désormais.

Maître Naylor se signa.

— C'est une dame très bonne et bienheureuse. Que Dieu la prenne en pitié.

— Il le fait sûrement, répliqua Frevisse. Demanderez-vous à vos gens de prier pour elle ?

— Ils le font déjà.

Comme elle s'y attendait, Frevisse trouva sir Gawyn et Maryon ensemble. Assis au bord du lit, il était penché en avant, la tête baissée, les mains croisées et coincées entre les genoux, comme pour les retenir de commettre un acte irréparable.

Maryon se tenait près de lui, une main posée sur son épaule, cherchant à lui apporter le réconfort que tout son corps tendu refusait d'accepter. Au moment où Frevisse entra, elle retira sa main, mais resta à côté de Gawyn. Il eut à peine la courtoisie de relever la tête pour la saluer.

— Mère Frevisse, dit Maryon, dont la voix d'habitude si maîtrisée et si plaisante était éraillée par la douleur et l'angoisse. A-t-on une idée de l'identité du meurtrier ?

— Pas encore. Nous posons des questions ici et là qui, nous l'espérons, nous aideront à le découvrir. J'en ai quelques-unes à vous poser, sir Gawyn.

— Allez-y, fit-il sans même lever les yeux.

— Ce que nous savons, c'est que Will a été tué pendant la nuit et que personne n'a rien entendu. Où dormait-il habituellement ?

— Ici, avec moi. C'est toujours là qu'il dormait.

— Sa paillasse et ses couvertures étaient installées là, indiqua Maryon en montrant le sol le long du mur du fond. Je... je les ai rangées après que... après que nous avons vu...

Elle renonça à terminer sa phrase :

— Nous avons bavardé un moment tous les trois après souper, poursuivit-elle, puis je me suis retirée dans ma chambre comme chaque soir. Will s'occupait de sir Gawyn pendant la nuit.

— Après le départ de maîtresse Maryon, reprit Frevisse, tout vous a-t-il paru comme d'habitude ?

L'effort que fit sir Gawyn pour répondre se refléta dans sa voix.

— Comme d'habitude depuis que nous sommes ici. Il a examiné ma blessure, puis il m'a aidé à me mettre au lit, et nous avons parlé un moment, de Colwin surtout...

Sir Gawyn marqua une pause, le temps de recouvrer sa voix.

— Ensuite, j'ai sombré dans le sommeil et j'ai dormi toute la nuit. Quand je me suis réveillé ce matin, Will n'était pas là, mais j'ai pensé qu'il était sorti un instant et qu'il allait revenir.

— Depuis combien de temps était-il à votre service ?

— Bientôt vingt ans, répondit gravement sir Gawyn. Quand je l'ai pris avec moi, ce n'était qu'un gamin, et je venais juste d'être fait chevalier. Nous avons passé de longues années ensemble.

— Il n'est pas allé se coucher en même temps que vous, hier soir ?

— Je me suis endormi pendant que nous parlions. Il était toujours habillé et pas encore au lit.

— Et vous avez dormi toute la nuit sans rien entendre ?

— Toute la nuit, répéta-t-il amèrement.

— Gawyn, je vous en prie, étendez-vous, lui conseilla Maryon. Vous vous épuisez.

L'ignorant, il continua à parler en contemplant ses deux poings serrés.

— Et maintenant, nous ne pouvons même plus partir d'ici ! Ils nous ont retrouvés, je ne sers à rien, et voilà que Will est mort... Il ne reste plus personne pour les tenir à distance des garçons.

— Dorénavant, les enfants demeureront dans le cloître, consignés de façon stricte dans leur chambre, déclara Frevisse. Ils n'en sortiront pas, et quelqu'un les surveillera en permanence, de jour comme de nuit. Jusqu'à nouvel ordre, seuls les visages connus de nous seront autorisés à pénétrer dans l'enceinte du cloître.

— Will a été tué dans votre propre hôtellerie, lui rappela sir Gawyn. Celui qui a fait ça connaît le prieuré.

Tendant la main, il attrapa Maryon par le bras.

— Vous devez retourner dans le cloître et rester avec eux. Cela vaut mieux pour votre propre sécurité et la leur. L'endroit n'est certes pas idéal, mais c'est à cette heure le meilleur. Et le plus sûr.

— En vous laissant tout seul ici ? Jamais de la vie !

Le refus de Maryon s'avéra aussi ferme qu'instantané.

— Maryon, écoutez-moi. S'ils veulent ma mort, rien ne les arrêtera. Si Will n'a pu les freiner, comment le pourriez-vous ? Mieux vaut que vous soyez avec les garçons et que vous les gardiez le plus possible en sûreté. D'ailleurs, dans cette histoire, ce n'est pas moi qui compte.

— Mais vous comptez pour moi ! protesta tendrement Maryon.

— Pas au point que mon sort passe avant le leur. Quels que soient nos sentiments, nous sommes tous deux liés par une promesse. Nous n'y pouvons rien changer, et vous le savez. Nous avons donné notre parole.

Une autre femme se serait sans doute jetée à ses pieds, le visage enfoui contre lui, et l'aurait supplié de trouver un moyen de les sortir de cette situation désespérée. Au lieu de quoi, Maryon se tourna vers Frevisse.

— Il faut qu'il vienne dans le cloître avec moi. Nous devons rester tous rassemblés. C'est la meilleure chose à faire, à présent.

L'idée d'installer un homme à l'intérieur du cloître était à écarter d'emblée, mais Frevisse y réfléchit une seconde. Maryon avait raison. Les garder tous ensemble serait plus facile, d'autant que le cloître était un lieu plus fermé que l'hôtellerie. Maître Naylor pourrait poster des gardes devant les rares portes d'accès. Fenaison ou pas, il trouverait bien assez d'hommes pour cela, surtout maintenant qu'on avait la preuve que quelqu'un était prêt à tuer et à tuer encore pour arriver jusqu'aux garçons.

— Je vais en parler à mère Claire, décida-t-elle finalement. Je crois que nous trouverons une solution.

— Pourquoi mère Claire ? s'étonna Maryon. Pourquoi ne pas vous adresser à mère Edith et gagner du temps ?

Frevisse la regarda fixement.

— Mère Edith est mourante, ne le saviez-vous pas ? Depuis le temps que vous êtes ici dans le cloître, vous n'en êtes pas informée ?

Le visage de Maryon changea d'expression.

— Ah, oui, en effet, je l'ai entendu dire. Mais c'est ce qui advient quand on est vieux, non ? C'est donc mère Claire qui a le pouvoir ? Et peut donner son accord à notre venue ?

Refroidie à la pensée que ce qui comptait si profondément à Sainte-Frideswide revêtait bien peu d'importance pour le reste du monde, et comprenant que, aux yeux de Maryon, les besoins des garçons et du chevalier passaient avant tout, Frevisse répondit calmement.

— Je vais de ce pas lui en parler.

— Merci, dit Maryon.

Sir Gawyn, qui avait retiré sa main et s'était renfermé sur lui-même, se contenta de hocher la tête. Malgré tout ce que Maryon se forçait à croire, il semblait ne conserver lui-même qu'un infime espoir.

CHAPITRE XIX

Frevisse avait l'intention de retourner directement dans le cloître, afin de demander que sir Gawyn et Maryon puissent s'y réfugier en toute sécurité. Mais tandis qu'elle descendait les marches de l'hôtellerie, elle se figea sur place. Maître Naylor devait s'être chargé de renvoyer les badauds et les curieux aux champs ; la cour était déserte, hormis un petit groupe de servantes dont les tâches à l'hôtellerie les dispensaient des foins, tâches où il n'entrait cependant pas de tendre le cou pour écouter ce qui se disait derrière la porte entrouverte du cloître. Frevisse faillit taper dans ses mains de façon autoritaire pour les faire s'éparpiller, mais se ravisa en devinant ce qu'elles étaient en train d'écouter.

La porte de la salle du chapitre avait dû être laissée entrouverte pour qu'entre un peu d'air frais matinal, laissant toute latitude à la voix tonitruante de mère Alys de se faire entendre. A cette distance, Frevisse ne comprenait pas ce qu'elle disait — les femmes regroupées devant la porte du cloître semblaient avoir plus de chance —, mais sa colère et son indignation étaient en revanche des mieux perceptibles. Mère Alys s'en prenait avec violence à quelque chose... ou à quelqu'un.

Frevisse frappa un coup bref dans ses mains. Les servantes se retournèrent avec des regards coupables, excepté celle qui avait l'oreille quasiment collée contre la porte et que sa voisine dut tirer par la manche. Toutes s'empressèrent de saluer Frevisse d'une rapide révérence avant de s'égailler en direction de l'ancienne hôtellerie. Lorsqu'elles furent parties, Frevisse hésita un instant, tout en écoutant la voix de mère Alys fulminer encore contre ce qui avait déclenché son courroux. Comprenant qu'elle était en pleine crise, et pas près de se calmer, Frevisse repartit dans l'hôtellerie. Vu l'humeur de la sœur hôtelière, expliquer aux nonnes qu'il était indispensable de faire venir sir Gawyn dans le cloître ne servirait pas à grand-chose. Le chapitre étant réservé à la discussion, une fois un problème exposé, chacune avait son mot à dire, et il pouvait aisément être l'heure de tierce avant qu'on en ait fini. Mieux valait attendre la fin du chapitre pour parler à mère Claire en tête à tête. La convaincre qu'il y avait urgence exigerait moins de temps et moins d'arguments.

L'honnêteté força Frevisse à reconnaître que cette décision d'éviter la discussion générale était avant tout la sienne. Il n'en était pas moins vrai que, si mère Claire faisait part aux autres d'une décision déjà prise, ce serait le moyen le plus rapide de mettre sir Gawyn à l'abri. En attendant, et aussi futile que cela puisse paraître, Frevisse avait une chose à faire.

Une simple question posée à Ela dans l'hôtellerie l'amena aux cuisines à la recherche d'une autre servante. Du temps où Frevisse était hôtelière, Nell lui avait fait l'effet d'un petit bout de jeune femme au cœur tendre et aux gentilles manières, assez maligne pour suivre des instructions sans qu'il soit besoin de lui répéter les choses, ni de lui montrer comment s'y prendre.

Nell était assise sur un tabouret près du feu, sous un rayon de lumière oblique filtrant à travers une des hautes fenêtres, un panier de couture posé à côté d'elle. Mais elle ne cousait pas et restait là à contempler tristement le sol, ses mains sur ses genoux tenant ce que Frevisse devina être une chemise d'homme. Absorbée dans ses pensées, la jeune femme ne remarqua Frevisse que lorsque celle-ci se planta devant elle.

— C'est la chemise de Will?

Nell se leva promptement pour faire la révérence, la chemise pressée contre sa poitrine.

— Oui, ma mère. Pardonnez-moi, je ne vous avais pas entendue venir. Oui, c'est bien sa chemise.

Soucieuse de ne pas la mettre trop mal à l'aise pour qu'elle réponde à ses questions, Frevisse lui sourit gentiment.

— Il vous l'avait donnée à repriser?

— Oui, ma mère, répondit Nell. Je viens de terminer. Même si...

Sa voix trembla, mais elle se ressaisit.

— Ses gens veulent qu'on la leur rende, c'est ça?

— Nous en aurons peut-être besoin pour l'enterrer, expliqua Frevisse.

Une larme s'échappa d'un des grands yeux de la servante. Manifestement, Will avait fait une conquête.

— Etiez-vous devenus... amis? s'enquit Frevisse.

— Oh, non, ma mère! Bien sûr que non, je sais à quoi m'en tenir! Il n'était là que de passage, et pas pour longtemps. Mais... il me parlait gentiment, et il nous arrivait de bavarder de temps en temps. Est-ce qu'il a... A-t-il eu une mort... horrible?

Sa question ne relevait nullement d'une curiosité morbide, mais d'une douloureuse inquiétude.

— Non. Un seul coup en plein cœur. S'il a ressenti quelque chose, ça n'aura duré qu'une seconde. Il est mort sur-le-champ.

Après lui avoir pris sa dague, le meurtrier avait su à quel endroit précis le frapper et l'avait fait avec beaucoup de force. Dans cet espace exigu, sans doute cela n'avait-il pas été facile, Will étant déjà sur ses gardes depuis la mort de Colwin et les tentatives perpétrées contre les garçons. Le meurtrier était très habile. Ou très chanceux. Mais aussi désespéré qu'impitoyable pour s'être risqué dans un lieu où il aurait pu si aisément être vu ou entendu.

— C'est mieux ainsi, soupira Nell. Sauf qu'il est mort sans s'être confessé, et ce n'est pas bon. Mais peut-être qu'il a eu le temps de s'en remettre à Dieu et que ça l'aidera, vous ne croyez pas ?

— Assurément, répondit Frevisse. Je dirai des prières pour le salut de son âme.

— Et moi aussi. J'espère qu'ils attraperont celui qui a fait ça et qu'ils le pendront haut et court !

Mais la peur se devinait derrière sa colère, et elle ajouta :

— Ils vont l'attraper bientôt, l'homme qui a fait ça ?

— Oui, certainement. Ce serait charitable de prier aussi pour l'autre défunt. Colwin.

— Je le ferai. Même s'il n'était pas aussi bon que Will. Je crois que ce gars Colwin aurait volontiers maltraité une fille, s'il en avait eu l'occasion. Il était plus épris de lui-même qu'il n'avait de raison de l'être. Oh, mon Dieu ! fit-elle en se signant. Me voilà en train de médire d'un mort, alors qu'on ne l'a même pas encore mis en terre... C'est affreux de voir les gens se faire assassiner comme ça, tout d'un coup. Surtout que ça se rapproche de plus en plus ! Ce soir, personne ne va vouloir dormir ici, mais où serions-nous davantage en sûreté, je vous le demande ?

— Je doute qu'aucune de vous soit en grand péril. Ce sont les gens qui accompagnent sir Gawyn que l'on vise. Puis-je voir la chemise de Will ?

— Comment? Oh, mais bien sûr, ma mère! La voici, dit Nell en la lui tendant prestement.

— Vous avez fait là du beau travail. A quel endroit était-elle déchirée?

Fière de ces compliments, Nell lui indiqua la manche.

— Ici, tout le long de la couture de l'épaule. Une grande déchirure.

— Oui, je vois. Comment lui était-ce arrivé?

— Il ne m'a rien dit. Il m'a juste demandé de la repriser et je lui ai promis de le faire. Ce fut avec plaisir, il était si charmant et si...

— Y avait-il autre chose qui n'allait pas? La chemise était-elle mouillée? Ou sale, comme s'il s'était battu ou roulé par terre?

— Non, rien de plus que la crasse ordinaire. D'ailleurs, elle n'a toujours pas été lavée. Je m'apprêtais à le faire. Regardez, le tissu est gris autour du cou et au bord des manches. Mais non, elle n'était pas mouillée.

Frevisse lui rendit la chemise. Elle n'avait rien appris de nouveau, sinon que Will avait dit la vérité en déclarant qu'il avait déchiré sa chemise. En revanche, il lui avait menti sur la façon dont c'était arrivé. Mais comment découvrir les faits exacts maintenant que le jeune homme était mort?

Dès qu'elle sortit de l'hôtellerie, elle comprit que la réunion du chapitre avait pris fin en voyant mère Alys marcher à sa rencontre, se rendant à la séance d'intimidation qu'elle pratiquait chaque matin devant les domestiques. A l'époque où elle était sœur hôtelière, Frevisse avait trouvé qu'ils travaillaient tous plutôt bien, pourvu qu'on garde un œil sur eux et qu'on prête l'oreille à leurs tourments. Mais mère Alys estimait qu'ils n'étaient qu'une bande de paresseux, de tire-au-flanc et de fainéants, les traitait de pouilleux et d'imbéciles incapables de faire quoi que ce soit si elle n'était pas constamment sur leur dos. A en juger par sa mine renfrognée, les choses s'annonçaient encore pires que d'habitude, et croiser Frevisse sur son chemin n'allait en rien les arranger.

— Tiens, vous voilà! l'interpella mère Alys. A quoi étiez-vous donc si occupée que vous n'avez pas pris la peine d'assister au chapitre?

Frevisse s'arma de courage et répondit:

— Maître Naylor voulait me voir. L'écuyer Will a été tué cette nuit, dans le passage au fond de l'hôtellerie.

Mère Alys aspira une bouffée d'air entre ses dents serrées.

— Tué? Assassiné, comme le précédent? Dans *mon* hôtellerie? Et c'est vous que Naylor a fait quérir et non moi? Quelque chose ne va pas, ma sœur! L'hôtellerie dépend de moi et non de vous!

— Ce n'est pas une question d'hôtellerie. Il s'agit d'une affaire de meurtre, et c'est pour cette raison que le problème me concerne.

— Mais ça ne va pas du tout! décréta mère Alys. Vous vous occupez de choses qui ne sont en rien vos affaires. C'est à mère Claire qu'il revient de s'en occuper, et elle a tort de vous laisser agir ainsi à votre guise!

Répondre à la colère de mère Alys par la colère était inutile; cela n'aboutirait qu'à la faire monter sur ses grands chevaux plus encore.

— C'est seulement en attendant que l'enquêteur puisse venir, dit Frevisse sans perdre son calme.

— Sept hommes ont été tués voilà à peine une semaine, et deux autres devant nos portes! Ce n'est pas un enquêteur dont nous avons besoin. Ce qu'il nous faut, c'est un bataillon d'hommes armés qui pourchassent l'auteur de ces crimes et qui assurent notre sécurité entre-temps. Cette histoire dépasse les limites, il faut que ça cesse ! En voilà plus qu'assez ! Et si mère Claire n'agit pas très vite, quelqu'un d'autre devra bien s'en charger !

— C'est ce que je m'efforce de faire, ma sœur, plaida posément Frevisse.

— Mais ce n'est pas votre rôle ! C'est l'amitié qu'a mère Claire pour vous qui nous a mis dans cette situation ! Pareille chose ne serait jamais arrivée du temps où mère Edith dirigeait le prieuré ! Je l'ai dit ce matin au chapitre, et je le redirai ! Il se passe ici des choses qui ne vont pas, qui ne vont même pas du tout, et nous voyons bien que mère Claire est incapable d'y remédier !

D'un seul coup, Frevisse comprit que ce n'étaient pas les meurtres qui mettaient mère Alys dans une telle fureur, ni même que ce soit Frevisse, et non elle, qui ait été appelée ce matin à l'hôtellerie. Ces prétextes n'étaient que des broutilles qui masquaient la véritable raison de sa colère, à savoir que mère Claire jouissait d'une autorité qu'elle n'avait pas, sans omettre que, selon toute probabilité, la cellérière serait élue prieure au lieu d'elle le moment venu. Le pire était qu'il se trouvait une part de vérité dans les propos de mère Alys. Frevisse n'avait pas à s'occuper des meurtres, et seul l'assentiment de mère Claire l'y autorisait. De plus, il y avait en effet quelque chose qui n'allait pas du tout : quelque chose qu'elle avait dissimulé délibérément aux nonnes, mais en premier lieu à mère Claire, qui était pourtant en droit de savoir. Froidement, sachant fort bien qu'elle serait à la merci de mère Alys si jamais l'affaire venait à être révélée dans tous ses détails, Frevisse dit :

— Je suis navrée que vous vous soyez sentie offensée.

Et sur ces mots, elle s'éclipsa.

— Nous reparlerons de tout ceci demain au chapitre ! lui cria mère Alys, assez fort pour être entendue de l'hôtellerie jusqu'au cloître.

Gardant la tête haute et le dos droit, Frevisse se refusa à répondre et poursuivit son chemin.

Elle trouva mère Claire aux cuisines, occupée à ses activités de cellérière. Elle attendit qu'elle ait fini de choisir les légumes du dîner, puis lui demanda de la suivre dans la glissière. Mère Claire lui renvoya un regard dur et perplexe, mais lui emboîta le pas. Elle était déjà pâle après une nuit passée à prier à la chapelle, mais quand Frevisse lui fit part de la mort de Will, son visage perdit ses dernières couleurs.

— Un autre meurtre ? s'écria-t-elle, ébranlée, se départant subitement de son calme habituel. Comment est-ce possible ? Mais qu'allons-nous faire ?

— Amener sir Gawyn et maîtresse Maryon à l'infirmerie pour les mettre à l'abri, répondit aussitôt Frevisse.

— Vous n'êtes pas sérieuse !

— Un homme est grièvement blessé, et sa vie est en péril. Il peut demeurer à l'infirmerie où personne ne le verra.

— Mère Frevisse, avez-vous réfléchi à ce que vous demandez ? Faire venir un *homme* à l'intérieur du cloître ?

— Et une femme. Ces gens sont en danger et dans l'incapacité de se défendre. Comment oserions-nous leur refuser la meilleure parade dont nous disposons ?

— Seront-ils vraiment plus en sûreté ici ? rétorqua mère Claire. Celui qui leur en veut a l'air très déterminé et ne manque point d'audace.

— Mais les garçons n'ont été attaqués qu'en dehors du cloître. Et celui qui les a poussés hier dans l'eau et a tué Colwin ensuite ne s'en est pas pris à moi. Quelque chose semble l'avoir retenu.

— Mais s'il n'a aucun autre moyen d'atteindre sa cible...

— Maître Naylor peut poster un garde devant chaque porte.

— Il n'a pas d'hommes en surnombre.
— Il en trouvera.

Mère Claire conserva le même air glacial.

En désespoir de cause, Frevisse récita la règle.

— « Que tous ceux qui viennent au monastère soient accueillis comme le Christ, car il dira... »

Mère Claire l'interrompit d'un geste impatient qui ne lui ressemblait guère, l'œil noir et furibond.

— Vous m'avez convaincue. Mais ce sera la première fois qu'un homme sera autorisé à séjourner dans ce cloître depuis sa fondation.

Frevisse se garda de répondre et attendit.

— Serait-il au moins possible d'attendre jusqu'à sexte, afin de faire entrer sir Gawyn sans qu'aucune de nous le voie ? demanda finalement mère Claire.

— Assurément, s'empressa de répondre Frevisse, soulagée, et prête à accepter n'importe quelle concession pourvu que le chevalier et Maryon trouvent un refuge.

— Alors, prévenez maître Naylor de poster ses gardes comme il le jugera nécessaire. Mais faites attention : quoi qu'il advienne, serait-ce la fin du monde, je veux vous voir à sexte.

— Oui, ma mère, assura Frevisse en inclinant la tête et en faisant la révérence.

Mère Claire faillit s'en aller, puis dit avec colère :

— Qu'ont donc ces garçons ? Car ce sont eux la cause de tout ces problèmes, n'est-ce pas ? Pour quelle raison ?

Misérable, Frevisse ne put que secouer la tête.

— Il m'est impossible de vous le dire.

— Et s'il vous arrivait quelque chose ? Comment saurais-je ce qui se passe ou ce qu'il convient de faire si jamais il vous arrivait quelque chose ?

— Mère Edith ...

— ... m'a demandé de vous faire confiance, ce à

quoi je m'applique de mon mieux. Mais mère Edith est au-delà de toute question et de toute réponse, désormais.

— Dans ce cas, Maryon saura, de même que sir Gawyn.

— Qui doivent être traqués par la mort autant que leurs gens l'ont été!

L'esprit pragmatique et direct de mère Claire pouvait parfois devenir embarrassant. Hésitant dans son for intérieur, Frevisse parla avec franchise :

— C'est pourquoi il reste préférable que vous ne le sachiez pas.

— Je commence à en douter, rétorqua mère Claire avant de s'en aller.

Cette fois, ce fut Frevisse qui la retint :

— Comment est mère Edith?

A sa grande surprise, la colère de mère Claire laissa place à un vague sourire de satisfaction.

— Des plus paisibles. Montez la voir, si vous voulez. Nous avons convenu au chapitre que nous passerions la voir une par une au cours de la journée, à notre gré, pour prier un moment auprès d'elle et lui faire nos adieux.

Derrière le sourire, les larmes s'accumulèrent. Aussi paisible que s'annonçât ce départ, il aurait lieu de manière définitive, à tout jamais. Mère Claire voulut dire autre chose, mais, n'y parvenant pas, elle secoua la tête et préféra s'en aller. Restée seule, Frevisse récita une courte prière pour demander force et pitié, puis elle partit chercher une servante qu'elle envoya quérir maître Naylor.

Elle l'attendit dans le cloître et, à son arrivée, elle sortit lui parler dans la cour. Il enregistra ses ordres d'un air sombre et les approuva de façon laconique avant de demander à brûle-pourpoint :

— Etes-vous sûre de ce que vous faites?

— Non, avoua Frevisse.

Puis elle regagna le cloître.

Sexte ne sonnerait que dans un petit moment, et bien qu'elle eût volontiers confié cette tâche à un tiers, elle se dit qu'elle devait annoncer aux garçons la mort de Will, en même temps que les mesures qui allaient s'ensuivre. Frevisse se dirigea vers leur chambre, juste à temps pour voir une silhouette d'enfant disparaître en coup de vent derrière la porte. Elle était déjà tendue, mais cette fois, la colère la saisit. Etaient-ils idiots au point de ne pas comprendre qu'ils étaient en danger et qu'ils devaient rester dans leur chambre ? Et où étaient donc Tibby et Jenet, qui avaient reçu l'ordre de les garder à l'intérieur ?

Furieuse, Frevisse avança dans le couloir, frappa un coup à la porte déjà ouverte et entra sans attendre qu'on l'y invite. Tibby et Jenet se levèrent pour lui faire la révérence, un peu étonnées par cette brusque arrivée. Edmund et Jasper, assis sur le tapis de jonc en train de jouer avec des pailles, levèrent les yeux, à l'affût de la moindre diversion. Lady Adela, debout à côté d'eux, la salua d'une révérence respectueuse et déchiffra l'expression de Frevisse avant tout le monde.

— C'est moi qui étais dans le couloir, ma mère. Pas eux ! Ils sont restés ici comme on le leur a dit.

— Et vous n'êtes venue ici que pour leur tenir compagnie, dit Frevisse sans se radoucir, quoique intérieurement rassurée par l'explication de la petite fille. Pas pour les entraîner à faire de nouvelles bêtises ?

— Non, ma mère, répondit lady Adela, secouant la tête avec vigueur pour montrer qu'elle était sincère, et faisant virevolter ses cheveux blonds sur ses épaules. Nous ne sortirons plus, plus jamais tant que vous ne nous en aurez pas donné la permission.

— Vous m'en aviez déjà fait la promesse, mais vous êtes sortis quand même. Pourquoi devrais-je vous croire cette fois-ci ? s'enquit Frevisse en s'adressant aussi aux deux garçons.

Edmund et Jasper secouèrent la tête. Ils ne semblaient pas se porter plus mal que la veille, sauf qu'il y avait chez eux une sorte de solennité, une méfiance dans leur attitude que Frevisse n'avait encore jamais remarquée. Elle s'en félicita en partie : c'était signe que la terreur qu'ils avaient ressentie leur avait enfin servi de leçon et que, vraisemblablement, ils se montreraient à l'avenir plus prudents. Mais elle ne put s'empêcher d'éprouver un sentiment de colère, car c'était une leçon qu'ils n'auraient pas dû avoir à apprendre à leur âge.

— Alors c'est bien, se contenta-t-elle toutefois de dire. Tâchez de vous en souvenir.

S'adressant à Jenet et à Tibby également, elle ajouta :

— Je crains pourtant d'avoir de mauvaises nouvelles à vous annoncer.

— Colwin est mort, dit Jasper avec tristesse. Il s'est noyé près de l'endroit où nous étions. Mère Perpetua nous l'a dit.

— Elle est venue entre le petit déjeuner et le chapitre, s'empressa de préciser Tibby. Elle a pensé qu'il valait mieux qu'ils le sachent le plus tôt possible et qu'ils l'apprennent de sa bouche plutôt que de celle de quelqu'un d'autre.

— Elle a bien fait, dit Frevisse, malade à l'idée de ce qui lui restait à dire.

Apparemment, les enfants avaient accepté la mort de Colwin sans trop de difficulté. Mais ils avaient été beaucoup plus proches du jeune écuyer. Et ce que sa mort, survenue si tôt après tout le reste, signifierait pour eux, Frevisse était incapable de l'imaginer.

— Mais cette nuit — nous ignorons quand exactement — Will a été tué lui aussi. Dans l'hôtellerie.

La bouche de Tibby s'ouvrit toute grande. Jenet poussa un cri et enfouit son visage dans son tablier, puis, les deux mains appuyées dessus, commença à se balancer d'avant en arrière en se lamentant. Lady Adela s'accroupit sur ses talons entre les deux frères et passa son bras sur l'épaule de Jasper. Edmund et lui dévisagèrent Frevisse avec des yeux immenses, consternés.

— Je suis désolée, murmura Frevisse, sentant à quel point les mots étaient dérisoires.

— Je vais aller chercher à boire à la cuisine, proposa Tibby en se redressant. Du cidre. Ou autre chose. Nous en avons tous besoin.

— C'est une bonne idée, dit Frevisse.

Tibby s'éclipsa. Frevisse se baissa à la hauteur des enfants pour voir leurs visages en face. Tétanisés et silencieux, ils lui rendirent son regard, personne ne prêtant attention aux gémissements de Jenet au fond de la pièce.

— Nous allons trouver le coupable, assura Frevisse aux enfants. Nous ne savons pas encore de qui il s'agit, mais nous le trouverons.

— Comment l'ont-ils tué? interrogea Edmund.

— D'un coup de poignard. En plein cœur. Il est sans doute mort sur le coup.

— Il ne s'est pas défendu?

— Il n'en a pas eu le temps.

— Il aurait dû se battre! Jasper et moi les aurions combattus!

La colère d'Edmund fut toutefois impuissante à refouler les larmes qui inondèrent soudain ses joues.

— Ils ne nous tueront pas comme ça! S'ils viennent, nous nous battrons!

— Personne ne va vous tuer, le rassura Frevisse. Ici, vous ne craignez rien.

— Ils ont tué Hery et Hamon, et maintenant Colwin et Will, observa Jasper, la voix étrangement calme.

Il ne pleurait pas. Il ne faisait rien que rester assis là, énonçant la vérité avec une certitude épouvantable, le regard dans le vide.

— Ils ont essayé de nous tuer à la porcherie, ensuite à la rivière, et ils essaieront encore parce qu'ils ne veulent plus nous voir en vie.

— Jasper, dit Frevisse, au supplice à la pensée de la douleur et de la peur que l'enfant se retenait d'exprimer. Qui voudrait vous voir morts ? Et pour quelle raison ?

Ces questions simples étaient à l'origine de tout, mais elle n'en connaissait pas les réponses.

Jasper, lui, les connaissait. Il détourna les yeux et la regarda en face.

— Les gens qui effraient ma mère. Elle nous a poussés à partir parce qu'elle a peur de ce qu'ils veulent nous faire. Elle a voulu nous sauver.

S'appliquant à masquer qu'il pleurait, Edmund dit :

— Quand nous les avons combattus près de la rivière pour venir ici, nous avons cru les avoir tous tués, mais ils sont sans doute plus nombreux. La prochaine fois, ils essaieront de tuer sir Gawyn et maîtresse Maryon !

— Non, ils n'y parviendront pas. Nous allons faire venir sir Gawyn et maîtresse Maryon dans le cloître, à l'infirmerie, et nous placerons un garde devant chaque porte. Personne ne sera en mesure de les atteindre. Ni eux, ni vous.

Incapable d'affronter l'expression de Jasper qui refusait jusqu'à ce mince espoir, et ne sachant que faire des larmes d'Edmund, Frevisse se releva.

— Jenet, cessez de pleurnicher ! Vous ne faites rien d'autre depuis votre arrivée, et nous en avons tous assez !

Plus gentiment, elle s'adressa aux enfants :

— Je dois aller m'occuper de diverses choses. Edmund, Jasper, vous restez ici, dans cette chambre. C'est bien compris ? Pas question de sortir sans mon autorisation.

— Nous resterons ici, dit Edmund.

— Nous ne sortirons pas du tout, confirma Jasper.

Frevisse pensait que lady Adela resterait avec eux, mais la petite fille la suivit hors de la chambre, trottant de son mieux malgré sa jambe atrophiée pour la rattraper. Et quand Frevisse s'engagea dans la galerie du cloître, elle continua à la suivre.

Arrivée à une distance suffisante de la chambre des garçons, Frevisse s'arrêta. Lady Adela l'imita.

— Vous désirez quelque chose, mon enfant ? lui demanda Frevisse, dont la petite fille n'avait encore jamais recherché la compagnie.

Les mains pieusement croisées, le visage levé pour voir le regard de Frevisse, lady Adela demanda :

— Il ne va rien leur arriver, n'est-ce pas ? Vous ne laisserez personne leur faire du mal ?

— Je fais tout ce que je peux pour les garder à l'abri, comme chacun s'y efforce ici. Et personne ne s'en prendra à vous non plus, vous n'avez donc rien à craindre.

— Je n'ai pas peur pour moi, répliqua lady Adela, indignée. C'est juste que j'aime Jasper, que je compte me marier avec lui et que personne n'a intérêt à lui faire du mal.

Un amour d'enfance improbable n'était pas une chose pour laquelle Frevisse avait du temps ou de la patience en ce moment.

— Ma chère demoiselle, dit-elle avec autant de retenue qu'elle put, vous êtes la fille de lord Warenne. Je ne pense pas que vous puissiez choisir celui que vous épouserez.

Et elle s'empêcha d'ajouter : « Et certainement pas l'un ou l'autre de ces garçons. »

Autant que le lui permettait son doux et charmant visage, l'expression de la petite fille se rembrunit, lui donnant un air têtu inhabituel :

— Mon père ne veut pas de moi et, quoi qu'il dise, je choisirai qui me plaira.

— Lady Adela... commença Frevisse, avant de décider qu'elle n'avait pas à se mêler de cette affaire, surtout en ce moment. Pourquoi, hier, n'avez-vous pas tenu parole et êtes-vous sortis ?

Décontenancée par ce changement de sujet, l'enfant répondit :

— Un serment donné sous la contrainte n'engage en rien.

— Un serment do... Mais qui vous a appris cela ?

— Pourquoi, ce n'est pas vrai ? Nous avons cru que c'était vrai, sinon nous ne serions pas sortis, se défendit la petite fille, visiblement très contrariée à l'idée que son argument puisse être faux.

Frevisse rassembla ses esprits pour s'efforcer d'être le plus claire possible.

— Quand on est contraint de prêter serment parce qu'on vous menace, ou si l'on court un danger et que l'on doit promettre une chose pour avoir la vie sauve, il s'agit en effet d'un serment fait sous la contrainte, et il n'engage en rien. Mais est-ce ainsi que je vous ai fait promettre de ne pas sortir ?

— N... non, reconnut lady Adela. Je suppose que non.

— Alors qui vous a parlé de contrainte ?
— J'ai promis de ne rien dire.
— Quelqu'un d'ici ?
— Oui.
— Récemment ?
— Oui.

Tout à coup, la petite fille se concentra sur le bout de sa chaussure qui s'appliquait à suivre le contour de la dalle en pierre.

— Lady Adela, je crois qu'il vaudrait mieux tout me dire. Vous aimez Jasper. Edmund et lui sont en danger, et j'ai besoin d'en savoir le plus possible pour les protéger, expliqua Frevisse en faisant un gros effort pour garder son calme.

— Maintenant qu'il est mort, dit l'enfant à contre-cœur, il n'en sera pas fâché, et il n'aura plus d'ennuis à cause de ça, c'est certain.

— C'est certain, confirma Frevisse, s'accrochant pour ne pas perdre patience. Allons, dites-le-moi.

— C'était un des hommes qui accompagnaient Edmund et Jasper.

— Will ? L'écuyer de sir Gawyn ?

— Non. L'autre. Celui que nous avons rencontré aux écuries ce jour-là. Le plus gros. Celui qui s'est noyé.

Colwin.

— Oui, je vois de qui il s'agit.

Mais toujours pas ce que cela voulait dire. Ce n'était qu'une pièce de plus à ajouter au puzzle, mais aucune ne semblait avoir de sens.

— A quel moment avez-vous eu l'occasion de parler de serments avec lui ?

— Le jour où nous sommes allés à la porcherie, avant qu'Edmund et Jasper tombent dans la bauge. Il nous a demandé ce qu'on faisait toute la journée enfermés dans le cloître, et si nous n'avions pas envie de sortir. Alors je lui ai raconté que nous étions bien sortis et que vous nous aviez fait promettre de ne plus recommencer. C'est là qu'il m'a parlé de serments arrachés sous la contrainte. Mais c'était un mensonge ?

— Oui, un mensonge, répondit fermement Frevisse. Que faisaient Edmund et Jasper pendant que vous parliez avec Colwin ? Lui ont-ils parlé eux aussi ?

— Pas à ce moment-là. Ils ont surtout bavardé avec maître Naylor.

— Qui d'autre était là, avant que les garçons tombent ?

— Le père Henry, Will, le porcher et des palefreniers, mais je ne connais pas leurs noms.

— Il y avait donc vous, Edmund et Jasper, le père Henry, maître Naylor, Will et Colwin, le porcher et plusieurs palefreniers, résuma Frevisse en comptant lentement sur ses doigts.

A chaque doigt, la petite fille hocha la tête.

— Y avait-il encore quelqu'un d'autre ?

Cette fois, lady Adela secoua la tête.

— Non, c'est tout.

— Et vous étiez en train de parler à Colwin au moment où les garçons sont tombés.

— Non, j'avais fini. J'étais montée sur le dernier barreau de la barrière — maître Naylor m'a dit que je ne pouvais pas aller plus haut parce que j'étais une fille, précisa-t-elle, laissant entendre clairement ce qu'elle pensait d'un tel raisonnement. Je m'étais penchée pour regarder les petits cochons. Je ne parlais à personne.

— Qui se trouvait près des garçons, quand ils sont tombés ?

Lady Adela fronça les sourcils pour se concentrer, puis secoua de nouveau la tête.

— Je ne sais pas. Je regardais les petits cochons.

Frevisse réprima un soupir. Savoir où se trouvait chacun à cet instant l'aurait grandement aidée. A présent, elle avait la conviction que c'était bien dans la porcherie qu'avait eu lieu la première tentative d'éliminer les garçons. Le meurtrier était là, et personne n'avait rien remarqué.

CHAPITRE XX

A la fin de sexte, lorsque les religieuses eurent quitté l'église et se rassemblèrent dans la galerie du cloître avant de vaquer à leurs diverses tâches, mère Claire les informa du meurtre de Will. Ensuite, le plus posément du monde, elle leur expliqua que, pendant qu'elles assistaient à l'office, sir Gawyn avait pris ses quartiers dans l'infirmerie pour des raisons de sécurité, et que des gardes avaient été placés devant chaque porte donnant accès au cloître.

La nouvelle de la mort de Will s'était déjà répandue par l'intermédiaire des servantes. Frevisse avait ressenti le malaise que la nouvelle avait suscité parmi les nonnes quand elles s'étaient réunies pour l'office, échangeant des coups d'œil furtifs et des petits signes affolés. Elles s'agitèrent plus encore en entendant mère Claire exposer les faits, mais quand elle leur parla de sir Gawyn, elles se figèrent dans un silence complet, médusées à l'idée qu'un homme ait pu être amené délibérément en ce lieu.

Mère Alys fut la première à réagir. Le visage en feu, elle bouscula les autres en bataillant des coudes pour s'avancer jusqu'au premier rang.

— Sans rien nous demander? Vous avez laissé entrer un homme ici, sans même nous consulter? Comment sommes-nous censées prendre cela ? C'est contraire à la règle, aussi bien d'agir ainsi que de ne pas nous consulter. Qu'allons-nous en faire ? Un homme dans le cloître !

Paraissant plus petite encore devant la masse imposante de mère Alys, mais toujours aussi déterminée à sa manière tranquille, mère Claire déclara froidement :

— Le moment est mal choisi pour en discuter. Vous attendrez demain l'heure du chapitre. De plus, il y a déjà eu des hommes dans ce cloître auparavant.

— Oui, pour affaires. Ou parce qu'ils étaient invités dans le parloir de mère Edith, mais toujours en présence de l'une de nous afin de respecter les convenances. Mais pas dans un lit à l'infirmerie ! Vous oubliez la règle !

— Et vous, la charité ! Sans parler de la règle qui passe avant même celle de saint Benoît ! Fais aux autres ce que tu voudrais qu'ils te fassent !

— Mais... c'est un homme !

— Il est blessé, et sa vie est en danger, dit encore mère Claire avant d'intimer le silence à mère Alys.

La bouche encore grande ouverte, la sœur hôtelière prit la mouche et devint écarlate de colère, tandis que sa poitrine se gonflait de rage et de frustration comme si elle allait exploser. Alors, tournant les talons et bousculant les sœurs, elle sortit en trombe du cloître, sans doute pour aller semer la zizanie dans l'hôtellerie, où personne ne pourrait l'obliger à se taire.

Mère Claire attendit d'avoir entendu la porte claquer dans la cour, puis fit signe aux nonnes de retourner à leurs occupations. Elles obéirent en silence, certaines avec moins de bonne volonté que d'autres. Seule Frevisse resta, et elle seule put voir mère Claire se défaire de son attitude autoritaire et s'affaisser soudain d'un air las. Mais quand Frevisse s'approcha, la main tendue pour lui proposer son aide, mère Claire se redressa aussitôt, l'arrêta d'un geste empreint de colère et retourna dans la chapelle.

Rabrouée et se sentant blessée, quand bien même elle comprenait que mère Claire lui en voulût de la position dans laquelle elle l'avait mise, Frevisse soupira et partit voir comment se débrouillaient sir Gawyn et Maryon. En passant devant la chambre des garçons, Edmund se pencha pour l'attraper par la jupe.

— S'il vous plaît, ma mère, pouvons-nous rendre visite à sir Gawyn, maintenant qu'il est ici? Nous n'irons nulle part ailleurs et nous reviendrons directement. Nous vous en faisons la promesse. Jenet nous accompagnera.

Jasper, debout derrière lui, hocha la tête avec vigueur pour appuyer ses dires. Il avait recouvré un certain éclat à l'idée d'aller voir sir Gawyn, ainsi qu'une lueur d'espoir que Frevisse n'aurait su nier.

— Laissez-moi aller voir d'abord comment il va. Son transfert de l'hôtellerie l'a peut-être fatigué. Mais Jenet pourra certainement vous emmener le voir très bientôt.

Jasper respira un grand coup, l'air ravi. Les deux frères se ressemblaient à un point étonnant; les cheveux roux sombre et les yeux gris, ils étaient tous deux solidement et gracieusement bâtis, et semblables à l'extrême dans tout ce qu'ils faisaient. Mais Frevisse avait remarqué que le plus jeune ne parlait ni n'exigeait autant que l'aîné, sans doute parce qu'il avait Edmund pour le faire à sa place. Elle pensait cependant qu'il était plus sensible à ce qui se passait autour de lui et qu'il ressentait plus profondément tout ce qui l'affectait. Edmund deviendrait probablement un redoutable ensorceleur et un fin courtisan à même de parvenir à ses fins. Pourtant elle soupçonnait Jasper d'être celui qui saurait se faire de véritables amis et les garder, quoi qu'il advînt dans sa vie; mais aussi qu'il souffrirait davantage de tout ce qui lui arriverait.

Parce qu'elle était impuissante à l'aider ou à lui épargner les souffrances qu'il aurait inévitablement à subir, ou à le protéger des peines qui lui avaient déjà été infligées, Frevisse lui sourit avec une tendresse particulière avant de se rendre à l'infirmerie.

Derrière la pièce où étaient fabriqués et entreposés les remèdes il s'en trouvait une plus longue dotée de six lits, où les religieuses malades — Dieu les garde ! — pouvaient venir se reposer et recevoir des soins en cas de besoin. Les moniales vivant loin des villes et de presque toute compagnie humaine ainsi que l'exigeait la règle, rares étaient les maladies en dehors des rhumes hivernaux. Aussi la pièce n'était-elle presque jamais utilisée, mais restait prête en permanence à accueillir quelqu'un, de sorte que faire un lit avec des draps frais et des couvertures pour sir Gawyn n'avait posé aucun problème.

Mais au moment où Frevisse entra, ce ne fut pas là qu'elle le trouva. Il se tenait au fond de la pièce et marchait avec précaution en se tenant d'un lit à l'autre, et Maryon le suivait de près, comme toujours, prête à intervenir. S'apercevant que quelqu'un venait d'entrer, il cessa de regarder ses pieds et eut tôt fait de deviner ce que se disait Frevisse.

— Si je passe tout mon temps au lit, je ne puis que m'affaiblir.

— Mais en bougeant ainsi, vous risquez de vous épuiser, voire de ne pas guérir parce que vous aurez fait des efforts trop durs et trop tôt, rétorqua Frevisse.

— Il est venu jusqu'ici sans aucune aide, glissa Maryon.

— Mais à pas lents, nuança sir Gawyn d'un ton narquois. Et je me sens prêt à retourner m'étendre.

Maryon le soutint par son bras valide et l'aida à se remettre au lit. La tension provoquée par les événements de ces dernières journées se lisait dans la nervosité de ses moindres mouvements; quant au chevalier, il semblait avoir perdu sa grâce habituelle en même temps que ses forces.

Dès qu'il fut recouché — et il avait effectivement repris des couleurs; peut-être avait-il eu raison de marcher, en dépit de ce que recommandaient les médecins dans son cas —, Frevisse dit :

— Vous savez que vous devez rester cantonné exclusivement dans cette pièce ?

— Nous l'avons compris, répondit sir Gawyn.

— Etait-ce mère Alys qui braillait si fort, tout à l'heure ? s'enquit Maryon.

— En effet. Les garçons sont également consignés dans leur chambre, mais, si vous le souhaitez, je donnerai la permission à Jenet de les amener vous rendre visite.

— Ils étaient devant la porte quand nous sommes passés, dit Maryon dans un sourire. Oui, ce serait bien de les faire venir.

— Non, dit sir Gawyn en fermant les yeux. Pas maintenant. Plus tard.

Après lui avoir jeté un coup d'œil inquiet, Maryon se ravisa et se rangea à son avis.

— Non, pas pour l'instant. Vous êtes fatigué. Plus tard.

— Mais rien ne vous empêche, vous, d'aller les voir, suggéra Frevisse à Maryon. Je crois qu'ils seraient contents.

— Oui, sans doute, répliqua-t-elle sans enthousiasme.

Quel était le lien qui l'unissait au chevalier pour qu'elle fût ainsi prête à négliger les enfants pour lui ?

— Je vais y aller tout de suite, Gawyn. Pendant que vous vous reposez.

Sans ouvrir les yeux, il acquiesça d'un signe de tête.

Frevisse s'effaça pour la laisser passer devant, mais

au moment où Maryon franchissait le seuil, sir Gawyn lui lança :

— Mère Frevisse, pourriez-vous rester un moment ?

Maryon se retourna, haussa les sourcils, puis s'éloigna. Frevisse retourna près du lit. Non sans effort, sir Gawyn se redressa contre les oreillers, puis se tourna de manière à placer son épaule dans une meilleure position.

— Vous avez très mal ? demanda Frevisse.

— Assez peu, sauf quand je bouge trop.

Mais son épaule n'était pas ce qui le préoccupait pour l'instant.

— A-t-on appris du nouveau sur la mort de Will ? Et sur celle de Colwin ?

— Maître Naylor continue à poser des questions pour découvrir où ils se tenaient hier et à quel moment, et si un inconnu a été vu dans les parages. Mais puisque je suis sans nouvelles de lui, je suppose qu'il n'a rien trouvé de nouveau.

— Personne n'a idée de ce qui leur est arrivé ?

— J'ai quelques intuitions.

Sir Gawyn attendit et, voyant que Frevisse n'en disait pas plus, il reprit la parole.

— Mais vous n'avez pas l'intention de m'en faire part.

— Elles sont encore trop floues. Nous supposons qu'on les a tués parce qu'ils empêchaient quelqu'un de s'en prendre aux enfants. Et nous savons que quelqu'un veut la mort des garçons, étant donné qu'on a déjà tenté par deux fois de les tuer.

— Par deux fois ? répéta sir Gawyn d'une voix plus grave. Que voulez-vous dire ?

— Avant-hier, ils sont tombés dans la porcherie, où se trouvent une truie farouche et ses gorets. On a d'abord cru à un accident, et qu'ils avaient perdu l'équilibre. Mais les garçons ont soutenu le contraire, et je suis désormais prête à les croire. Je pense que quelqu'un a délibérément déplacé le barreau sur lequel ils étaient assis dans le but de les faire tomber.

— Et savez-vous qui se trouvait à la porcherie à ce moment-là ?

— Colwin et Will, ainsi que des gens du prieuré. Personne d'autre.

— C'est donc quelqu'un d'ici, et non de l'extérieur.

— Quelqu'un qui peut entrer et sortir de l'hôtellerie pendant la nuit avec assez de facilité pour ne déranger personne, ou, du moins, sans se faire particulièrement remarquer. Quant à Will, il a menti sur son emploi du temps d'hier, mais je ne sais toujours pas pourquoi.

— Menti ? A quel sujet ?

— Au sujet de l'endroit où il se trouvait quand Colwin a été tué. Il n'était pas avec les chevaux. Et ce n'est pas en les promenant qu'il a déchiré sa chemise.

— Vous pensez qu'il a tué Colwin ?

— C'est possible.

Elle regrettait de devoir l'avouer, mais c'était une hypothèse à envisager.

— Non, jamais il n'aurait fait ça, contra sir Gawyn, repoussant catégoriquement cette éventualité. Et d'ailleurs, si c'était vrai, qui aurait tué Will ?

— Je l'ignore. Les éléments dont nous disposons sont encore incompréhensibles. Mais ils finiront par prendre un sens. Il faut que j'en vienne à bout. C'est la seule manière d'être sûr que les enfants sont en sécurité. Cela vaut aussi pour vous et Maryon.

Sir Gawyn ne répondit pas. Son regard, comme sa voix, s'assombrit de colère et de frustration. Peut-être aussi de peur, songea Frevisse. Car, comme Edmund et Jasper, il était lui-même impuissant, dépendant de ce que d'autres feraient ou ne feraient pas.

Après l'avoir quitté, Frevisse retourna à la chapelle remplir ses devoirs de sacristine dans l'attente de nouvelles de maître Naylor. Ela lui en apporta juste avant none, quoique plutôt décevantes. La servante s'appliqua à répéter méticuleusement mot pour mot le message qu'elle avait appris par cœur.

— Il a posé toutes les questions que vous vouliez qu'il pose à tous ceux à qui il pouvait les poser, mais personne n'a à dire plus que vous ne sachiez déjà.

— On n'a signalé aucun inconnu ou personne qui aurait disparu ? Et on n'a aucune idée de la raison pour laquelle Will et Colwin se sont querellés ? Personne ne sait où se trouvait Will hier après-midi ?

— Je peux seulement dire ce que maître Naylor a dit, et c'est tout ce qu'il a dit, répondit patiemment Ela. Rien d'autre. Voulez-vous que je lui transmette un message de votre part ?

— Non. Je n'ai rien à lui répondre. Merci.

Rien à lui répondre, mais surtout rien de nouveau sur quoi réfléchir !

A la fin de none, dont les prières furent toutes dédiées à mère Edith, Frevisse comprit qu'elle devait aller voir la mère supérieure sans plus tarder.

La journée, particulièrement chaude, avait été parfaite pour les foins, mais beaucoup moins agréable quand on portait une robe à manches longues, une guimpe et un voile. Dans l'escalier qui menait aux appartements de la prieure, l'air était immobile et brûlant. Mais comme il n'y avait personne à part elle, sans même l'avoir décidé, Frevisse se surprit à profiter de cette solitude momentanée pour regarder par l'étroite fenêtre. Par-delà le mur du prieuré, on apercevait au loin les prés verdoyants, et la forêt juste derrière, mais son esprit n'était pas concentré du tout sur ce que voyaient ses yeux.

Quelqu'un à Sainte-Frideswide était un meurtrier.

Les premières et vaines tentatives d'assassinat avaient été dirigées contre Edmund et Jasper, mais bien que ce soit Colwin et Will qui avaient en fait été tués, Frevisse continuait à être persuadée que les garçons étaient les seuls visés. Les morts de Colwin et de Will n'étaient dues qu'à un hasard.

Du moins en avait-elle la quasi-certitude pour Colwin. Par contre, quelqu'un avait décidé délibérément d'éliminer Will. Parce qu'il protégeait les garçons ? Parce que, une fois Colwin mort, il fallait qu'il meure également ? Où donc s'était-il trouvé la veille puisqu'il n'avait pas sorti les chevaux ?

Colwin s'était servi de lady Adela et de cette histoire de serment pour attirer les garçons hors du cloître. Avait-il agi ainsi par jeu ou dans un but précis ? Mais si c'était lui qui avait tenté de supprimer les garçons à la porcherie quand l'occasion s'était présentée et qui avait agi cette fois de façon préméditée à la rivière, qui l'avait tué, lui ? A moins que ce ne soit Will qui ait tenté par deux fois de tuer les garçons et que, parce que Colwin s'en était mêlé ou l'avait surpris accidentellement, il ait décidé de s'en débarrasser ? Mais comment expliquer alors la mort de Will ?

Toutes les hypothèses se dissipaient dans des questions auxquelles elle ne pouvait pas encore répondre. Trop d'éléments lui manquaient. Ou alors, elle ne les mettait pas dans l'ordre qu'il fallait. Pourtant, ces réponses devaient bien exister quelque part, de même que le moyen de les trouver — et il fallait agir vite, avant que ne soit commis un nouveau meurtre.

Mais, avant tout, elle devait se rendre au chevet de mère Edith et faire des adieux qu'elle n'avait aucune envie de prononcer.

Regrettant de n'avoir pas dormi davantage la nuit précédente, Frevisse passa la main sur son front moite, lissa le pli que la fatigue creusait entre ses yeux, puis continua de monter l'escalier.

Le parloir, désert et silencieux, était baigné de la

lumière de l'après-midi qui tombait en oblique par la large fenêtre donnant sur la cour. Dans la chambre adjacente, la paix qui régnait était presque aussi profonde. Sœur Thomasine, agenouillée sur le prie-Dieu, priait en silence. Sœur Lucy, assise près du lit, éventait le visage de mère Edith à l'aide d'une feuille de parchemin prise dans un livre. A part le va-et-vient délicat de sa main et le bruit léger du parchemin déplaçant l'air, il n'y avait pas le moindre son ou mouvement dans la pièce. Prise soudain d'une appréhension, Frevisse se demanda si la prieure respirait encore.

Mais le drap qui la recouvrait se soulevait légèrement, et son visage n'avait pas encore pris le gris terne de la mort.

Frevisse avait prévu de rester sur le seuil, de lui dire un adieu silencieux dans une prière, puis de se retirer discrètement. Elle avait pensé ne pas être capable d'en faire davantage. Mais en voyant que le visage de sœur Lucy était aussi blafard que celui de mère Edith, Frevisse s'avança et, sans un mot, tendit la main pour lui prendre le parchemin.

La vieille religieuse hésita. Frevisse fit mine de se rafraîchir la figure et de s'étirer le dos. Sœur Lucy cligna ses yeux fatigués, reconnaissant là ce dont elle avait si grandement besoin, puis lui donna le parchemin et se leva du tabouret, une main pressée sur ses reins douloureux. Frevisse s'installa à sa place et commença à éventer la prieure tandis que sœur Lucy sortait de la pièce.

Frevisse, qui avait pensé prier, se retrouva en train d'observer le visage de la mère supérieure. La douceur dans laquelle elle s'éteignait avait en grande partie gommé son âge. Elle paraissait minuscule, sa peau aussi douce que celle d'une enfant, mais la sérénité dans laquelle elle avait vécu sa vie entière se reflétait sur son visage assoupi avec une plénitude que seules peuvent apporter les années. Désormais, la prieure était au-delà de la vieillesse; elle n'était déjà plus tout à fait de ce monde, mais avançait sur ce chemin qui ne peut se parcourir que dans la solitude, quelle que soit l'attitude que l'on ait face à la mort, et peu importe alors que l'on vous ait peu ou beaucoup aimé.

Avec une profonde tendresse, pour elle-même plus encore que pour mère Edith, Frevisse se pencha et l'embrassa sur le front. Délicatement, aussi doucement que respirait la prieure en cette paisible journée d'été.

Lorsque sœur Lucy fut de retour, Frevisse lui rendit sa place sans rien dire, puis elle se retira, son chagrin pour l'heure apaisé.

Cette fois, ce fut volontairement qu'elle s'arrêta devant la fenêtre de l'escalier pour admirer les prés et la forêt verdoyants sous le ciel bleu éblouissant. Voilà longtemps qu'elle avait choisi de faire de Sainte-Frideswide son monde, et de s'y enfermer pour que son esprit et son cœur puissent se consacrer librement à des questions en rapport avec un lieu bien au-delà. Cependant, quel que fût son choix, le monde qui s'étendait par-delà les murs d'enceinte n'en conservait pas moins ses menaces, ses dangers et ses ambitions.

Mais aussi ses beautés.

D'ici, depuis l'étroite fenêtre, seules ses beautés étaient visibles, pourtant les menaces, les dangers et les ambitions demeuraient réels. Cette réalité ne signifiait toutefois nullement que cette beauté était un mensonge.

Tout était réel. L'erreur consistait à nier une certaine réalité sous prétexte qu'il en existait d'autres.

Et le problème était le même en ce qui concernait la manière dont elle avait considéré les éléments du puzzle. Ils devaient bien s'emboîter d'une façon ou d'une autre... Restait à trouver laquelle.

CHAPITRE XXI

La chaleur étouffante de l'escalier devint tout à coup si insupportable que Frevisse descendit en hâte. Il lui fallait chercher un autre endroit pour réfléchir. Mais pas la galerie du cloître, non, un lieu où elle aurait des chances de ne pas être dérangée. Un endroit où...

Comme elle arrivait au bas de l'escalier, sœur Juliana passa devant elle en trombe pour se ruer vers la porte extérieure. L'empressement n'ayant jamais été son fort, Frevisse la suivit des yeux, intriguée. C'est alors qu'elle entendit les coups fermes et insistants qu'on frappait à la porte. Des coups si forts qu'elle aurait dû elle-même les entendre, et qui lui firent mieux comprendre le regard sévère que lui avait lancé sœur Juliana au passage. Mais, n'y pouvant plus rien, elle commença à se retirer discrètement, soucieuse de se dérober à toute affaire extérieure qui risquerait de requérir son attention. Si elle filait de l'autre côté en longeant le cloître...

Le cri affolé de sœur Juliana résonna dans l'entrée. Frevisse fit aussitôt demi-tour pour voler à son aide. Mais, une fois dans le couloir, lorsqu'elle arriva en vue de la porte maintenant ouverte avec sœur Juliana postée devant, son pas se fit hésitant, comme si le sol venait de se dérober brusquement sous ses pieds. Dans l'encadrement de la porte — et rien ne l'arrêterait s'il décidait d'entrer — se tenait un homme portant casque et cuirasse, le regard tourné vers la cour où attendaient des cavaliers en armure.

Refoulant une soudaine envie de s'éclipser, Frevisse se ressaisit et s'avança vers la porte.

— De quoi s'agit-il, sœur Juliana? s'enquit-elle de sa voix claire et pleine d'assurance.

Sœur Juliana se retourna, les yeux tout grands écarquillés, ouvrant et fermant la bouche sans qu'en sorte un seul mot. Frevisse posa sa main doucement sur son bras, puis s'adressa à l'homme qui attendait sur le seuil.

— Pouvons-nous vous aider, messire? Si vous cherchez un refuge pour la nuit, je vous prie de bien vouloir traverser la cour et de vous rendre à l'hôtellerie. Vous et vos hommes y serez accueillis.

L'homme tripotait la jugulaire de son casque. Tandis qu'elle lui parlait, il réussit à la dénouer et à le retirer, découvrant des cheveux collés de transpiration. Il lui parut d'un seul coup beaucoup moins menaçant.

— Ma maîtresse voudrait parler à une certaine mère Frevisse, censée demeurer dans cette maison, dit-il en s'inclinant légèrement. Est-ce possible?

— Votre... maîtresse? s'enquit Frevisse d'un ton neutre et poli.

Ce disant, elle resserra son emprise sur le bras de sœur Juliana pour qu'elle reste à ses côtés, s'imaginant dans un moment de panique qu'il faisait allusion à la mère des garçons — Dieu l'en garde! — et n'ayant aucune envie d'affronter toute seule cette épreuve.

Mais l'homme donna un coup de menton en direction de la cour et dit:

— La comtesse de Suffolk.

Frevisse ne put retenir un soupir de soulagement parfaitement audible. En regardant derrière l'homme en armure et ceux qui se trouvaient dans l'axe de la porte, elle aperçut d'autres cavaliers au fond de la cour. Ils étaient une douzaine environ, des hommes et des femmes portant le bleu sombre de la livrée des Suffolk, et elle réalisa soudain que les soldats étaient en armure légère. Plusieurs d'entre eux avaient mis pied à terre, et l'une des suivantes apporta un gobelet qu'elle venait d'aller remplir au puits à la femme la plus élégante. Encore juchée sur son grand palefroi gris, dont le harnais bleu foncé arborait les deux têtes de léopards dorés du blason de la Pole, la comtesse Alice se saisit du gobelet et murmura un remerciement, mais tourna à l'instant la tête vers la porte en entendant prononcer son nom.

Comme à chaque fois, la beauté de sa cousine stupéfia Frevisse. Avec son teint de lait d'un rose délicat, ses traits finement dessinés et ses cheveux clairs, la comtesse Alice correspondait à l'idéal de féminité tel que le prônait l'époque. Sa houppelande, sobrement coupée, avait des manches qui ne pendaient pas à plus de trente centimètres au-dessous des poignets, mais était confectionnée dans une étoffe épaisse d'un vert aussi profond que celui des champs. Et alors que ses dames de compagnie portaient des guimpes et de simples voiles, ses cheveux étaient rassemblés en chignon sous une coiffe rembourrée, et le voile noué sous son menton ramené par-dessus son épaule gauche avec une élégance qui dénotait à la fois une réelle aisance et beaucoup d'assurance.

— Frevisse ! Chère cousine ! s'écria la comtesse en agitant sa main libre, sans se préoccuper de ses rênes puisqu'un écuyer tenait son cheval par la bride.

— Dame Alice, répliqua Frevisse en la saluant d'une révérence.

— Votre... *cousine* ? lui souffla sœur Juliana dans l'oreille, sa peur se transformant aussitôt en émerveillement.

Tout le monde savait qu'Alice Chaucer était la cousine de Frevisse — leurs mères étaient sœurs — et qu'elle était mariée au comte de Suffolk. Mais le savoir par le biais de commérages de couvent et voir pour de bon la comtesse accompagnée de sa suite et d'une escorte dans la cour de Sainte-Frideswide étaient deux choses complètement différentes.

— Votre cousine, répéta sœur Juliana d'un ton rempli de respect.

— Oui, je sais qui elle est, s'impatienta Frevisse. Vous feriez mieux d'aller prévenir mère Claire.

Se rappelant que s'attarder aux abords de la porte extérieure pour observer ce qui s'y passait s'accordait mal avec la dignité et la décence requises par la vie monastique, sœur Juliana gratifia la comtesse d'une brève révérence, puis se retira.

Frevisse, dont l'esprit était en train de passer rapidement en revue les raisons pour lesquelles Alice aurait pu venir ici sans se faire annoncer, attendit qu'un écuyer aide la comtesse à descendre de sa selle en box très en vogue et qu'une de ses suivantes ait débarrassé ses jupes de la poussière du trajet. Satisfaite et jugeant la comtesse digne de paraître, la dame d'honneur se recula avec une petite révérence. Alice, les bras tendus, traversa la cour pavée pour aller rejoindre Frevisse.

Leurs vies avaient pris des chemins si différents qu'elles se croisaient rarement, mais une amitié qu'elles n'avaient pas éprouvée petites les avait liées depuis peu. D'une part, du fait de souvenirs communs et de l'affection partagée qu'elles avaient eue pour les défunts parents d'Alice ; et d'autre part, en raison de l'estime qu'elles s'étaient découverte récemment l'une et l'autre pour les femmes qu'elles étaient devenues. Ce fut avec une chaleur non feinte que Frevisse serra les mains de sa cousine dans les siennes. De l'autre côté de la cour, elle aperçut mère Alys plantée sur le perron de l'hôtellerie et dit :

— On va s'occuper de vos gens, mais venez avec moi.

— Avec joie, cousine !

Souriante et gracieuse, Alice la précéda dans le couloir. Mais à l'instant où Frevisse se retourna pour fermer la porte, le sourire et les manières légères s'évanouirent, tandis qu'elle disait d'un ton urgent à voix basse :

— Y a-t-il un endroit où nous pourrions parler en privé sans tarder ? Le parloir de la prieure, à défaut de mieux ?

Quoique déjà tracassée, Frevisse fut déconcertée par l'emballement soudain de sa cousine.

— Non, pas le parloir. Mère Edith est mourante.

Alice manifesta une peine aussi immédiate que sincère.

— Oh, Frevisse, je suis navrée de l'apprendre ! Père nous parlait parfois de votre prieure, et il pensait grand bien d'elle. Je suis vraiment désolée.

La sympathie qu'elle venait d'exprimer intimida Frevisse.

— Mais le parloir du rez-de-chaussée est libre, là-bas, au bout du couloir. Nous pourrons y parler tranquillement.

Retrouvant son sourire et ses manières aimables, Alice se mit à évoquer le temps chaud si bon pour les foins — Frevisse ignorait jusqu'alors qu'elle eût pour cela un goût particulier— et la suivit dans la galerie du cloître, puis dans le parloir. Cette pièce austère était réservée aux nonnes lorsqu'elles désiraient s'entretenir en privé avec des hôtes, ou avec toute personne dont le rang n'exigeait pas qu'elle fût reçue par la prieure. Le parloir était meublé d'un banc, de plusieurs tabourets, d'une table où pouvaient êtres servis des rafraîchissements, ainsi que d'un grand fauteuil, mais ni Alice ni Frevisse ne pensèrent à s'asseoir.

Alice possédait toute la beauté et l'élégance que ses traits fins comme sa fortune et celle de son mari étaient en mesure de lui procurer, mais c'était surtout l'intelligence de son père que l'on sentait vibrer derrière cette apparence. A peine Frevisse eut-elle refermé la porte du parloir qu'Alice abandonna de nouveau son sourire et sa légèreté.

— Votre lettre m'est parvenue. Qu'avez-vous entendu dire de la reine Catherine qui vous ait rendue curieuse au point de m'écrire à son sujet?

— Que se passe-t-il de si grave que ma lettre vous ait décidée à faire le déplacement en personne jusqu'ici? rétorqua Frevisse.

Devant cette riposte, Alice resta coite un instant, son expression laissant deviner que ceux ou celles qui osaient répondre à ses propres questions par une interrogation étaient plutôt rares. Finalement, dépassant ce petit désagrément pour relever le défi que lui lançait Frevisse, elle arbora un sourire glacial qui n'avait rien de comparable avec les précédents.

— J'ai montré votre lettre à l'évêque Beaufort..

— Beaufort!

L'évêque de Winchester. Le grand rival du duc de Gloucester au sein du gouvernement royal.

— Mon époux et lui travaillent désormais ensemble dans toutes les affaires qui concernent le roi.

— Alors pourquoi lui avoir montré la lettre à lui plutôt qu'à votre mari?

— Parce que Suffolk est parti pour la France avec le dernier rappel de troupes. Votre lettre m'est parvenue juste à temps pour que je l'en informe avant qu'il ne prenne la mer. Il m'a dit que Beaufort saurait, que je devais la lui montrer, et quand je l'ai fait...

Frevisse se détourna brusquement en joignant les mains et se mit à arpenter la petite pièce.

— Jamais je n'aurais imaginé que toute cette histoire irait aussi loin!

Alice ignora cette interruption.

— Monseigneur l'évêque pense grand bien de vous, depuis qu'il vous a rencontrée aux obsèques de mon père.

Frevisse secoua la tête ; elle ne voulait pas que l'évêque de Winchester pense à elle du tout !

— Et, comme moi, il a jugé qu'il y avait plus que de la simple curiosité dans votre lettre, et qu'il nous fallait en apprendre davantage sans tarder. Qu'il s'occupe lui-même ouvertement de cette affaire manquerait de discrétion...

— Mais que ma cousine vienne me rendre visite passerait plus inaperçu.

Alice acquiesça d'un signe de tête.

— Exactement. Alors, pourquoi avez-vous écrit cette lettre ? Que savez-vous ici sur une affaire qui, jusqu'à ce jour, n'est pour ainsi dire connue que des lords du Conseil ?

La question contenait tout à la fois une demande et l'injonction d'y répondre. A juste titre, d'ailleurs.

Frevisse se passa les mains sur le visage en poussant un long soupir, puis, glissant tranquillement les bras à l'intérieur de ses manches, elle releva la tête pour dire :

— Les deux jeunes fils de la reine Catherine sont réfugiés chez nous.

Alice laissa échapper un sifflement entre ses dents.

— Frevisse, mais c'est un grand danger !

— Je le sais bien, reconnut la religieuse d'un ton laconique.

Elle lui raconta l'attaque dont avait été victime l'escorte des garçons et expliqua brièvement comment les enfants s'étaient retrouvés au prieuré.

— Et à présent, deux des hommes qui les accompagnaient sont morts, conclut-elle.

— Morts ? De quelle façon ?

— Le premier, noyé, le second, poignardé. Et les

garçons ont déjà fait l'objet de deux tentatives d'assassinat.

— Savez-vous qui veut les tuer ? Ou pourquoi ?

— Non. J'ai certes quelques idées, mais aucune réponse. Alice, ces enfants ont-ils tant d'importance que des hommes doivent le payer de leur vie ?

— Ils sont les demi-frères du roi, et le frère de leur mère est roi de France, même si notre gouvernement se refuse à l'admettre. Oui, leur importance est cruciale.

— Et votre intention est de les emmener... pour les remettre à l'évêque Beaufort.

— Ils courent un danger mortel. Une fois placés sous mon aile, et sous la protection du nom des Suffolk, ils seront à l'abri.

— Mais... de qui ?

— Frevisse, laissez-moi les emmener... Mieux vaut sans doute que vous n'en sachiez pas plus.

— Nous avons plusieurs morts à déplorer au prieuré à cause de cette affaire. Quatre des hommes qui escortaient les enfants, les cinq cavaliers qui les ont attaqués et dont nous ne connaissons pas les noms...

— Je les connais, coupa Alice.

— Vraiment ? De qui s'agit-il ?

— D'hommes à nous. Ils appartenaient à notre maison.

— Alice, mais ils ont voulu tuer les enfants !

— Auquel cas, ils ont enfreint les ordres. Non, je pense qu'ils ont tenté de s'en saisir, comme l'exigeait leur mission, et que ce sont eux qui se sont fait attaquer. Ils avaient pour consigne rigoureuse de protéger les enfants et de me les ramener.

— Pourquoi ?

Alice soupira.

— Frevisse, tout ceci est dangereux.

— Je l'avais deviné, répliqua celle-ci d'un ton sec. Mais rester dans l'ignorance ne l'est pas moins, or, pour l'heure, j'ignore tout de ce qui se trame en ce lieu.

Les deux femmes se dévisagèrent quelques secondes, non par goût du défi mais pour se jauger mutuellement — l'une décidant ce qu'elle était en mesure de révéler, l'autre s'apprêtant à juger de la part de vérité que contiendraient ces révélations.

— Voici ce qui se passe, reprit Alice. Nous avons appris que les enfants étaient en route quasiment au moment où leur mère les faisait partir, leur frère dans une direction et ces deux-là dans une autre. Nous avons deviné où ils allaient et aussitôt dépêché des hommes pour, si possible, nous en emparer.

— Comment l'avez-vous appris ?

— Par l'intermédiaire d'un espion infiltré dans la maison de la reine, répondit Alice en toute simplicité. Celui-là même qui nous avait révélé l'existence de ces garçons.

— Et depuis quand connaissez-vous leur existence ?

— Oh, deux mois à peine, avoua Alice d'un ton triste. Personne ne se souciait plus de Catherine. Elle vivait une vie paisible loin de la cour, sans jamais causer d'ennuis à personne... du moins, l'avons-nous cru. Ce n'est que tout récemment que la rumeur a couru selon quoi la vérité différait quelque peu et que nous avons réussi à...

Elle s'interrompit pour chercher ses mots.

— A introduire quelqu'un dans sa maison ? suggéra Frevisse.

— A soudoyer quelqu'un qui s'y trouvait déjà, corrigea Alice. Le secret de l'existence de ces enfants dépendait entièrement des gens qui acceptaient ou non de le garder. Ils se montraient très méfiants vis-à-vis de leur entourage.

— Pas assez, semble-t-il.

— Tout le monde ou presque peut être acheté à un moment donné, à condition que la somme offerte soit suffisamment élevée.

— Vous avez donc trouvé et la personne et la somme.

— Il semble que Gloucester en ait fait autant.

Le duc de Gloucester, l'oncle du roi, aigri, disait-on, de n'avoir qu'un pouvoir limité au sein du gouvernement.

— Pensez-vous que son agent ait soudoyé la même personne que le vôtre ? interrogea Frevisse.

— Je n'en sais rien. Une fois que l'on commence à trahir, je suppose qu'il est possible de continuer à le faire sans trop de discernement. Le problème, c'est que la reine Catherine connaît de graves ennuis pour avoir épousé Owen Tudor sans la permission du Conseil royal, et pour avoir eu de lui des enfants de sang royal. C'est pure folie de sa part. Et d'une telle insouciance !

— Une insouciance qui a tout de même donné naissance à trois enfants.

— Comment savez-vous qu'ils sont trois ? s'enquit judicieusement Alice.

— Deux se trouvent ici chez nous, et vous avez dit que leur frère avait été envoyé ailleurs, preuve qu'il y en a au moins un autre.

— Et il y en aura bientôt un quatrième. La reine est de nouveau enceinte.

Ne croyant guère que quatre enfants au lieu de trois aggraveraient les choses, Frevisse demanda simplement :

— Que va-t-il lui arriver ?

— Elle a été placée sous bonne garde, et en toute discrétion. Elle est pour le moment à Hertford. Tudor a été arrêté...

— Pour quel motif ?

— Gloucester en trouvera sûrement un. C'est lui qui a tenu à intervenir. Alors que cette affaire pouvait se traiter avec diplomatie, il va faire éclater un scandale en place publique, comme un imbécile qu'il est !

Une fois de plus, Frevisse faillit demander pour quelle raison, puis y renonça. Sa curiosité était amplement satisfaite, et la politique qui menait à considérer Catherine, son mari et leurs enfants, comme de simples pions — impuissants, qui plus est — la concernait fort peu. Au contraire d'Edmund et Jasper.

— Que comptez-vous faire des enfants ?

— Quelqu'un doit les prendre sous son contrôle. Or il est préférable que ce soit nous plutôt que Gloucester. D'autant qu'il semble vouloir leur mort, si j'en crois vos dires.

Frevisse se retint de demander à qui ce « nous » faisait exactement référence. Vraisemblablement à toute personne du gouvernement qui se comptait pour l'heure parmi les adversaires de Gloucester, ce qui comprenait sans nul doute le comte de Suffolk. Sa lettre à Alice avait déclenché une tourmente que jamais elle n'aurait imaginée.

— Et si jamais vous exercez ce contrôle ?

— Si jamais ?

— Ils ont trouvé refuge chez nous. Et avant de les autoriser à partir avec vous, il nous faut savoir ce que vous ou les personnes à qui vous pensez les confier comptez faire d'eux.

Alice haussa légèrement les sourcils.

— Pardonnez-moi, mais je ne suis pas certaine de bien vous comprendre...

— Je veux dire que les enfants sont sous notre protection.

Aussi dérisoire soit-elle, se garda toutefois d'ajouter Frevisse.

— Nous ne pouvons pas vous les remettre au seul prétexte que vous êtes venue les chercher.

— Vous m'avez pourtant écrit à leur sujet.

— A titre confidentiel. Pour solliciter votre avis. Mais sans avoir conscience que vous aviez pour eux un tel intérêt. J'ai confiance en vous, mais j'ai besoin d'en savoir plus. Que comptez-vous faire d'eux ?

Alice se départit momentanément de son attitude souveraine.

— Vous avez raison. J'ai trop l'habitude de donner des ordres à des gens qui n'ont d'autre choix que de les exécuter sans demander d'explication. Vous refusez d'obéir, et rien ni personne ne vous y oblige. La situation est la suivante : Gloucester est scandalisé par ce mariage. Il y voit une profanation de la royauté et de la mémoire de feu son frère. S'il en avait le pouvoir, il ne se priverait pas de faire exécuter Owen Tudor, mais je pense qu'il en sera empêché. La reine sera placée en détention dans un couvent dans des conditions honorables, probablement près de Londres. Gloucester ne se satisfera pas de moins, et d'ailleurs, l'insouciance dont elle a fait preuve le mérite bien !

Alice n'avait jamais laissé sa générosité de cœur entraver son bon sens ou ses propres ambitions.

— Quant aux enfants, ils représentent une complication pour tant de raisons différentes qu'il m'est impossible de dire ce qu'il adviendra d'eux par la suite. Mais je propose de les mettre en résidence à l'abbaye de Barking, dans les faubourgs de Londres, où la sœur de mon mari est abbesse. Ils y seront en sûreté tout autant qu'ailleurs, et hors d'atteinte de qui que ce soit en attendant que nous sachions quoi faire d'eux. Le roi Henri a bon cœur. Le jour où on lui soumettra l'affaire, je ne pense pas qu'il les rejettera, pas plus qu'il ne rejettera leur mère, qui se trouve être aussi la sienne.

— Quelqu'un, ici même et maintenant, cherche pourtant à les tuer, lui rappela Frevisse. Quelqu'un qui travaille semble-t-il pour le duc de Gloucester.

— C'est en effet ce que je pense. S'il en avait l'occasion, je crois que Gloucester aimerait les faire disparaître, comme s'ils étaient de vulgaires chiots bâtards nés d'une chienne de pure race. Et, certes, il possède l'argent et le pouvoir nécessaires pour acheter quelqu'un et le convaincre d'agir comme il l'entend.

Acheter quelqu'un... Quelqu'un de suffisamment désespéré pour supporter ce qu'il lui en coûterait de gagner la récompense promise par Gloucester.

Ni Frevisse ni maître Naylor ne pouvaient croire que quelqu'un du prieuré se soit laissé ainsi suborner, ni que quelqu'un parmi leurs connaissances soit capable d'un tel massacre.

Toutefois, compte tenu de ce qu'elle savait, si elle refusait de croire que quelqu'un de Sainte-Frideswide avait pu assassiner Will et Colwin et tenter de tuer les garçons, force était d'en conclure que le meurtrier était étranger au prieuré.

Quelqu'un d'extérieur au prieuré... mais qui se trouvait à l'intérieur.

Sir Gawyn. Maryon. Jenet.

Ça ne pouvait être que l'un d'entre eux.

Or elle venait de tous les réunir en les rapprochant des enfants...

— Frevisse? fit Alice, voyant que sa cousine avait l'esprit ailleurs.

— Je dois vous laisser, répliqua celle-ci avec brusquerie. Je vous demande de bien vouloir rester ici jusqu'à mon retour.

— Que se passe-t-il?

— Je crois avoir trouvé la réponse, et elle est épouvantable, mais il faut que j'intervienne avant que... Je vous prie de m'excuser.

Dans une hâte qui n'autorisait guère plus de politesses, Frevisse abandonna Alice au milieu du parloir.

CHAPITRE XXII

Tibby et Jenet étaient assises côte à côte à la table, la première les coudes posés dessus, le menton dans les mains, la seconde tortillant un coin de son tablier. Elles parlaient de leurs amours — Tibby faisant de multiples projets, Jenet regrettant en larmoyant ceux qu'elle n'avait plus.

— Oh oui, nous espérions avoir ça aussi ! Une petite maison à nous. A Leicester, peut-être. J'ai de la famille là-bas. Hery aurait pu faire n'importe quoi, et j'aurais cultivé des légumes dans mon potager pour les vendre au marché. Mon oncle nous aurait aidés à démarrer. Mais, à présent, rien de tout ça n'arrivera plus...

— Mon Peter est doué pour tout ce qu'il touche, lui aussi. Il me dit toujours...

Peu importait ce que Peter disait : elles ne s'écoutaient pas vraiment, bavardant dans le seul but de se tenir compagnie. Edmund et Jasper laissaient vaguement traîner une oreille, au cas où elles auraient raconté quelque chose d'intéressant. Mais ils profitaient surtout de la distraction des deux jeunes femmes pour s'escrimer à planter la dague d'Edmund dans le tapis en jonc au fond de la pièce, sans autre raison qu'ils n'avaient rien trouvé de mieux à faire, à tel point que mémoriser des prières en latin pour mère Perpetua commençait à leur sembler plus enthousiasmant.

De sorte qu'ils levèrent la tête avec curiosité en entendant un bruit de pas derrière la porte, et ils étaient déjà debout quand sir Gawyn fit son apparition sur le seuil.

— Vous allez mieux ! se réjouit Edmund.
— Un peu, oui, admit le chevalier.

Sa main gauche était glissée dans sa ceinture afin de soulager son épaule, mais il était apparemment venu tout seul de l'infirmerie.

Tibby et Jenet se levèrent d'un bond et lui firent force révérences.

— Vous, dit-il en désignant Tibby. Pourriez-vous aller nous chercher à boire ? C'est une chaude journée.
— Oui, messire. J'y vais tout de suite, répondit-elle avec empressement.
— Et apportez quelque chose pour vous en même temps, ajouta sir Gawyn.

Tibby lui adressa un plus grand sourire.

— Oui, messire. Merci, messire.

Sir Gawyn s'écarta pour la laisser sortir, puis s'appuya contre le chambranle de la porte.

— Venez vous asseoir, lui dit Edmund.
— Non, pas tout de suite. Jasper, venez ici.

Le petit garçon le rejoignit aussitôt, prêt à l'accompagner jusqu'au lit ou au tabouret, là où il voudrait aller. Sir Gawyn posa la main sur son épaule et le regarda dans les yeux.

— J'ai besoin que vous veniez dehors avec moi.
— Oh ! fit Jenet en s'avançant. Je vous prie de m'excuser, messire, mais mère Frevisse a dit qu'ils ne devaient aller nulle part, ni l'un ni l'autre, sans sa permission. Même avec vous, messire. Elle...
— Jenet, tournez-vous par ici, ordonna le chevalier en montrant le mur situé derrière elle.

Surprise par cet ordre, la jeune femme qui se tenait devant lui cligna plusieurs fois des yeux, puis obéit et lui tourna docilement le dos. Avec beaucoup d'adresse, trop vite pour que les garçons eussent pu l'avertir si toutefois ils en avaient eu l'idée, sir Gawyn tira sa dague de son fourreau et, la tenant par la lame, frappa la jeune femme d'un coup sec derrière le crâne. Même à travers les épaisseurs du voile, le craquement fut nettement audible; Jenet s'écroula à terre sans un bruit.

Sir Gawyn ne la regarda pas tomber et s'était déjà tourné vers Edmund. La pièce était petite; Edmund regardait Jenet fixement, sans réaliser encore tout à fait ce qui venait de se passer, et ne vit pas à temps sir Gawyn s'approcher pour le frapper à son tour derrière la tête avec le pommeau de la dague. Comme Jenet, il s'effondra en silence, recroquevillé sur le sol.

Jasper en resta tout abasourdi, et au moment où sir Gawyn pivota vers lui, il eut un mouvement de recul. Mais le chevalier rengaina son arme et lui tendit la main.

— Tout va bien. Ils ne sont qu'évanouis. Ils vont vite se remettre, je vous le jure. Mais ainsi, personne ne pourra dire qu'ils m'ont laissé m'enfuir.

— Vous enfuir? couina Jasper.

— On nous a retrouvés. Les gens qui nous pourchassent nous ont découverts. Ils sont là, avec des hommes en armes dans la cour. Ils ne feront pas de mal à Edmund et aux femmes tant qu'ils seront ici, mais moi, ils me tueront. Je dois m'échapper, et j'ai besoin pour cela que vous veniez avec moi. Ils ne tenteront rien contre moi si vous êtes là.

— Mais je ne serai plus ici en sécurité!

— Vous le serez avec moi. Croyez-moi, je ne les laisserai pas vous faire de mal. N'avez-vous pas toujours été en sécurité avec moi? Une fois que nous les aurons semés, nous retournerons chez votre mère ou au pays de Galles, selon ce qui sera possible. Personne ne vous fera le moindre mal. Je vous le promets, monseigneur Jasper.

Il lui tendit sa main nue.

— Allons, venez avec moi.

Jasper hésita, mais le sentiment d'urgence qu'éprouvait sir Gawyn était très réel. Cela se sentait dans sa voix et dans sa main tendue. Et comment espérait-il devenir lui-même chevalier s'il refusait son aide à un autre, s'il refusait l'aventure lorsqu'elle se présentait à lui ? Le petit garçon glissa sa main dans celle de sir Gawyn. Le chevalier la saisit et lui adressa un petit sourire pincé :

— Voilà un homme courageux ! Partons vite !

Jasper jeta un coup d'œil vers son frère.

— Il sera furieux quand il se réveillera.

— Vous êtes plus petit que lui. Je peux m'occuper de vous plus facilement, expliqua laconiquement sir Gawyn tandis qu'il s'en allait déjà, serrant très fort la main de Jasper et l'obligeant à le suivre. Y a-t-il un moyen de rejoindre les écuries par-derrière ?

— En passant par les cuisines et la cour adjacente... Celle qui se trouve après la cour du cloître, haleta Jasper.

— Trop long. Trop de risques de croiser quelqu'un. Nous allons donc prendre la voie la plus hardie.

Jasper aurait bien voulu que sir Gawyn lui lâche la main ; puisqu'il acceptait de venir avec lui, il n'avait pas besoin de le tirer ainsi.

Ils allaient atteindre la porte extérieure sans encombre lorsque mère Frevisse surgit dans la galerie du cloître et se dirigea droit sur eux. Son visage exprimait sa surprise de les voir là, tout comme était étonné sir Gawyn, mais, en moins d'un instant, il fit passer l'enfant du côté de son épaule blessée, enserra son cou et ses épaules de son bras gauche, puis tira sa dague de son autre main en appuyant la pointe sur sa gorge.

— Laissez-moi passer, et l'enfant vivra. Ecartez-vous !

Frevisse se plaqua contre la porte, les mains tendues en avant comme pour montrer qu'elle n'avait pas l'intention de s'interposer, mais demanda :

— Où est Edmund ? Où est Maryon ?

— Ils vont bien. Ils sont seulement évanouis.

Tout en parlant, sir Gawyn continua à pousser Jasper. Son bras commençant à l'étouffer, le petit garçon l'agrippa par la manche pour tenter de lui faire lâcher prise. A son effroi, la dague s'enfonça davantage dans son cou.

— Ne vous débattez pas, lui ordonna sir Gawyn. Passez devant nous, dit-il ensuite à Frevisse. Je veux prendre un des chevaux qui se trouvent là-bas et j'entends que personne ne nous suive.

— Ce sont des gens d'armes, les hommes du comte de Suffolk.

— Je sais qui ils sont. Maryon est allée voir ce qui se passait et me l'a dit. C'est la comtesse qui est avec vous dans le parloir, n'est-ce pas ?

Frevisse avait commencé à battre en retraite en direction de la porte extérieure. Brusquement, elle se figea sur place.

— L'emmener avec vous serait trop dangereux, déclara-t-elle. N'y pensez même pas !

— Je le sais bien ! Jasper me suffira.

— Naturellement, rétorqua Frevisse d'un ton dur. Les enfants sont des ennemis plus à votre taille. De même que les hommes qui ont toute confiance en vous !

— Avancez !

— Lâchez-le. Ils sont trop nombreux, vous n'arriverez pas à leur échapper.

— S'ils veulent l'enfant vivant, et j'imagine que c'est pour cela que la comtesse est venue, personne ne me suivra.

Soudain, derrière eux, la voix anxieuse de mère Claire appela :

— Mère Frevisse !

Sans quitter sir Gawyn des yeux, celle-ci répondit :

— Vous ne pouvez rien faire... Restez à l'écart.

Ils avaient maintenant atteint la porte.

— Ouvrez-la, dit sir Gawyn. Et expliquez-leur ce que je veux.

Frevisse ne bougea pas d'un pouce. La dague s'enfonça plus profondément dans la gorge de Jasper. L'enfant gémit sous cette douleur inattendue ; son cou le picotait, et il sentit couler un mince filet de sang. Ses doigts se resserrèrent autour du bras de sir Gawyn dans l'espoir de lui faire lâcher prise. Sir Gawyn ne devait pas se rendre compte qu'il lui faisait mal, c'était certain. Pourtant, loin de se relâcher, l'étreinte sur son cou était si serrée qu'il ne pouvait pas parler. Mère Frevisse le dévisageait, affolée, cherchant à tâtons derrière elle le loquet de la porte.

— Allez-y ! la pressa sir Gawyn. Je ne lui ferai pas de mal, à moins d'y être contraint.

— Mais vous lui faites déjà mal ! riposta mère Frevisse. Pour l'amour de Dieu, laissez-le au moins respirer un peu !

Le bras se desserra quelque peu, au grand soulagement de Jasper. Il s'en doutait bien, le chevalier ne s'était pas rendu compte qu'il le serrait si fort.

— Allez-y ! Sortez ! dit Gawyn d'un ton plus rageur.

Et cette fois, Frevisse lui tourna le dos pour ouvrir la porte et sortir dans la cour.

Des hommes en armes, des chevaux et quelques dames de compagnie étaient rassemblés. La plupart des cavaliers étaient descendus de leur monture, mais tous semblaient prêts à repartir sur-le-champ, alors même que des domestiques de l'hôtellerie passaient parmi eux avec des pichets remplis de rafraîchissements. Toutes les têtes pivotèrent dans leur direction au moment où ils franchirent la porte. Jasper vit les hommes les plus proches se mettre en état d'alerte, la main sur le pommeau de leur épée, tandis qu'ils réalisaient ce qu'ils voyaient.

Mère Frevisse leva les mains vers eux.

— Ne bougez pas ! Il a juré qu'il ne ferait pas de mal à l'enfant si nous n'intervenons pas ! Laissez-le prendre un cheval et s'en aller !

Après un instant d'hésitation, tous les hommes reculèrent, sauf le cavalier le plus proche ; l'air peu amical, il tendit les rênes de son cheval à sir Gawyn. Jasper, dont les yeux allaient à toute vitesse d'un visage à l'autre, ne trouva aucun regard de sympathie nulle part ; mais c'était le chevalier que les gens regardaient, pas lui.

— Ma mère, tenez les rênes. Toi, éloigne-toi, ordonna sir Gawyn au cavalier.

Mère Frevisse et l'homme obéirent, la première s'emparant des rênes, le second s'éloignant à reculons, sans quitter le chevalier des yeux une seule seconde.

— Donnez les rênes à Jasper.

Là encore, Frevisse s'exécuta. Au même moment, son regard se posa sur le visage de Jasper. Elle constata avec surprise qu'il ne semblait pas effrayé, mais seulement très triste.

— Renoncez, dit-elle tout bas à sir Gawyn. Renoncez et terminez-en là.

Le chevalier inspira brusquement, comme si elle l'avait blessé, mais dit, la voix aussi dure qu'avant :

— Si personne ne nous suit, je le relâcherai dans un endroit sûr, où vous pourrez le récupérer. Mais à condition que personne ne nous suive. Mettez-vous ici, tous les deux. Eloignez-vous.

Frevisse obtempéra, et Jasper comprit d'instinct que

ce moment allait être le plus dangereux. Sir Gawyn devrait monter à cheval avant que quiconque tente de l'en empêcher, ce qui n'avait rien de facile avec une épaule abîmée.

Mais le chevalier avait déjà réfléchi au problème.

— Montez en selle, dit-il à Jasper après l'avoir lâché. Et prenez les rênes en main.

Il le souleva assez haut pour qu'il puisse agripper le pommeau de la selle et s'y hisser, s'installant très en avant afin de laisser de la place derrière lui pour sir Gawyn. Jasper attrapa les rênes, et sir Gawyn fit tourner le cheval de façon qu'il forme un écran entre lui et les autres. Il se trouvait à présent du mauvais côté pour monter mais, comme il pourrait se servir de sa main droite, la manœuvre lui serait plus aisée. Faisant passer sa dague dans sa main gauche, il attrapa le troussequin avec la droite, sauta en selle d'un mouvement leste derrière Jasper qu'il entoura de nouveau de son bras gauche, le tenant cette fois au niveau de la poitrine. Les rênes se retrouvèrent dans sa main gauche et la dague dans sa main droite avant que qui que ce soit ait eu le temps de s'approcher.

L'homme qui lui avait remis sa monture fit mine de s'avancer, mais mère Frevisse tendit le bras pour le retenir. Juché sur le grand cheval, Jasper se sentait plus exposé aux regards que précédemment, mais ce fut à celui de mère Frevisse qu'il s'accrocha, alors même que Gawyn talonnait leur monture. D'un seul coup, il souhaita de toutes ses forces être de retour au cloître, et que rien de tout cela ne soit jamais arrivé. Il se mit soudain à avoir terriblement peur, plus encore qu'au moment où le chevalier avait frappé Jenet puis Edmund, et presque autant que le jour de l'attaque des cavaliers. Et cette peur lui venait en partie de ce qu'il devinait sur le visage de mère Frevisse : du chagrin, de la colère et du désespoir, tandis qu'elle se rendait compte que plus rien n'arrêterait sir Gawyn.

— Jasper! dit-elle — et c'est à lui, et à personne d'autre qu'elle s'adressa dans cette cour noire de monde, d'un ton qui l'implorait de comprendre quelque chose. Cet homme a engagé Colwin à vous tuer, vous et Edmund, et ensuite a tué Will... Jasper!

Ce dernier mot résonna derrière eux comme un cri, tandis que sir Gawyn talonnait les flancs du cheval pour qu'il s'élance au petit galop vers la porte, le guidant avec ses jambes plus qu'avec les rênes.

Jasper essaya de tourner la tête pour apercevoir le visage du chevalier.

— Vous n'avez rien fait de tout ça! s'écria-t-il.

Sir Gawyn ne répondit pas. Une fois la porte franchie, ils passèrent au galop et traversèrent la cour extérieure au bout de laquelle le portail d'entrée était grand ouvert. Jasper s'accrocha des deux mains à la selle, continuant à se dévisser le cou pour voir le chevalier. Pourquoi mère Frevisse aurait-elle dit cela si ce n'était pas vrai?

— Vous n'avez pas fait ça! cria-t-il encore, suppliant sir Gawyn de lui répondre.

Mais ce dernier ne réagit toujours pas.

— Vous n'avez pas fait ça! hurla une dernière fois Jasper, la voix plus désespérée qu'implorante.

Sir Gawyn ne dirait rien, et la vision fugitive qu'il eut de son visage fit comprendre pourquoi à Jasper.

Ils passèrent la grande porte, prirent le grand tournant que faisait la route qui passait entre l'enceinte du prieuré et un profond fossé au-delà duquel se dressait une rangée de haies. Comprenant que plus personne n'empêcherait sir Gawyn de s'échapper, le petit garçon eut tout à coup une réaction imprévisible. Par peur, mais aussi de rage d'avoir été trahi par le chevalier, et enfin parce qu'une colère froide, irrépressible, sans aucune commune mesure avec sa taille et son âge, monta en lui lorsqu'il réalisa pleinement ce qu'avait fait sir Gawyn, et comment il s'était servi de lui. Faufilant sa main gauche le long de sa cuisse droite, Jasper sortit sa petite dague de son fourreau et l'enfonça de toutes ses forces dans l'épaule du cheval devant la selle.

Sous le coup de la douleur, le cheval poussa un hennissement en faisant un violent écart, et ses sabots perdirent subitement tout contact avec le sol. Devant eux, la masse verte des haies arrivait à folle vitesse. Derrière lui, Jasper sentit sir Gawyn se tourner sur le côté dans un geste désespéré.

Et puis, plus rien.

CHAPITRE XXIII

Ils ramenèrent sir Gawyn dans l'hôtellerie et l'étendirent sur le lit qui avait été le sien ces derniers jours. Mère Claire arriva en hâte, suivie du père Henry, mais lorsque les hommes s'éloignèrent du lit, il apparut évident que le chevalier allait surtout avoir besoin du prêtre. Du sang noir moussait au coin de sa bouche chaque fois que sa poitrine se soulevait pour respirer péniblement, preuve qu'il était atteint de graves hémorragies internes impossibles à contenir. Aussi les entailles au visage provoquées par la haie n'importaient-elles guère, pas plus que la plaie de son épaule réouverte au cours de la chute et le sang clair suintant à travers son pourpoint, formant une tache qui s'étendait à vue d'œil. Sir Gawyn ne vivrait plus assez longtemps pour que le soigner en vaille la peine. Après avoir montré aux hommes où l'étendre, Frevisse recula au bout du lit contre le mur, préférant ne pas le regarder, sans pouvoir néanmoins se résoudre à partir.

Perdre conscience eût été une miséricorde pour le chevalier, mais il n'eut pas cette chance. Lorsque mère Claire se pencha pour essuyer le sang qui perlait entre ses lèvres, ses yeux scrutèrent les visages qui l'entouraient. Semblant ne plus pouvoir bouger autre chose que les yeux, et sa poitrine qui se soulevait péniblement, il murmura le nom de Jasper en remuant la main.

Maître Naylor s'avança, se pencha au-dessus de lui pour qu'il puisse le voir distinctement et posa une main apaisante sur la sienne.

— Il n'est pas blessé. La chute l'a juste commotionné et lui a coupé le souffle, mais il est indemne. Quelqu'un l'a raccompagné dans le cloître.

Sir Gawyn ferma les yeux, et ses lèvres remuèrent en silence dans ce qui ressemblait à une prière.

Maître Naylor s'approcha plus près de son visage.

— De vous être tourné pour vous placer entre la haie et lui l'a épargné. Grâce à ce geste, vous lui avez sauvé la vie.

Le chevalier rouvrit les yeux.

— Vous m'avez vu? souffla-t-il.

— Vous avez failli me piétiner en franchissant la porte. J'étais là. J'ai tout vu.

Le père Henry avait sorti les accessoires indispensables de la boîte qu'il avait couru chercher quand il avait compris la gravité de la situation et les avait posés sur la table. Au moment où il passa l'étole autour de son cou et se tourna vers le lit, les prières qu'il psalmodiait très vite à voix basse devinrent audibles, à défaut d'être compréhensibles. Les hommes restés autour du lit et la foule des domestiques qui se pressaient à la porte sortirent de la chambre. Ils n'avaient pas leur place dans ce qui allait suivre et en étaient suffisamment conscients pour se retirer. Déchirée à l'idée d'être à ce point impuissante, mère Claire hésita jusqu'à la dernière minute, puis s'en alla à son tour.

Mais lorsque Frevisse et maître Naylor voulurent la suivre, sir Gawyn murmura faiblement, d'une voix étrange et rauque proche du gargouillement :

— Non, mère Frevisse, restez. Et vous... je ne connais pas votre nom.

— Roger Naylor, intendant du prieuré.

— Roger Naylor. Restez tous les deux et écoutez ceci. Quelqu'un doit l'entendre. Pas seulement le prêtre. Quelqu'un qui pourra dire...

Soudain, il se mit à cracher du sang. S'approchant aussitôt, Frevisse le fit rouler sur le flanc et attrapa un linge pour essuyer ce que recrachait sa bouche, puis elle lui essuya les lèvres et le recoucha doucement sur le dos. Le chevalier émit un vague grognement et, les yeux fermés, murmura :

— Je souhaite confesser mes péchés.

Ainsi qu'il se devait de le faire avant l'absolution et la dernière cérémonie destinée à purifier son âme.

Mais ce fut sans doute au père Henry qu'il s'adressa le moins, éprouvant le besoin de faire comprendre à quelqu'un ce qu'il avait commis et pourquoi, un besoin aussi fort ou même plus fort que celui de sauver son âme. Tandis que les mots sortaient de sa bouche, aussi laborieux que sa respiration, ses yeux demeurèrent clos et sa main immobile, et il consacra le peu de forces qui lui restaient encore à parler.

— J'ai vendu mon honneur à quelqu'un qui travaille pour le duc de Gloucester. Dans la maison de la reine. Contre de l'argent, j'ai promis que, le moment venu, je ferais mon possible pour remettre les enfants entre ses mains. Et, une fois ce moment venu, je n'ai pas pu tenir ma promesse. Je l'ai rompue par fidélité à Sa Majesté leur mère. Je comptais emmener les enfants au pays de Galles. Nous avons tué ces cinq hommes près de la rivière, où Hery et Hamon sont morts parce que j'ai tenu la promesse qui me liait à ma reine.

L'effort cruel qu'il devait faire pour respirer l'empêcha un instant de continuer. Personne ne le toucha, ni ne prit la parole. D'une voix plus faible, mais toujours aussi déterminée, il poursuivit :

— C'est alors qu'on m'a annoncé que mon bras resterait infirme. Que je ne pourrais plus m'en servir correctement. En d'autres termes... il ne me restait plus rien. Sauf que Gloucester... était prêt à payer... pour être débarrassé des enfants... m'avait dit son intermédiaire. En ajoutant que si Gloucester ne pouvait pas les avoir, il valait mieux qu'ils... meurent.

Frevisse épongea de nouveau le sang. Voyant sir Gawyn incapable de continuer, maître Naylor dit :

— Vous avez alors pensé à les faire tuer.

— C'était leur vie contre la mienne. Je savais que Will... refuserait.

— Et vous avez demandé à Colwin de s'en charger, compléta Frevisse.

Sir Gawyn acquiesça d'un léger signe de tête.

— Et Will l'a découvert, reprit Frevisse, sentant que le chevalier n'en aurait pas la force. Il s'est rendu compte que Colwin avait fait tomber les garçons dans la bauge des pourceaux, ce pourquoi ils se sont querellés devant les écuries. Mais il n'a pas réussi à faire changer Colwin d'avis. Et hier, quand Colwin a suivi les enfants, Will l'a suivi à son tour, mais il est arrivé trop tard pour l'arrêter. Alors il l'a assommé, a attendu que nous soyons partis, puis il l'a déshabillé et l'a noyé dans la rivière. Si je n'étais pas arrivée, Will les aurait certainement sauvés, mais, comme j'étais là, il a décidé de se cacher dans l'espoir de préserver votre secret.

— Oui, confirma sir Gawyn, luttant pour économiser son souffle. Dites des prières pour Will.

— J'en dirai autant que je pourrai, je vous le promets, lui assura Frevisse.

Mais elle devait en savoir plus. Impatiente d'entendre ce que le chevalier aurait à répondre, elle enchaîna :

— Ça n'a pas dû être facile... Colwin a repris suffisamment connaissance pour se débattre pendant que Will le noyait, et c'est comme ça qu'il a déchiré sa chemise.

— Oui. Il m'a dit...

— Il vous a dit ce qu'il avait fait parce qu'il était votre écuyer et que vous étiez son chevalier. Il voulait vous arrêter.

Le hochement de tête de sir Gawyn fut à peine perceptible et douloureux.

— Mais voyant que Will représentait désormais un danger pour vous, en plus d'un traître, vous avez décidé de le tuer hier soir. Quand tout le monde s'est retiré pour la nuit, vous lui avez demandé de vous accompagner aux lieux d'aisances, vous lui avez pris sa dague et vous l'avez tué, là, dans le passage.

— Oui, avoua sir Gawyn en ouvrant les yeux et en avançant la main pour l'attraper par la manche. Mais Will n'était pas... un traître. C'est moi, le traître. Il a seulement cherché à... me sauver. Après la mort de Colwin, il a voulu... me convaincre de renoncer. Il a tout essayé... mais je ne l'ai pas écouté.

Ce n'était pas seulement la mort de Colwin que Will avait pleurée sur les marches de l'hôtellerie, mais sa conviction terrassée de l'honneur irréprochable de son chevalier. Frevisse espéra qu'il savait — d'une manière ou d'une autre — ce que maître Naylor avait dit : qu'au dernier moment, au cours de cette terrible chute, sir Gawyn avait préféré se sacrifier pour épargner la vie de Jasper. Et tandis qu'ils transportaient sir Gawyn dans la cour, Tibby était accourue du cloître pour prévenir qu'Edmund, Maryon et Jenet étaient bien en vie et qu'ils avaient recouvré leurs esprits. Le chevalier n'avait donc pas menti en promettant de ne pas faire de mal à Jasper si on le laissait partir. Puisqu'il n'avait pas tué Edmund, il n'avait aucune raison de tuer Jasper.

— Mais pourquoi avez-vous changé d'avis à la dernière minute et renoncé à les supprimer avant de vous enfuir ?

La main de sir Gawyn lâcha la manche de Frevisse, se crispant de douleur sur la couverture. Les yeux clos, il murmura :

— Parce qu'on aurait su ce que j'avais fait... et tout aurait été perdu. Il n'y avait plus de raison... si Maryon savait.

Sa respiration devenait de plus en plus saccadée, et ce fut dans un souffle qu'il se força à dire :

— Dites à Maryon... que je regrette.

Tout à coup, Frevisse réalisa qu'ils n'avaient plus de temps. Elle sentit la main de l'intendant se poser sur son bras et se laissa entraîner à l'écart, abandonnant sir Gawyn entre les mains du chapelain, et à sa fin qui ne tarderait sans doute plus.

Alors qu'ils sortaient de la chambre tous les deux en silence, la cloche du cloître commença à sonner le glas, égrenant lentement le nombre des années d'une vie arrivée à son terme. Un coup pour chaque année vécue.

Ce n'était pas juste, songea brusquement Frevisse. Sir Gawyn n'était pas encore mort.

Et tout à coup, elle comprit.

Ce n'était pas pour lui qu'on faisait sonner la cloche. Du moins, pas encore.

Les larmes lui montèrent aux yeux, brouillant sa vue tandis qu'elle traversait le vestibule, où des gens se mettaient à genoux un peu partout, comprenant à leur tour. Non, la cloche n'était pas pour sir Gawyn...

Requiem aeternam dona eis, Domine. Les paroles de la messe des défunts lui vinrent sans réfléchir. *Et lux perpetua luceat eis.* Donne-leur le repos éternel, Seigneur. Et que la lumière brille à jamais sur eux.

In pace, domina, libera.

Madame, allez en paix.

Cet ouvrage a été imprimé par

FIRMIN DIDOT
GROUPE CPI

Mesnil-sur-l'Estrée

*pour le compte des Éditions 10/18
en mai 2004*

Imprimé en France
Dépôt légal : juin 2004
N° d'édition : 3602 – N° d'impression : 68105